NANCY WARREN

DIE MAGIE DER PFINGSTROSE

DER BLUMENLADEN VON WILLOW WATERS - 1

Die Magie der Pfingstrose, Der Blumenladen von Willow Waters, Band 1

Urheberrecht © 2023 Nancy Warren

ISBN: Ebook 978-1-990210-76-1

ISBN: Gedruckt 978-1-990210-77-8

Cover-Gestaltung von Lou Harper von Cover Affair.

Übersetzung: Helga Aquilina.

Ambleside Publishing

VORWORT

Hexen, Mord und Blumen formen einen besonderen Strauß

Peony Bellefleur führt den bezaubernden Blumenladen in einem Bilderbuchdorf in den Cotswolds in England. Ihre Blumen scheinen Kranken Besserung zu bringen, Hochzeitstage glücklicher und Geburtstage zu etwas Besonderem zu machen. Denn Peony liebt es, die Blumen mit ein bisschen Zauber zu durchtränken.

Peony ist eine Hexe in einem Dorf, das zu vollkommen scheint, um wahr zu sein. Und wahrscheinlich ist es so.

Sie hat schon mit ihrem Blumenladen alle Hände voll zu tun. Aber dazu kommt noch ihre Mutter, ein Medium, mit der Gewohnheit, wo immer sie ist, mit den Toten zu plaudern. Und nicht zuletzt hilft sie ihrem Schützling, einer jungen Hexe, ihre neu entdeckten magischen Fähigkeiten zu akzeptieren.

Jemand stirbt und in Peony erwacht ein schrecklicher

Verdacht. Aber wird sie das Geheimnis lüften können, bevor sie selbst das Gras von unten wachsen sieht?

Melden Sie sich zu Nancys spamfreien Newsletter auf Nancy-WarrenAuthor.com an und erhalten Sie gratis die Geschichte von Rafe, dem hinreißend attraktiven Vampir aus der Serie *Der Strickclub der Vampire.*

Werden Sie Teil von Nancys privater Gruppe auf Facebook, wo wir uns über Bücher, Stricken, Haustiere und das Leben an sich austauschen. facebook.com/groups/NancyWarren-Knitwits

DIE MAGIE DER PFINGSTROSE

KAPITEL 1

*B*lumen haben eine eigene Sprache. Hexen ebenso. Dass ich eine Hexe bin, bleibt natürlich unter uns.

Die Leute in Willow Waters, meinem kleinen Ort in den Cotswolds, sind mir gegenüber ohnehin schon ziemlich misstrauisch. Ich bin hier nicht geboren, müsst ihr wissen. Noch schlimmer, ich bin Amerikanerin. Wenigstens von Geburt und durch meine Heirat mit einem Engländer bin ich eingebürgerte Engländerin. Meine Mutter nannte mich Peony – Päonie, Pfingstrose, weil das ihre Lieblingsblume ist. Ich habe noch Glück gehabt, denke ich, dass sie nicht Rittersporne oder Agapanthus vorzog.

Die Familien leben hier im Ort seit fünf oder sechs Generationen. Zu sagen, es ist eine eng verbundene Gemeinschaft, wäre eine Untertreibung. Als Außenseiterin oder Außenseiter musste man lange warten, um akzeptiert zu werden.

Die Willower, wie sie sich nannten, waren sehr stolz darauf, ihren hübschen Ort vor dem Ansturm der Auswärtigen zu schützen, die die Gegend der Cotswolds heimsuchten, um hier einen Zweitwohnsitz (oder Drittwohnsitz) zu erwerben. Sie trieben nicht nur die Immobilienpreise in die Höhe, sondern veranstalteten auch in den sonst geruhsamen örtlichen Pubs ordentlich Rambazamba. Ich kann es den Willowern nicht verübeln. Einer der Gründe, warum es mir hier so gut gefiel, war der Friede und die Ruhe, die Fülle an Naturschönheit.

Die Dorfbewohner hätten mich vielleicht eines Tages akzeptiert, wenn Jeremy noch am Leben gewesen wäre. Leider war er das nicht mehr. Ihr fragt euch, ob ich ihn nach einem bösen Streit aus dem Weg geräumt habe. Ich weiß, dass ihr euch das fragt, obwohl ihr mich erst seit ein paar Minuten kennt. Meine Hexenkräfte hatten nichts damit zu tun, wie ihr vielleicht vermutet habt. Keine Zauberei. Keine Verwünschungen. Null. Aber ihr versteht, dass der plötzliche Tod meines jungen Ehemanns die Nachbarn misstrauisch gemacht hatte. Es ist der Dorfklatsch.

In Wirklichkeit habe ich Jeremy geliebt und war am Boden zerstört, als er vor drei Jahren durch einen ungewöhnlichen Reitunfall von mir ging. Bei einem misslungenen Sprung stürzte er vom Pferd und brach sich das Genick. Eine schreckliche Fehleinschätzung und im nächsten Augenblick war er tot. Es gibt Zaubersprüche und Zaubertränke, die viele Wehwehchen und Krankheiten heilen können, ein gebrochenes Genick ist aber etwas Endgültiges. Noch nie habe ich mich machtloser gefühlt. Ihn zu verlieren, ließ mich zerbrechen.

Hier war ich also, eine ziemlich junge Frau, zweiunddreißig Jahre alt, Witwe. Ich passte nicht mehr zu den mobilen schicken Pärchen, die über den FTSE redeten, als ginge es um ihre Lieblingsmannschaft. Es ist die Londoner

Börse, damit ihr es nicht nachschlagen müsst, und wenn die Leute darüber sprechen, sagen sie Futsie. Wie bei Fußball. Sie tranken unaussprechlichen französischen Wein, fuhren für Kurzurlaube nach Cornwall, Devon oder auf einen Sprung in eine europäische Stadt, kauften die Lebensmittel bei Waitrose und trugen massenweise Barbourjacken und Gummistiefel. Es war kein schlechtes Leben, wie ihr euch vorstellen könnt. Aber meines war es nicht mehr.

Die Fleißigen in unserer Gruppe arbeiteten in London und pendelten. Oder hatten Wohnungen in London und kamen an den Wochenenden nach Willow Waters. Inzwischen haben die meisten dieser Pärchen Kinder. Man bekam den Eindruck, dass jede Woche eine neue Ankündigung gemacht wurde, und plötzlich waren überall, wohin ich schaute, Babys und durch das Dorf schallte das Echo der Ohhs und Ahhs von gurrenden Bewunderern. Jeremy und ich hatten überlegt, ob wir sollten oder nicht sollten, aber sein Sturz setzte einen Schlusspunkt hinter diese Gespräche.

Ohne Ehemann und kinderlos passte ich nicht mehr in ihre Welt. Ehrlich gesagt hatte ich nie dazu gepasst. Das machte mir nichts aus. Jeremy hatte mich in diese Gruppe gebracht. Ohne ihn löste ich mich von ihnen wie ein schlecht angeleimter Griff von einer Schublade.

Hatte ich mir, als Jeremy starb, überlegt, ob ich Willow Waters verlassen und nach Maine zurückkehren sollte? Klar hatte ich das. Aber inzwischen besaßen wir den Blumenladen im Dorf. Blumenzauber – das war meine Idee. Ich habe immer schon Blumen gemocht und als Jeremy seinen Job im Finanzwesen in der City (so nennen die Engländer London) verloren und eine respektable Abfindung bekommen hatte, beschlossen wir, einen Laden aufzumachen. Er wollte einen Souvenirladen, um den unaufhaltsamen Strom von Touristen zu schröpfen, der in Autos und Bussen unser malerisches Dorf überflutete, und es etwas weniger malerisch machte. Ich wollte einen Blumenladen.

Wir einigten uns auf einen Kompromiss. Blumenzauber bot sowohl Blumen als auch Geschenkartikel an. Unsere Kunden schätzten es, alles im selben Laden zu bekommen und machten uns viele Komplimente. Das machte Jeremy und mich überaus stolz und war mehr wert, als davon reich zu werden. Wir konnten die Rechnungen bezahlen und das genügte uns.

Kennen wir uns schon gut genug, dass ich euch ein Geheimnis verraten kann? Nehmen wir es einfach an. Aber keine Sorge. Es ist kein böses Geheimnis. Es geht um die Sprache der Blumen, eine Sprache, die schon vor der Zeit Shakespeares dokumentiert wurde. Rosmarin für Gedenken, Stiefmütterchen für Gedanken und so weiter. Aber Pflanzen können viel mehr als Gefühle verkörpern. Die richtigen Blumen in der richtigen Zusammenstellung sind so macht-voll wie irgendein Zauberspruch. Besonders dann, wenn sie von einem echten Zauberspruch ein wenig unterstützt werden.

Wenn ich also ein Blumenarrangement für eine Hochzeit machte, durchtränkte ich den Brautstrauß und die Ansteck-blume des Bräutigams mit jenem Zauber, der ihnen einen glückbringenden Start in das Eheleben schenkte.

Wenn ich für eine kranke Person einen Strauß verschickte, zauberte ich ein wenig Stärkung auf die Blüten. Ein Neugeborenes? Welche junge Mutter wollte nicht ein bisschen umsorgt werden und einmal richtig ausschlafen?

Bei Begräbnissen schenkte ich den Trauernden gerne ein bisschen Trost.

Natürlich blieben diese Zugaben mein Geheimnis, aber die Leute neigten dazu, wieder und wieder bei mir zu bestellen. Und zwar nicht, weil sie begriffen hatten, was ich tat, sondern weil sie auf einer tieferen unbewussten Ebene erkannten, dass meine Blumen ihnen geholfen hatten. Stammkunden waren natürlich erfreulich, aber die wahre Freude war zu wissen, dass ich in unserem Dorf etwas Gutes tat. Welchen Sinn hatte es, eine weiße Hexe zu sein, wenn du die Liebe mit niemandem teilen kannst?

Also an jenem verheißungsvollen Donnerstag im Mai öffnete ich die Augen, ohne mir bewusst zu sein, dass sich mein Leben bald ändern würde. Nein, das stimmt nicht. Meine Katze Blue weckte mich. Sie ist eine hübsche orangerote Katze, die an dem Tag, an dem Jeremy gestorben war, auftauchte. Sie war vertrauensvoll in meine Küche getrottet, wo ich in Tränen aufgelöst saß, während mein siebenunddreißigjähriger Ehemann tot im Bestattungsinstitut lag. Ich hatte sie aufgehoben und das Gesicht in ihrem Pelz begraben. Sie ließ mich gewähren und ich wusste sofort, dass sie dazu bestimmt war, meine Vertraute zu werden.

Wir sind seither zusammen geblieben. Ich habe sie Blodeuwedd getauft, das ist die walisische Göttin des Frühlings und der Blumen. Man spricht es »bluh DAI weth aus – also kurz Blue, sonst eher ein Zungenbrecher, wenn man sie für ein bisschen Happa-happa rufen will.

Sie benahm sich sonderbar – unruhig, miaute und verpasste mir einige Kopfstöße, bis ich wach wurde. Gewöhnlich brauchte sie mehrere Streicheleinheiten, um zum Frühstück runterzukommen.

»Was gibt's?«, fragte ich, aber sie starrte mich nur finster an, als müsste ich selbst die Antwort wissen.

Ich blinzelte mehrmals, konnte aber nur mein Schlafzimmer sehen. Ich schlief noch in dem Zimmer, das ich mit Jeremy geteilt hatte. Jetzt lullte mich aber nicht mehr sein leises Schnarchen in den Schlaf, sondern Blues tröstliches Schnurren. Mein Wecker war auf sieben Uhr gestellt, um genug Zeit zu haben, mich für die Arbeit fertigzumachen, aber es war erst halb sieben und noch ein bisschen diesig draußen. Ich stöhnte und drehte mich auf die andere Seite, aber jetzt war ich wach und ahnte, dass Blue mir nicht erlauben würde, wieder einzuschlafen.

Blue war kein superdynamisches Vertrautentier. Sie war eher auf der fauleren Seite. Andere Vertraute redeten mit ihren Hexen, verstärkten ihre Zaubersprüche und waren folgsam. Wenn sie wählen konnte, ob sie mir bei meiner Zauberei helfen sollte oder auf ihrem Lieblingsplatz auf dem Sofa in der Sonne faulenzen, wählte sie jedes Mal das Sofa. Nach Jeremys Tod war sie eine wunderbare Trostkatze und offensichtlich hatte sie mich nicht ohne einen Grund ausgewählt.

Soviel ich sehen konnte, hatte sie zwei Sorten Vertrautentalente. Erstens war sie ein ausgezeichnetes Frühwarnsystem. Wenn sie sich so eigenartig verhielt wie jetzt, bedeutete das gewöhnlich, dass bald etwas Unangenehmes geschehen würde. Ihr zweites Talent war etwas nebulöser. Sie verstärkte meine Zauberkunst. Wenn ich einen Zauber ausführte und dafür sorgte, dass sie in meinem Kreis war, funktionierte er schneller und stärker. Ein bisschen wie der Schnellgang bei einem Auto. Ziemlich beeindruckend für ein kleines Rotfell, oder?

Ihr eigenartiges Verhalten sagte mir also, dass ich meine fünf Sinne beisammenhalten sollte. Irgendetwas war im Busch und da ich jetzt auf war, würde ich bald herausfinden, worum es ging.

Ich gähnte und schlug die mit Rosen und Geißblatt gemusterte Chintzbettdecke zurück. Ich schaltete die Nachttischlampe ein, stellte meine Füße auf den Boden und tastete mit den Zehen nach den Pantoffeln. Die Böden des denkmalgeschützten (gesetzlich geschützt, weil architektonisch oder historisch wertvoll) Bauernhauses waren gewöhnlich kalt. Als wir einzogen, entfernten wir die Teppiche und ließen die herrlichen alten Holzdielen beizen. Schön, aber so früh am Morgen ein bisschen unbehaglich für die Füßchen.

Jeremy und ich hatten uns auf den ersten Blick in dieses alte Bauernhaus verliebt. Der Preis war höher als unser Budget und andere begierige Käufer machten zahlreiche Angebote, aber als ich es betrat, wusste ich, dass es für uns bestimmt war. Ich hatte mich in dem alten Haus sogar schon ausgekannt, als wäre ich schon einmal hier gewesen. Als hätte ich einmal hier gelebt.

Früher hätte ich mich über diese eigenartigen Gefühle, die sich in mir rührten, lustig gemacht, aber jetzt nicht mehr. Ich hatte gelernt, meinem Instinkt zu vertrauen, mich nicht zu widersetzen. Jeremy und ich kamen zum Schluss, dass wir die anderen Schlafzimmer herrichten und als Bed and Breakfast vermieten würden. Wir wollten uns mit der Arbeit ordentlich ins Zeug legen, um die hohen Hypothekenraten bezahlen zu können. Wir waren jung und willig, uns dieser Herausforderung zu stellen. Außerdem sollte Jeremy bald befördert werden. Nur kam es dann anders.

Er starb.

Die Lebensversicherung war hoch genug, um die Hypothek auf dem Haus zurückzahlen zu können – wir hatten schon immer davon geträumt, keine Kreditraten mehr zahlen zu müssen. Ich konnte also weiterhin Blumenarrangements für Hochzeiten, Begräbnisse und gelegentliche Partys zusammenstellen, Topfpflanzen und lokale Produkte verkaufen, die die Touristen als hübsche Geschenke mit nach Hause nehmen konnten. Aber es blieb nicht genug Geld für die Instandhaltung. In dem alten Haus ging ständig etwas kaputt. Rohre, die abfroren, Lecks, ganz zu schweigen von der notwendigen Ausstattung, damit es wohnlich wurde. Ich wurde nicht wohlhabend, es reichte zum Überleben.

Unsere Freunde deuteten taktvoll an, dass ich es allein nicht schaffen würde. In meiner Post fand ich Werbung von Immobilienmaklern. Ich hielt hartnäckig durch.

Wenn ich aufstand und mich für die Arbeit fertigmachte, schlief Blue gewöhnlich eingerollt auf meinem Bett. Heute Morgen sprang sie dagegen auf den Boden und miaute. Dann trottete sie durch das Zimmer, sprang auf die gepolsterte Fensterbank im Erkerfenster und schlängelte sich hinter die bodenlangen zur Bettdecke passenden Chintzvorhänge. Als ich die Vorhänge zurückzog, sah sie durch die Gitterfenster hinaus in den Morgen. Ich drückte das Gesicht ans Fenster, aber draußen war nichts zu sehen.

Ich wandte mich zu ihr und sie fixierte mich. »Keinerlei Hinweise?«

Wenn Katzen die Augen verdrehen könnten, hätte Blue sie verdreht. Sie begnügte sich, die Augen riesig aufzuklappen und sie dann zu Schlitzen zusammenzuziehen. Vielleicht bedeutete das etwas Dramatisches in der Katzensprache. In meiner Sprache bedeutete es gar nichts.

Wie gesagt sie war nicht von der kommunikativen Vertrautensorte. Ich seufzte und wandte mich vom Fenster ab.

Ich wusch mich und kämmte mein Haar in meinem ans Schlafzimmer anschließenden Bad und schlüpfte in meinen warmen, flauschigen Bademantel. Die alten Bauernhäuser von Cotswold sind so zugig wie malerisch. Dieses war es jedenfalls. Was macht man nicht alles aus Liebe, nicht wahr? Und glaubt mir, wenn ihr diesen Ort sehen könntet, würdet ihr euch auch verlieben. In jedes der alten Häuser des Dorfes. Willow Waters war einfach zauberhaft schön.

Blue und ich gingen die Treppen hinunter in das Erdgeschoß. Die Haare hatte ich gekämmt für den Fall, dass Hilary bereits auf und geschäftig war. Wir bemühten uns, uns am Morgen nicht zu sehr gegenseitig zu erschrecken. Die Treppen führten in einen Flur, weiter ging es im Dunkeln durch das Wohnzimmer und das Speisezimmer, in dem bequem zwölf Personen Platz nehmen konnten. In der Küche brannte bereits Licht und besser noch, der himmlische Kaffeeduft ließ meine Schritte schneller werden.

Blue begleitete mich nicht immer in mein Geschäft. Manchmal lümmelte sie lieber mit Hilary zu Hause herum, besonders wenn Hilary Recherche machte. Hilary las viel und ihr Schoß war einer der von Blue bevorzugten Stammplätze. Alle zu energischen oder lautstarken Tätigkeiten, wie zum Beispiel Staubsaugen, ließen Blue wie einen Pfeil zur Tür hinausschießen. Wenn aber jemand herumlungerte, rührte sie sich nicht vom Fleck und wartete darauf, gestreichelt zu werden. Oder sie stupste dich mit der Nase an, bis du begriffen hattest. Sie war entschieden eine Katze zum Hätscheln und Verwöhnen.

Ach ja, ich hatte eine Mitbewohnerin. Das hatte ich zu

erwähnen vergessen, nicht wahr? Wie ihr schon erkannt habt, brauchte ich jemanden, der mir half, meine Rechnungen zu bezahlen, damit ich weiterhin hier wohnen konnte. Ich hatte nicht genug Geld für die nötigen Renovierungsarbeiten, um aus dem Haus ein ordentliches Bed and Breakfast zu machen –, aber eine Mieterin konnte ich aufnehmen. Außerdem bin ich nicht zu stolz, um einzugestehen, dass ich mich manchmal in meinem großen Bauernhaus einsam fühle. Hilary war easy. Sie war mit ihren siebenundfünfzig Jahren bereits nach einer erfolgreichen Anwaltskarriere im Ruhestand. Geschieden und kinderlos hatte sie jetzt ein neues Leben als Spätstudierende der Altphilologie an einer nahegelegenen Universität begonnen. Gewöhnlich lernte oder recherchierte sie. Die perfekte Hausgenossin.

Wir begrüßten Hilary, deren Nase bereits in einem Buch steckte. Dann machten wir uns schnell Frühstück (Hühnchen für Blue, Himbeermarmelade und Toast für mich) und Blue beschloss, dass sie mich heute zur Arbeit begleiten würde.

Ich hob meine Vertraute in meinen etwas ramponierten Range Rover. Es war ein altes Modell mit Mucken, aber er hatte meinem Mann gehört und war ein super Lieferwagen für den Laden.

Auf der High Street zu parken, war wie in vielen Dörfern in England nahezu unmöglich. Wir hatten allerdings glücklicherweise zwei zum Laden gehörende Parkplätze. Einen benutzte ich, da mein Auto ja der Lieferwagen war, der andere war für die Kunden reserviert.

Es war acht Uhr früh. Ich hatte also zwei Stunden Zeit, bevor ich das Geschäft öffnete, aber an Donnerstagvormittagen war wegen der Vorbereitungen für das Wochenende immer viel zu tun.

Imogen war ebenfalls bereits da. Sie war eine begabte Blumendesignerin und ich hatte Glück, sie als Mitarbeiterin zu haben. Sie war in der Gegend aufgewachsen und nach ein paar Jahren in einem Blumendesignunternehmen in London hatte sie beschlossen, dass die Großstadt nichts für sie war und war nach Hause zurückgekehrt. Das war eine tolle Nachricht für mich, weil sie eine echt brillante Floristin war. Obendrein war sie auch fleißig und gewissenhaft und ich dankte dem Himmel, dass sie letztendlich das friedliche Leben hier vorgezogen hatte. Obwohl sie schrecklich vornehm war – oder vielleicht gerade deshalb – liebten die Kunden sie.

Imogen hatte üppiges langes blondes Haar und trug es fast immer zu einem hohen Pferdeschwanz gebunden und je nach Laune war es um das Gummiband gewunden oder zu einem eleganten Knoten gesteckt. Sie kleidete sich mit einer selbstgewählten Uniform bestehend aus einer weißen Bluse, einem Kaschmirpullover (heute war er hellgrün) und Jeans, dazu schweren Silberschmuck. Davon hatte sie eine Sammlung, die sie jeden Sommer, wenn sie mit ihrer großen Familie in Sizilien Urlaub machte, erweiterte. Ich mochte Imogen. Wir arbeiteten gut zusammen, gelegentlich sogar ohne Worte. Es kam vor, dass sie mir die Gartenschere reichte, nach der ich gerade greifen wollte.

An manchen Tagen war sie für mich die Schwester, die ich nie hatte.

Imogen arbeitete gerade an den wöchentlichen Daueraufträgen, von denen wir eine Reihe hatten. Der erste war von The Tudor Rose.

The Tudor Rose war der netteste Gasthof meilenweit im Umkreis. Sie hatten ein Restaurant mit einem Michelinstern, einen Wellnessbereich und einige der prächtigsten Gästezimmer, die ich je gesehen hatte. Ich glaube, es ist kein Geheimnis, dass ich ein Faible für Inneneinrichtungen habe. Allein beim Betrachten ihrer Website beginne ich zu sabbern ... und zu träumen. Wenn ich nur eines Tages das Bauernhaus mit so herrlichen Stoffen und Möbelzubehör ausstatten könnte! The Tudor Rose war vor langer Zeit, schon um 1400, eine Poststation. Berühmtheiten hatten sich dort eingemietet, sogar Könige und Königinnen und Filmstars.

Jede Woche lieferten wir dem Gasthof vier große und eindrucksvolle Gestecke. Ziemlich oft rief man uns auch, um den Blumenschmuck für die zahlreichen und aufwendigen Hochzeiten in The Tudor Rose mit kühnen Tafelaufsätzen abzurunden. Außerdem belieferten wir sie mit Mengen an einzelnen Tudor Rosen, die außen rot und innen weiß waren. In einer einfachen Vase schmückten diese Rosen mit einem Blatt Farn die Tische im Speisesaal.

Aber bei Blumenzauber ging es nicht nur um Glamour und schickes Speisen. Keineswegs. Eine Reihe der Dorfbewohner hatte begonnen, Schnittblumen zu bestellen, die jede Woche an sie zu liefern waren. Ich hatte mich sehr für diesen Geschäftsbereich engagiert, denn im Voraus zu wissen, wie viele Blumen wir brauchten, war für Floristen sowohl monetär wie auch bei der Zeitplanung eine wirtschaftliche Notwendigkeit. Es brach mir das Herz, wenn wir Blumen, die darauf warteten, mit nach Hause genommen und geliebt zu werden, wegwerfen mussten, weil sie die Köpfe hängen ließen und verwelkten. Ständig mühte ich mich ab, diese Verluste zu reduzieren.

Während Imogen die Gestecke für den Gasthof fertigmachte, ging ich die Nachrichten durch. Wir nahmen Bestellungen per Telefon, online und von Laufkundschaften entgegen. Damit hatte mein Zweier-Team alle Hände voll zu tun. Blue blieb in der Nähe, umkreiste meine Knöchel, als wollte sie sich Futter angeln.

»Ich hab dich gefüttert, du gefräßige Mieze«, sagte ich und schüttelte den Kopf. »Komm her und gib Ruhe, bis ich diese Bestellungen durchgesehen habe.«

Obwohl das Geschäft mir gehörte, kümmerte ich mich um den praktischen Teil, Imogen dagegen war die Meisterfloristin. Ich wusste, dass ich nie so gut sein würde wie sie – ich hatte nicht ihren Blick für das Künstlerische. Dagegen konnte ich recht gut Sträuße mit einem lässigen Chic zusammenstellen, farbenfroh, leger, unstrukturiert, ungezwungen. Deshalb übernahm ich gewöhnlich die wöchentlichen Sträuße, weil sie ein perfekter Schmuck für einen Tisch im Vorraum waren, einer schicken Küche Farbe verliehen, ohne zu theatralisch zu sein. Notfalls konnten die Hausherren vorgeben, dass sie die Blumen selbst so arrangiert hatten und sicherlich taten das auch einige.

All dies, um zu sagen, dass es ein ziemlich normaler Donnerstagvormittag war.

Aber nicht lange.

KAPITEL 2

*E*twas Wichtiges habe ich vergessen. Verzeiht mir. Ich muss mich erst daran gewöhnen, ein Publikum zu haben. Ich sagte, dass es ein ziemlich normaler Donnerstagvormittag war, dabei habe ich ein wichtiges Detail übergangen. Es war nämlich der fünfte Mai, das heißt, es war nur wenige Tage nach dem Beltanefest am ersten Mai und ich hatte eine Vorahnung, dass sich etwas verändern würde.

Für jene, die es nicht wissen, Beltane wurde früher am fünfte Mai gefeiert, dann aber mit dem Ersten Mai zusammengelegt. Beltane ist einer der wichtigsten Wicca-Sabbate. Eine frühsommerliche Wärme liegt in der Luft und wir feiern den Gott und die Göttin der Fruchtbarkeit. Eier sind ein Zeichen der Fruchtbarkeit und das Symbol dieses Tages. Einfach gesagt ehrt Beltane das Leben. Das Fest bildet den Höhepunkt des Frühlings, wenn die Energien der Erde am stärksten und aktivsten sind. Alles Leben birst vor potenter Fruchtbarkeit und zu dieser Zeit im Jahreskreis wird das Potential zur Wirklichkeit.

Dinge erblühen, wenn ihr wisst, was ich meine.

Es ist eine sinnliche, optimistische Zeit, voller Vitalität und Freude. So feiern wir im Coven, im Hexenzirkel – meinem Hexenzirkel – aus ganzem Herzen den Ersten Mai, offen für alles, was die Zukunft bringen wird. Mit ein bisschen Glück wird sie uns eine Fülle an guten Ideen bringen und Hoffnungen und Träume werden zu Taten.

In diesem Jahr fühlte ich es in den Knochen, dass eine Veränderung in Willow Waters eintreten würde. Nur wusste ich nicht genau in welcher Form. Naja, Hexen können nicht alles wissen.

Von Hexenahnungen abgesehen arbeitete ich an einer sehr schönen Bestellung von Lauch und Eukalyptus, als die erste Kundin des Tages eintrat. Sie war ungefähr vierzig, vielleicht fünf Jahre älter als ich, aber superschick gekleidet – viel schicker als ich an meinen besten Tagen. Sie war ungewöhnlich groß und schlank und hatte diese Aura von Reichtum, die sie mit derselben Anmut zeigte, wie ihre Designertasche. Eine schwarze Prada-Sonnenbrille hing an einer Goldkette an ihrem Hals. Sehr hübsch.

Sie hieß Gillian Fairfax. Ich war ihr schon ein paarmal begegnet, aber ihren Ehemann Alistair kannte ich viel besser. Er hatte in den zwei Jahren ihrer Ehe regelmäßig Blumen für seine viel jüngere Frau gekauft. Alistair war ungefähr siebzig, sehr reich und wirklich sehr nett. Urteilt nicht über ihn, weil er eine viel jüngere Frau geheiratet hatte. Die Liebe fällt, wohin sie will.

Gillian sah sich im Geschäft um, als wäre sie noch nie hier gewesen, was wahrscheinlich stimmte. Ich ließ sie den grasigen Geruch von frisch geschnittenen Blumen und das allgemeine Ambiente in sich aufnehmen, in das ich sehr viel Arbeit investierte, um es einladend und positiv zu gestalten. Als sie einatmete, bemerkte ich, wie sich ihre angespannten Schultern leicht entspannten. Gut so, meine Zauberkunst funktionierte.

Als sie sah, dass ich sie betrachtete, lächelte ich und sagte: »Guten Morgen. Kann ich Ihnen behilflich sein?« Ich legte das Messer ab, mit dem ich die Blumenstiele schnitt. Es sieht nicht gut aus, wenn man Kunden mit einem Messer in der Hand begrüßt.

Sie trat näher zum Tresen, hinter dem ich stand. »Ich hätte gerne Blumen.« Ihr glänzend blondes Haar war zu einer Art Knoten gebunden, wie ihn italienische Frauen trugen, schwer, ausladend und tief im Nacken sitzend. »Natürlich.«

»Gut«, sagte ich. »Wenn Sie einen Hot Dog mit Extrasenf gewünscht hätten, wäre das ein Problem.«

Sie fixierte mich, als wäre ich verrückt geworden. Als sie sich bewusst wurde, dass ich einen Scherz gemacht hatte, stieß sie ein wohl dosiertes und ziemlich vornehmes Ha-ha-ha aus.

»Die Blumen sind eigentlich für meinen Mann. Alistair geht es nicht sehr gut. Ich dachte, Blumen würden ihn aufheitern.«

»Das ist nett. Natürlich nicht, dass es Ihrem Mann nicht gut geht, aber Blumen verbessern die Laune. Darf ich fragen, was ihm fehlt?«

Sie sah verblüfft aus. »Warum wollen Sie das denn wissen?«

Ich war gewöhnlich ein bisschen diskreter, wenn ich den Leuten Informationen entlocken wollte. Sie war aber die erste Kundin heute und ich war noch nicht richtig in Form. »Manche Blumen sind nicht ratsam, wenn jemand ein gewisses Leiden hat. Wenn er zum Beispiel Asthma oder Atemwegsprobleme hat, würde ich keine Chrysanthemen oder Margeriten empfehlen.«

»Oh«, sagte sie und ihre Verwirrung ließ nach. »Ich verstehe. Nein, nichts dergleichen. Es ist sein Herz. Mein Mann leidet an Herzinsuffizienz. Er hatte einen seiner Anfälle und muss das Bett hüten.«

»Das tut mir sehr leid.« Ich war überrascht.

Alistair Fairfax hatte immer so gesund ausgesehen – viel jünger als sein Alter. Er erwähnte nie sein Herz, er war allerdings ein diskreter Herr. Ein Gentleman der alten Schule. Man wusste bei diesen Typen nie, was hinter der Fassade war. Immer die Fassung bewahren, sich nichts anmerken lassen.

Als hätte sie meine Gedanken gelesen, sagte sie: »Er ist schon älter, wissen Sie. Gewöhnlich ist er kerngesund, Stress kann ihm aber schaden.«

Ich nickte mitfühlend. »Hat er eine Lieblingsblume? Oder gibt es etwas Besonderes, das er gerne in seinem Strauß hätte?«

Sie sah mich verständnislos an. Diese Frau befasste sich nicht sehr viel mit Blumen. »Nein. Es soll etwas Fröhliches sein, damit er sich besser fühlt. Farbenfroh, verstehen Sie?«

»Sicher. Und schwebt Ihnen da ein gewisser Preis vor?« Das war immer ein bisschen peinlich, aber wie viel jemand zu zahlen bereit war, bestimmte welche Art Strauß er bekam.

Sie zuckte mit den Achseln. »Zweihundert Pfund ungefähr?«

Das war ein ordentlicher Betrag. Für zweihundert Pfund

konnte ich etwas echt Beeindruckendes zusammenstellen. Ich sagte ihr, dass wir die Blumen im Laufe des Tages liefern würden.

»Wir leben in Lemmington House. Kennen Sie es?«

Ich lächelte, da ich annahm, dass sie mit ihrer Frage, ob ich Lemmington House kenne, scherzte. Es war eines der schönsten historischen Anwesen in dieser Gegend – so stellte sich jedes amerikanische Mädchen in ihren Träumen die englische Landschaft vor. Das Anwesen war irgendwann im siebzehnten Jahrhundert erbaut worden und stand ebenfalls unter Denkmalschutz. Es war aus Stein mit wunderschönen halbrunden Erkerfenstern unter einem Reetdach. Das Haus war riesig, ich konnte mir nicht einmal vorstellen, wie viele Schlafzimmer es hatte.

Ich beschloss, die Blumen selbst zu liefern, vielleicht konnte ich einen Blick hineinwerfen.

DER RESTLICHE VORMITTAG VERLIEF ANGENEHM. Bestellungen, E-Mails, Telefonate, Sträuße. Das Übliche. Blue blieb in meiner Nähe, was an und für sich nicht sonderbar war, aber sie machte kein Nickerchen. Die schlafmützigste und kuscheligste Katze aller Zeiten schloss die Augen nicht einmal für eine Minute. Ich fühlte, dass sie unruhig war. Das ließ auch mich auf der Hut sein.

Es war ungefähr elf Uhr, als sich beschloss, dass es nach Hilarys Kaffee heute Morgen Zeit für Nachschub war. Also machte ich mich für meine Kaffeepause auf den Weg zu unserem lokalen Café. Das Café Roberto war ein Geschenk des Himmels, auch wenn meine Geldbörse nicht derselben

Meinung war, und lag am anderen Ende der High Street. Der Besitzer Roberto hatte eine Leidenschaft für Kaffee und hatte zwei Jahrzehnte in seiner Heimatstadt Barcelona auf diesem Gebiet gearbeitet. Dann hatte er sich in seinen Ehemann verliebt und war mit ihm in die Cotswolds gezogen.

Roberto war eher klein von Statur, schlank und sehr gut aussehend und der Liebling der Frauen des Dorfes. Ich glaube, sie hatten das Gefühl, sie konnten sich mit ihm eine kleine Anmache erlauben, einen harmlosen Flirt, um sich neben ihrem täglichen Koffeinschuss ein bisschen aufzupeppen. Und Roberto spielte seine Rolle gut. Ein gratis Muffin da, ein Kompliment dort – alles, um die Kundinnen bei Laune zu halten, damit sie auch wiederkamen.

Heute Morgen war Roberto dagegen miserabel drauf. Seine sonst spitzbübischen Augen hatten ihr Funkeln verloren. Anstelle seiner üblichen ruhigen, gelassenen Art schwitzte er. Man musste keine Hexe sein, um zu begreifen, dass etwas im Busch war.

Ich sah mich im Café um, aber es war nicht stärker besucht als sonst. Das lichtdurchflutete Lokal strahlte eine entspannte Atmosphäre aus. Roberto hatte einen tollen Job mit der Ausstattung geleistet – Pfirsichtöne neben dem naturbelassenen Gips an den Wänden, antike Tische aus Kiefernholz und Hängeleuchten.

Ich fragte Roberto, was passiert sei.

»Mein Barista ist gegangen. *Quitado.* Weg. Abgehauen ohne Kündigung.«

»Schon wieder?«

Roberto hatte Schwierigkeiten, sein Personal zu behalten. Ich persönlich war der Meinung, dass er zu wenig bezahlte. Es ist ein kleiner Ort. Es gibt nicht viel zu tun. Wenn du nicht genug verdienen konntest, gingst du nach London. Das war nicht schwer zu verstehen. Aber wer war ich, um Roberto zu sagen, seine Designertaschen ein wenig zu öffnen?

Roberto nickte. »Heute bin ich allein, also hab Geduld, Liebling, Okay?«

Er machte die Bestellung des letzten Kunden fertig und begann dann, meinen Latte macchiato und den schwarzen Caffé Americano für Imogen zuzubereiten.

»Ah, da kommt Alex«, sagte Roberto, als sich die Tür öffnete. »Ich würde gerne von ihm hören, wie er die neue Mischung findet, an der ich gerade arbeite.«

Ich drehte mich um und lächelte, als Alex eintrat. Alexander Stanford war eine Art lokales Rätsel. Ein zurückgezogen lebender Lord und der begehrteste Junggeselle von Wiillow Waters, der noch nie den Reizen der vielen Frauen, die versucht hatten, sein Interesse zu wecken, erlegen war.

Wenn ich richtig verstand – Imogen hatte es mir mehrmals erklärt – war Alexander Stanford der ungefähr zwanzigste Baron von Fitzlupin, des alten Baronats von Fitzlupin. Ich verstand nicht recht, warum er mit Nachname Stanford hieß, aber sein Titel Lord Fitzlupin war. Imogen versicherte mir, dass es so jedenfalls richtig sei. Ich habe manchmal den Eindruck, dass die Briten es gerne kompliziert mögen.

Wenn er je heiraten sollte, würde seine Frau Lady Fitzlupin sein. Mir schien, dass ziemlich viele Frauen sich für diese Stelle interessierten.

Seine Familie war seit Jahrzehnten, was weiß ich, vielleicht seit Jahrhunderten im Weingeschäft. Er reiste viel geschäftlich. Ich hatte das Gefühl, dass er schwerreich war. Er schien jedenfalls das ruhige Leben zu wählen. Es war unmöglich, Alex nicht zu bemerken, wenn er einen Raum betrat. Hochgewachsen, durchdringende graublaue Augen. Üppiges, fast schwarzes Haar mit ein paar Silberfäden. Zählte man noch sein fantastisches Zuhause dazu, das Heim seiner Vorfahren – wir reden hier von einem richtigen Schloss – dann kann man den Junggesellinnen vom Ort keinen Vorwurf machen, dass sie ihn wahnsinnig interessant fanden.

Ich kannte Alex verhältnismäßig gut, dafür dass er praktisch ein Einsiedler war. Wie ich hatte er ein Faible für Kaffee am Vormittag, so standen wir oft nebeneinander in der Schlange. Dann war da noch seine berühmte Nase, die zu einer Art Dauerscherz zwischen ihm und Roberto geworden war.

Alex hatte einen unglaublichen Geruchsinn. Es war frappierend. Einmal schnuppern und er konnte sagen, welche Mischung Roberto an dem Tag servierte. Die wenigen Male, an denen er Blumenzauber besucht hatte, war er kaum im Laden, bevor er tief einatmete und sagte: »Die Mimose ist in diesem Jahr früh dran«, oder »Oh, holländische Tulpen, meine Lieblingsblumen.« Ich verbringe den ganzen Tag zwischen Blumen, aber selbst ich kann nicht jede einzelne Blüte im duftenden Verkaufsraum riechen.

Alex erwiderte mein Lächeln und neigte ein wenig den Kopf. »Immer wohlauf, Peony?«

Bevor ich antworten konnte, schob Roberto meine Bestellung auf ein Tablett und wandte sich Alex zu.

»Riechen Sie hier, Mylord«, sagte er. Er liebte es, Alex wegen seines Titels zu necken. Er war einer der wenigen.

Roberto erklärte, dass es eine neue Mischung sei, anders als sein üblicher Stil. Er stellte einen Sack Kaffee unter Alex'

Nase und wir warteten beide, während er die Augen schloss und einatmete.

Nach einem Augenblick rümpfte Alex zu Robertos Entsetzen und meinem Spaß die Nase vor Widerwillen.

»Die Mischung ist total unausgewogen«, sagte er und schüttelte den Kopf. »Zu viel und zu lange gerösteter Arabica.« Er wich ein wenig zurück und bestellte seinen üblichen Kaffee, einen kleinen Schwarzen, also einen Espresso mit nur ein wenig Wasser, um genau zu sein.

Roberto warf die Arme in die Luft. »Ich weiß nicht, warum ich mir das antue. Kein anderer würde das je bemerken.«

Ich wandte mich an Alex. »Er hat heute einen schwierigen Tag. Heute Morgen ist sein Barista gegangen.«

Alex warf mir ein ironisches Lächeln zu. »Schon wieder?« Er lehnte sich zu mir herüber und ich fühlte einen Hauch von etwas. Ein Bild von Bäumen blitzte auf und ich fühlte, wie der Wind durch mein Haar fuhr. Alex sagte leise: »Vielleicht sollte er sie besser bezahlen.«

»Genau auch meine Meinung.« Ich nahm einen Schluck von meinem Latte macchiato und wünschte Alex einen angenehmen Tag.

»Peony?«

Ich wandte mich um. Alex räusperte sich. »Ihre Bluse. Sehr hübsch.«

Ich schluckte überrascht und blickte auf meine Kleidung hinunter. Die Bluse war mindestens fünf Jahre alt, aber noch ganz hübsch. Ein dunkles Rosa mit kleinen blauen Punkten um den Kragen. Der Rest war ziemlich nullachtfünfzehn. Blaue Levi's 501. Sneaker. »Danke. Das ist sehr nett zu hören.«

Alex neigte wieder leicht den Kopf und ging seinen Kaffee holen.

»Sieh an, sieh an«, murmelte ich zu mir selbst und war ein wenig verwirrt, dass der begehrteste Junggeselle des Ortes bemerkt hatte, was ich trug.

Schaut, ich sagte schon, dieser Donnerstag war ein sonderbarer Tag, aber das bedeutete nicht, dass er nicht seine Höhepunkte hatte.

KAPITEL 3

Ich verbrachte mehr Zeit, als ich hätte sollen mit dem Strauß für Alistair. Mit Gillians grandiosem Budget hatte ich viele Spielmöglichkeiten – und so spielte ich. Mai war mein Monat, ich meine noch die Saison der Pfingstrose, also gab es reichlich Sträuße leuchtender Pfingstrosen, gepaart mit duftenden Pflanzen, Rittersporn, Edelwicke und Flieder. Damit will ich sagen, dass ich auch alle möglichen aufheiternden Blumen, die mir einfielen, auswählte. Dann gab ich einen Hauch Zauber dazu. Es sah so aus, als bräuchte Alistair ein wenig zusätzliche Hilfe für seine Heilung. Und ja, ja – ich werde euch gleich ein paar meiner Zauberkünste zeigen, aber jetzt noch nicht. Eine Hexe muss ihre Künste schützen. Ich packe so schon zu viele Geheimnisse aus.

Ich war stolz auf meinen Strauß und befestigte gerade die Satinmasche, als ein rosa Regenmantel vor dem Fenster meine Aufmerksamkeit weckte.

Der örtliche Bus fuhr ab und an seiner Stelle stand da eine junge Frau, die entschieden unbeeindruckt wirkte. Sie sah sich verächtlich um. Wie konnte sie nur beim Anblick unseres hübschen kleinen Städtchens so finster dreinblicken?

Ich wollte gerade Alistairs Strauß den letzten Touch geben, als vor meinem verwirrten Auge ein Papagei von oben herabschoss und sich auf die Schulter der jungen Frau setzte.

»Was zum Kuckuck?«, murmelte ich, legte den Strauß weg und ging zum Fenster, um die Szene aus der Nähe zu betrachten. Wären wir in Amazonien gewesen, würde das nicht so sonderbar sein, aber Willow Waters war nicht berühmt wegen seiner exotischen Vögel. Es war ein prachtvoller Vogel mit blauem, gelbem und lindgrünem Gefieder.

Die junge Frau schlug den Vogel mit den Händen weg. Ihre Wangen färbten sich vor Frust so rosarot wie ihr Mantel. Aber der Papagei flog immer wieder auf ihre Schulter zurück und flatterte mit seinen lindgrünen Flügeln. Blue stellte sich neben mich ans Fenster und knurrte leise. Was war hier los?

Ich beschloss nachzusehen.

Draußen war Dolores Prescott, eine pensionierte Dame, die in einem Cottage gegenüber dem Geschäft wohnte, zu dem sonderbaren Duo gestoßen. Sie drohte der jungen Frau, die noch immer versuchte, den Vogel abzuschütteln, mit dem Finger.

»Was ist los?«, fragte ich, während ich die Straße überquerte.

Dolores antwortete brüsk. »Dieses Mädchen hat meinen Papagei gestohlen!« Sie fuhr sich mit der Hand durch ihre silberne Dauerwelle. »Ich öffnete die Tür zu seinem Käfig, um die Zeitung auszuwechseln. Nur einen Augenblick hatte ich mich umgedreht – und schauen Sie sich das an, die stiehlt ganz frech, was ihr nicht gehört.«

Bevor das Mädchen den Mund öffnen konnte, begann der Papagei zu reden und imitierte die alte Dame perfekt. »Ich nehme nur noch ein Schlückchen Sherry.« Er kicherte und wankte auf der Schulter des Mädchens, dass er beinahe runterfiel.

Ich brach in Lachen aus.

»Also, das«, sagte Dolores und errötete. Sie betastete nervös die Perlmuttknöpfe ihrer Strickjacke.

»Oh, ich bin ein bisschen beschwipst«, fuhr der Papagei in der perfekten Tonlage fort. »Macht nichts. Nur noch ein Gläschen.« Dolores war nun rot wie die Feuerwehr, während der Papagei ihre Geheimnisse preisgab.

»Dolores, ich hatte keine Ahnung, dass Sie einen Papagei haben«, sagte ich. Oder eine solche Vorliebe für Sherry.

Sie räusperte sich und sagte würdevoll: »Das ist nicht mein Papagei.« Sie drehte sich auf den Absätzen um und verschwand in ihrem Cottage. Ich hörte ein lautes Scheppern, als sie die Tür verriegelte.

»Sherry, freilich«, murmelte ich belustigt über die Vorführung des Papageis.

Ich wandte mich wieder dem Mädchen und dem Papagei zu, der keinerlei Anzeichen machte, zu seiner rechtmäßigen Besitzerin zurückzukehren.

»Das ist nicht mein Papagei. Ich will ihn nicht.« Sie zuckte heftig mit den Schultern.

»Hallo«, antwortete der Papagei. Jetzt hatte er einen Brooklyn-Akzent. »Du bist auch nicht gerade mein Traum einer Gefährtin, Baby. Wir haben leider nicht immer die Wahl.«

»Du bist ein toller Imitator«, sagte ich zum Papagei.

Der Papagei interessierte sich nicht für meine Komplimente. »Trinkst du? Spielst du sehr laute Musik? Oder hast du sonst welche ärgerlichen Gewohnheiten?«, fragte er das Mädchen.

Sie verdrehte die Augen. »Außer die Aufmerksamkeit von den Falschen anzuziehen, nichts.«

»Ich bin Peony Bellefleur. Kann ich dir irgendwie behilflich sein?« Ich wusste, was es heißt, neu an einem Ort zu sein.

Wieder versuchte sie, den Papagei von ihrer Schulter zu vertreiben, der krallte sich aber richtig fest. »Tja. Wann geht der nächste Bus weg von hier?«

Ich sagte, dass es bis morgen keine Busse gab. Ihr bedrückter Ausdruck verwirrte mich. »Haben Sie den falschen Bus genommen?«

Sie schüttelte den Kopf. »Ich bin in den ersten Bus gestiegen, der vorbeikam. Ich brauche Arbeit, um zu einem bisschen Geld zu kommen, dann gehe ich nach London.« Ihr Ton war kämpferisch, als würde ich mich mit ihr streiten.

»Nun, bis morgen fährt kein Bus. Du könntest den Zug nehmen, aber dafür musst du zuerst nach Moreton-in-Marsh fahren. Das ist der nächste Bahnhof.«

»Super. Klingt toll. Char.«

»So heißt du? Char?«, fragte der Papagei. Der Vogel drehte den Kopf zum hinter uns liegenden Cottage. »Es gibt Schlimmeres, denke ich. Vielleicht noch eine Dolores.«

»Kannst du aufhören, mit mir zu reden?« Char sah den Vogel wütend an.

Er blinzelte mit seinen glänzend schwarzen Augen. »Kaum möglich. Ich bin Norman, falls du es wissen willst. Ist eine lange Geschichte.«

»Ich will es nicht wissen.« Sie war wohl kaum älter als achtzehn und hatte diese bei Teenagern so beliebte aufsässige Art. Ihr braunes Haar war an den Spitzen rosa gefärbt und wurde von einer ebenfalls rosa Plastikhaarspange aus der Stirn zurückgehalten. Ihre Haut war blass und die braunen Augen waren mit Eyeliner umrahmt, der über ihre Wangen bröselte. Der Papagei schnupperte mit dem Schnabel an ihren schönen blauen Kristallohrringen. Wieder versuchte sie, ihn zu verscheuchen.

Nichts zu machen. Der Papagei blieb, wo er war. Wir schienen in einer Sackgasse gelandet zu sein und ich konnte mich offensichtlich nicht von diesem sonderbaren Pärchen losreißen.

»Das ist mein Blumenladen«, sagte ich zu ihr. »Komm rein, wir suchen nach einer Lösung.«

»Was ist mit dem da?«, fragte sie und machte einen neuerlichen erfolglosen Versuch, den hartnäckigen Papagei loszuwerden.

»Grooob!«, kreischte er.

Ich lachte. »Er darf mitkommen.«

Imogen machte gerade Mittagspause, so forderte ich Char und den Vogel auf, sich an ihren Arbeitsplatz zu setzen, und brühte einen Kräutertee auf. Ich wusste nicht, was ich sonst hätte tun können. Blue gesellte sich sofort zu uns und starrte den Papagei an.

Char schien ein bisschen weggetreten zu sein (Das kommt bei Mädchen vor, an die sich ein Papagei klammert), deshalb plauderte ich so dahin, während ich nach den Butterkeksen suchte. Ich erzählte, seit wann ich in Willow Waters lebte und dass der Laden der Traum meines Lebens war. Char nickte höflich, es war mir aber klar, dass ihre Gedanken bei tiefgründigeren Dingen waren.

Sie schlüpfte aus ihrem Regenmantel und entblößte so

ihren mit Tattoos verzierten Arm. Es waren zum Großteil Blumen, bunt, mit zarten Blütenblättern, die jemand mit echtem Talent gezeichnet hatte. Die restlichen Tattoos waren Wörter in einer alten Sprache, Sanskrit vielleicht. Ich wurde neugierig.

Chars Aufmerksamkeit wanderte zum Papagei, als er ihre Schulter verließ und sich auf den Tischrand hockte.

Er sah hinunter zu Blue, die ihn ebenfalls fixierte.

»Du bist aber eine Hübsche«, schmeichelte der Papagei.

Blue miaute zurück.

»Reden die beiden miteinander?«, fragte Char und machte große Augen.

Gute Frage. Wir beobachteten die beiden Tiere. Es sah tatsächlich so aus, als würden sie wie zwei alte Kumpels miteinander quatschen. Wie ich bereits sagte, in Willow Waters geschehen sonderbare Dinge. Habe ich das schon gesagt? Egal, ich bin sicher, dass ihr euch ein Bild machen könnt, dass in diesem Bilderbuchdorf nicht alles so ist, wie es scheint.

Draußen bellte ein Hund. Mit flatterndem Gefieder flog der Papagei zur Decke, wo er sich prompt zwischen meinen schönen Töpfen voll hängenden Efeus verhedderte.

Ich wollte ihn gerade mit ein wenig Zauberei herunterholen, bevor er einen Schaden anrichten konnte, als Char einfach die Hand hob und der Papagei sicher heruntersegelte.

Jetzt wusste ich, warum ich mich sofort zu Char hingezogen gefühlt hatte. Sie war eine Schwester. »Gute Arbeit«, sagte ich. »Jüngere Hexen wie du haben schnellere Reflexe als ich.«

»Was?«, stotterte Char.

Du meine Güte. Es war an der Zeit, dem jungen Mädchen die Augen zu öffnen und ihr ein paar nackte Hexenwahrheiten zu erzählen.

»Es ist sonnenklar, dass du eine Hexe bist und dieser Papagei bietet sich dir als Vertrauter an.«

»Der Papagei ist magisch?« Ihre Worte klangen, als wäre das das Dümmste, was sie je gehört hatte.

»Hast du ihn reden hören?« Wir haben wahrscheinlich alle schon gehört »Polly will einen Cracker«, aber dieser Papagei machte Konversation. Ja, ich glaubte, er war magisch. »Und ich glaube, er ist auserwählt, um dein Vertrauter zu sein.«

Norman spöttelte. »Man kann sich's ja nicht aussuchen.«

»Mein ganzes Leben hat man mir gesagt, ich sei komisch. Ich passe nirgends hin. Ich bin schon sonderbar genug. Ich brauche diesen Papagei nicht.« Sie sah mich zornig an. »Und ich bin keine Hexe.«

Der Papagei sagte: »Und ich bin kein blau-gelber Ara.«

»Bist du nicht?« Char sah verwirrt drein.

Der Papagei sträubte sein umwerfendes blau-gelbes Gefieder, dann wandte er sich um und mir zu. »Erlöse mich von ihr. Warum kann ich nicht dein Vertrauter sein? Du hast da einen schönen Laden. Ich könnte auf Bäumen sitzen und Kunden anlocken.«

»Nicht mit deinem Mundwerk. Du würdest sogar unsere treuesten Kunden verscheuchen.«

»Das würde ich nicht! Das würde ich nicht!«, kreischte der Papagei.

»Was ist eigentlich ein Vertrauter?«, fragte Char und fixierte den Papagei angewidert. »Klingt irgendwie ... creepy.«

»Die meisten Hexen haben Vertraute. Man muss sich

aneinander gewöhnen. Ich bin sicher, ihr schafft eine Verbindung.«

Das hoffte ich wenigstens.

Char sah nicht überzeugt aus. »Ich habe etwas in den Kinderbüchern darüber gelesen. Sind Vertraute nicht gewöhnlich Katzen?«

»Gewöhnlich ja, aber jedes Tier kann ein Vertrauter sein.«

Sie stieß einen tiefen Seufzer aus. »Super. Nicht einmal in der Hexenwelt kann ich normal sein. Meine Eltern sind sehr religiös und beteten darum, ein süßes, frommes Mädchen zu bekommen. Was ich nicht bin. Offensichtlich.« Sie deutete auf die Tattoos. »Sie tauften mich Charity. Mensch, was haben sie gejammert, weil ich meinen Namen zu Char geändert habe«, quengelte sie. »Char – wie Putzfrau oder Holzkohle. Oder Asche.«

»Sie haben nicht unrecht«, sagte Norman.

Sie sah den Vogel böse an. »Sie wollten, dass ich Nonne werde. Kannst du das glauben?«

»Schwester Char«, kreischte der Papagei. »Schwester Char.«

»Eine Nonne? Wirklich?« Der Tee war fertig und ich gab ihr eine Tasse von meiner Spezialmischung. Hagebutte, Lavendel und ein paar andere Kräuter. Es ist ein beruhigendes Gebräu, was diese junge Frau meiner Meinung nach jetzt brauchte.

Sie nippte am Tee und bediente sich von den Butterkeksen. »Meine Eltern schickten mich in die Klosterschule. Ich brach die Schule ab und begann als Kellnerin zu arbeiten. Da sagten sie: *Das reicht. Raus mit dir.* Also bin ich gegangen. Ich bin einundzwanzig um Himmels willen. Ich sollte mein Schicksal selbst in die Hand nehmen können. Also stieg ich in den ersten Bus. Das Schicksal sollte mich dorthin führen, wo es wollte.«

Der Papagei bewegte den lindgrünen Kopf rasch auf und ab. »Und du bist hier *mit mir* in Weeping Willow gelandet.«

»Erzähl mir etwas darüber«, sagte Char und legte den Kopf in die Hände. Die rosa Haarspitzen fielen nach vor und bedeckte ihr Gesicht.

»Nicht Weeping, sondern Waters. *Willow Waters*«, verbesserte ich die beiden.

Char war also älter, als ich zuerst gedacht hatte. Ich muss zugeben, dass mir das arme Mädchen leidtat. Ich wusste, dass ich eine Hexe war, seit ich die Richtung meines Badewassers umgedreht hatte, als es den Abfluss hinunter gurgelte. Ich war drei Jahre alt. Stellt euch vor, einundzwanzig zu sein und keine Ahnung zu haben, wer man war.

Dann kam mir eine super Idee (wenn ich das selbst sagen darf).

Ich sagte Char, dass seit heute Morgen die Stelle des Barista im Café Roberto, gleich über die Straße, frei war. »Der Besitzer ist ziemlich anspruchsvoll, er hat aber ein gutes Herz unter dem ganzen Gepolter. Außerdem sucht er dringend jemanden. Ich wette, du kannst wegen der Bezahlung verhandeln. Es wäre ein Anfang, wenn du schnell Geld verdienen möchtest.«

Chars Ausdruck hellte sich auf, aber ebenso schnell war sie wieder niedergeschlagen. Sie deutete auf die Straße hinaus. »Aber diese Stadt sieht teuer aus. Ich habe kein Geld für ein Hotel.«

Ich hatte schon etwas Mitleid mit Char und sie interessierte mich. Ich sagte zu ihr, dass sie bei mir übernachten könnte, und wenn sie den Job bekam und bleiben wollte, könnte sie ein Zimmer in meinem Bauernhaus mieten.

Okay, okay, ich höre euch schon sagen, aha, das würde dir gut in den Kram passen mit deinen Cashflow-Problemen und dem riesigen alten Haus, in dem du herumgeisterst. Glaubt mir aber – mein Angebot war wirklich selbstlos, wenn ich eine Hexe, die ihr Hexenwesen nicht akzeptierte, und einen spitzzüngigen Papagei in mein Heim aufnahm.

Char nahm ein wenig widerstrebend (ich entschuldigte ihr mürrisches Benehmen mit Müdigkeit von der Fahrt) an. Ich deutete in die Richtung von Robertos Café und sie zog mit entschlossenem Schritt los. Der Papagei folgte ihr und ich beobachtete amüsiert ihren Kampf vor dem Eingang des Cafés. Diesmal siegte Char und der Papagei hockte sich unwillig auf einen Laternenpfahl in der Nähe.

Worauf hatte ich mich mit diesen beiden eingelassen?

KAPITEL 4

*E*s blieb mir keine Zeit meine Gastfreundschaft zu beklagen. Ich musste Alistair Fairfax' Blumen liefern. Ich war aufgeregt bei der Vorstellung, auf die Außenanlage von Lemmington House zu kommen, diesem großen Haus, das ich oft bewundert habe. Ich konnte es nicht erwarten zu sehen, was sich unter dem verträumten Reetdach befand. Zu Imogen sagte ich, dass ich bald zurück sein würde, und überließ das Geschäft ihren fähigen Händen.

Ich trug das voluminöse Bouquet hinaus und atmete den Frühling ein. Willow Waters ist in dieser Zeit des Jahres am schönsten. Das Dorf ist mit seinen Reihen von Cottages aus honigfarbenem Cotswold-Stein, der Fülle an Blumen und das Flüsschen, das sich durch den Ort schlängelt, malerisch und zeitlos. Die Geschäfte sind zum Großteil entzückend und originell und obschon die Einwohner ziemlich betucht sind, sind sie meist nett.

Im Gegensatz zu Char hatte ich mich beim ersten Blick auf Willow Waters in den Ort verliebt.

Ich verstaute meinen Strauß vorsichtig in der speziellen

Halterung für den Transport hinten in meinem Range Rover und fuhr die High Street hinunter, wo ein bisschen Leben herrschte, die Einheimischen im Teeladen tratschten und die Touristen Fotos schossen. Es gibt eine Apotheke aus dem achtzehnten Jahrhundert, ein Postamt, Metzger, Gemüsehändler und eine Eisdiele, die von Hand gerührte Eiscreme anbietet. Außerdem gibt es einen Laden, der Kristalle, Kerzen und Bücher führt, aber davon berichte ich noch später. Bei schönem Wetter gönne ich mir öfters eine Tüte Sauerkirscheneis und setze mich damit auf eine der Steinbänke am Ufer. Wenn das Wetter schlecht ist, bekommt man in der Eisdiele rein geschmolzene heiße Schokolade.

Es gibt auch einen Bäckerladen und ein schickes Deli, wo jede Art von köstlichen Angeboten und kostbare Weine serviert werden. Meine Freundin Amanda ist die Eigentümerin von beiden Lokalen (auch über sie erzähle ich noch später).

Die High Street führt bis hinunter zum Fluss Willow, der durch den Kern des Dorfes fließt. Über den Fluss führt eine elegante Brücke aus dem achtzehnten Jahrhundert und das Ufer zieren Reihen von Trauerweiden. Ich schätze, dies ist der ruhigste Ort hier. Ich drehte das Fenster herunter. Die Luft war heute lau bei strahlendem Sonnenschein. Die Weiden waren majestätisch, voller Frühlingskraft und ihre Zweige schwangen im leichten Wind.

Ich fuhr an The Water Mill vorbei, einem der ältesten Gasthöfe Englands, dessen Name von der inzwischen aufgelassenen Mühle am Dorfrand herrührte. Es ist der perfekte Ort für einen Sonntag im Winter mit seinem gemütlichen offenen Kamin und der niedrigen Balkendecke. In der wärmeren Jahreszeit ziehen alle auf die Bänke draußen und trinken kühlen Roséwein neben dem sanft plätschernden Mühlrad, das sich dreht und dreht. The Tudor Rose, der Gasthof, der bei Blumenzauber einen Dauerauftrag hatte, lag etwas weiter vom Zentrum entfernt. Ein bisschen abseits vom Trampelpfad der Touristen gab es noch ein weiteres Pub, The Mermaid, das bei den Einwohnern beliebter war, weil es von den Touristen seltener gefunden wurde.

Lemmington House war am nördlichen Rand, auf der Kuppe eines der sanften grünen Hügel, für die dieser Teil der Welt bekannt ist. Um dorthin zu gelangen, musste ich an der Kirche vorbeifahren. Sie war irgendwann im vierzehnten Jahrhundert erbaut worden, hatte eine niedrige breite traditionelle Tür und war von alten Bäumen flankiert. Auch der Pfarrer war draußen und genoss das Frühlingswetter. Father William Wadlow unterhielt sich mit Dolores Prescott. Ich hoffte, dass sie sich nicht über ihren verschwundenen Papagei beschwerte, aber der Pfarrer sah höflich gelangweilt drein, also nahm ich an, dass sie nur ein wenig Zeit hier verbrachte. Der Pfarrer war unverheiratet und ein Schwarm lokaler Frauen tat alles Mögliche für ihn, das reichte vom Backen von Scones bis zum Besticken seiner Ornate. Auch diese Gepflogenheit unseres Dorfes hatte ich begonnen zu genießen. Ich fuhr die bergauf führende kurvenreiche Straße entlang, bis das Stadtzentrum zu einer hübschen Aussicht unter mir wurde.

Lemmington House war ein historisches Herrenhaus und an einem sonnigen Tag Anfang Mai leuchteten sein Steingemäuer golden. Ich erspähte das Reetdach von der Straße aus. Dieser Baustil hat eine sehr lange Geschichte und geht zurück auf die ersten geschickten Jäger-Sammler des Bronzezeitalters. Diese stilvollen, teuren und von Grund auf englischen Dächer waren einmal typisch für Armeleutehäuser, jetzt aber ein Zeichen von Reichtum.

Ich bog von der Straße ab und fuhr eine lange Auffahrt entlang, dabei bewunderte ich den Formschnitt der Hecken, die beide Seiten einrahmten. Ich parkte so diskret wie möglich, mein heruntergekommener Range Rover stach aus dieser idyllischen Umgebung hervor wie ein bunter Hund. Wahrscheinlich standen die Luxuskarossen der Fairfax' in einer oder zwei Garagen seitlich vom Haus. Ich holte meinen schönen Strauß heraus und ging zu den alten Eichentüren, dem Eingang zu diesem beeindruckenden Heim.

Die Gärten waren so prachtvoll wie das Haus. Eine Glyzinie hing lila und duftend von einem Spalier neben einem Brunnen und einem rustikalen Sitzbereich. Der Rasen war samtig und ein Beet von Pfingstrosen weckte meine Aufmerksamkeit. Sie waren üppig, dunkelrot und die Blüten waren herrlich. Im Augenblick überkam mich der Neid. Mein beschämendes Geheimnis war, dass ich den Namen dieser Blume trage und die traurigsten Pfingstrosen von Willow Waters hatte. Ich schüttelte den Kopf, ging zum Eingang und klingelte.

Ein Dienstmädchen in Uniform öffnete mir. Sie war höchstens zwanzig, hatte einen Bubikopf und Stirnfransen, die über ihre runden Gläser fielen.

Ich sagte ihr, dass ich die von Mrs. Fairfax bestellten Blumen brachte, und sie bat mich hinein.

Ich trat in die große Vorhalle. Wow! Es war umwerfend. Mir fehlen nicht oft die Worte, aber dieses Haus nahm mir tatsächlich den Atem.

Die golden leuchtenden Steinfliesen waren mit einem kostbaren Teppich bedeckt. Ein funkelnder Kronleuchter warf sich brechendes Licht an die cremefarbenen Wände. Ich roch den Duft von Fenchel und Kaffee und Möbelpolitur – eine keineswegs unangenehme Mischung. Die Elemente der vergangenen Epochen waren sorgfältig restauriert. In Kontrast zu den blassen Farben des Bodens und der Wände waren die freiliegenden Holzkomponenten der Wände und Balken nachtschwarz gefärbt. Erfreut stellte ich fest, dass das Blumenarrangement, das Alistair letzte Woche abgeholt hatte, noch in voller Blüte stand. Ich war stolz auf meine frischen Blumen, die lang hielten.

Links durch eine offene Tür erspähte ich eine schöne Bibliothek. Bücherregale vom Boden zur Decke, jedes ordentlich bestückt mit gebundenen Büchern. An den Wänden hingen Ölgemälde von Männern mit langen und ernsten Gesichtern und in Brokat und Samt gekleideten Damen.

Am Ende der Vorhalle konnte ich einen flüchtigen Blick auf einen sonnigen Wintergarten werfen, dessen Glastüren nach außen auf einen Rasen führten. Ich konnte mir gut vorstellen, wie Gillian und Alistair zu fabelhaften Sommersoirées einluden, mit einem reichhaltigen Büffet im Wintergarten und einer Swingband, die auf dem weitläufigen Rasen spielte.

Ich hatte erwartet, dass mir das Dienstmädchen den Blumenstrauß abnehmen und mich wegschicken würde, aber sie sagte: »Mr. Fairfax ist in seinen Räumen, Madam.«

Madam. Damit fühlte ich mich echt alt.

»Er wünschte ausdrücklich, Sie zu sehen, falls Sie die Blumen selbst bringen würden.« Na, war ich froh, beschlossen zu haben, die Blumen selbst zu liefern. Ich vermutete auch, dass Gillian Fairfax von ihrem kranken

Ehemann aufgefordert worden war, so großzügig zu sein. Er war ein sehr geselliger Mann – sicher hatte er sich ausgerechnet, dass Blumen zu bestellen zu einem Besuch führen könnte.

Sie geleitete mich zu Alistairs »Räumen«, wie sie es nannte. Wir stiegen die prachtvolle Mahagonitreppe zu einem Zwischengeschoss hinauf. An den Wänden hingen Schwarzweißfotos wohl von Alistairs großer und ernst dreinblickender Familie.

»Gehen Sie einfach durch die Tür am Ende des Flurs«, sagte sie, bevor sie sich umdrehte und die Treppen hinunter verschwand.

Ich klopfte mit meiner freien Hand an und rief Alistairs Namen. Er bat mich einzutreten.

Alistairs Räume ähnelten einer Penthouse-Suite in einem Luxushotel. Ankleideraum, Wohnzimmer und Schlafzimmer waren alle miteinander verbunden. Ich blieb stehen, um alles auf mich wirken zu lassen. Die Innenausstattung war makellos. Die Tapeten an den Wänden cremefarben und Gold, dazu glänzende antike Möbel.

»Hier herein«, rief eine schwache Stimme und ich wandte mich um und betrat das Schlafzimmer.

Alistair Fairfax war ein charmanter und gut aussehender Siebzigjähriger. Ich sah ihn immer im Tweedanzug und sehr gepflegt. Es war daher ein Schock, als ich ihn in seinem Bett sitzen sah, gestützt auf mehrere Damastkissen, in einem burgunderfarbenen Morgenrock – mit Monogramm, natürlich. Seine übliche ganzjährige Bräune war fahl geworden und obschon er lächelte, sah der arme Mann angegriffen und krank aus. Zu meiner Überraschung hing er auch an einer Infusionsflasche. Der lange Plastikschlauch war voll mit einer klaren Flüssigkeit, die Flasche halbvoll.

»Alistair«, sagte ich, »es tut mir so leid, dass Sie sich nicht wohl fühlen.«

Aber Alistair beachtete meinen Kommentar nicht. »Meine liebe Peony«, sagte er, »Sie sehen aus wie der Frühling selbst. Was für eine hübsche Bluse!«

Ich sah hinunter auf meine dunkelrosa Bluse mit den kleinen blauen Punkten um den Kragen und errötete ein bisschen, als mir Alex' Kommentar von heute Morgen einfiel. Zum zweiten Mal heute hatte ich ein Kompliment für meine Kleidung bekommen. Ich sollte diese Bluse wirklich öfter tragen.

Ich dankte ihm und machte mich ein bisschen zu schaffen, um die Vase mit dem Blumenarrangement auf einen Tisch zu platzieren, wo sie vom Bett aus leicht zu sehen sein würde. Ich wollte auch, dass das Bouquet nahe genug bei ihm stand, damit ihn der heilende Zauber erreichen konnte.

Er errötete vor Freude. »Gillian kauft mir gewöhnlich keine Blumen«, sagte er. »Was für eine Augenweide. Sie haben sich überboten. Wollen Sie sich einen Augenblick zu mir setzen? Ich freue mich über ein bisschen Gesellschaft.«

Aus der Nähe konnte ich sehen, dass er zwei Kratzer auf der Stirn, ein verbundenes Kinn und den Schatten einer Prellung hatte. Sein sonst so gepflegtes Gesicht sah aus wie ein Hindernisparcours.

»Sind Sie gestürzt?«

Er nickte. »Ein kleiner Ausrutscher. Ich fühlte mich schwach. Wackelig. Überhaupt nicht wie ich sonst bin. Es ist mein Atem, wissen Sie. Bereitet mir Schwierigkeiten.«

Ich nickte mitfühlend.

»Ich bin sicher, es wird mir bald besser gehen. Ich habe eine liebevolle Frau und ...« Er hielt inne und atmete schwer ein. »Und einen erstklassigen Arzt. Er kommt später vorbei. Wenn ich Glück habe, wird er mich von dieser endlosen Bettruhe erlösen. Das gibt mir das Gefühl, ein Invalide zu sein, wo ich mich im Inneren noch wie ein junger Mann fühle.«

Alistair tat mir schrecklich leid. Es war immer schmerzhaft zu sehen, wie bei jemandem so voller Leben die Energie schwand. Natürlich beschloss ich, ein bisschen einzugreifen.

»Lassen Sie mich das hier ein wenig richten«, sagte ich und zog die Decke zu seiner Brust hinauf. Als ich seine Schulter über dem Herz berührte, sandte ich noch eine gesunde Dosis desselben heilenden Zaubers seiner Blumen, um die Genesung zu beschleunigen.

»Das ist sehr liebenswürdig, Peony. Danke.«

Er rieb mit dem Zeigefinger über den Onyxsiegelring an der anderen Hand. Er war aus Gelbgold, breit und hatte einen beeindruckenden Stein – Henry Tudor könnte einen solchen Ring getragen haben.

»Schön«, sagte ich und griff nach seiner Hand, um den Ring zu bewundern. In Wirklichkeit war es ein Vorwand, um seine Hand zu halten. Seine Haut fühlte sich kalt an. Ich ließ Heilkräfte durch meine Finger fließen, während ich sprach.

Er erzählte mir, dass der Ring seit Generationen in der Familie war. Die Fairfax waren ein Landadel und hatten seit Jahrhunderten in den Cotswolds gelebt. Seine Familie hatte einen Teil der jüngsten Renovierungsarbeiten an der Wassermühle übernommen. Alistair bat mich, ihm etwas von der »Außenwelt« zu erzählen, also unterhielt ich ihn mit meinen Erlebnissen vom Vormittag. Robertos Verzweiflung wegen seines verschwundenen Barista. Das plötzliche Erscheinen von Char, die nach dem ersten Blick auf unser Dorf schon wieder wegwollte. Den redenden Papagei überging ich aus offensichtlichen Gründen.

Ich stand auf, um zu gehen, dabei fühlte ich, dass seine Finger jetzt viel wärmer waren und seine Wangen zeigten ein bisschen Farbe. »Ihr Besuch hat mir gutgetan. Ich fühle mich bereits viel besser. Ich hoffe, Sie werden mich wieder besuchen.«

Das versprach ich. Ich wusste, dass mein ihn stärkender Zauber und die Magie in den Blumen ihm ebenso guttun würden wie ein Besuch. Ich war optimistisch, dass Alistair Fairfax bald wieder gepflegt und voller Energie wie eh und je in meinem Geschäft auftauchen würde.

Dann blickte er an mir vorbei zur Tür und lächelte. »Ah, Emily. Kommen Sie, ich stelle Ihnen unsere talentierte Floristin Peony vor. Emily ist meine Krankenschwester. Ich wünschte zwar, keine nötig zu haben, aber ich könnte keine bessere finden.«

Er war ein Charmeur. Emily war eine angenehme Erscheinung in den Vierzigern. Sie trug einen sehr schicken marineblauen Kasack und Hosen mit einer silbergrauen Paspelierung. Gewiss die Uniform eines privaten Pflegeunternehmens. Ihr dunkles Haar war straff zu einem ordentlichen Knoten gebunden, aus dem kein Haar fiel. Sie sagte, dass sie sich freue, mich kennenzulernen, ging aber sofort zu Alistair, um seinen Puls zu messen. »Zu viele Besucher sind nicht gut für Sie«, erinnerte sie ihn, als würde sie ein Kind ausschimpfen.

»Ich glaube aber, dass Peonys Besuch mir wirklich gutgetan hat. Schauen Sie sich doch diese schönen Blumen an.«

»Sehr hübsch«, sagte sie. Dann fixierte sie mich demonstrativ, um mich zu erinnern, dass ich beim Weggehen war.

»Auf Wiedersehen Alistair. Wir sehen uns bald«, sagte ich. Beim Hinausgehen sah ich, dass Emily mein Blumenarrangement auf einen Toilettentisch an der Wand stellte, wo Alistair es nicht gut sehen konnte und mein Zauber ferner war. Was konnte ich machen? Ich war ziemlich sicher, dass er die wohltuende Wirkung noch fühlen konnte.

Als ich die Treppe hinunterging, kam Alistairs Frau durch die Eingangstür. Sie trug eine Einkaufstasche von Amandas noblem Delikatessengeschäft an der High Street. Es überraschte mich, dass sie ihre Lebensmittel selbst einkaufte, aber Gillian war eine Frau von erlesenem Geschmack und wollte vielleicht die beste Zuckermelone oder was auch immer selbst aussuchen.

Ich lächelte, aber sie wirkte eher verärgert als erfreut, mich zu sehen.

Ich hatte das Gefühl, ich müsste erklären, warum ich hier im Haus war, aber dann entspannte sich ihre Miene. »Oh, ich verstehe. Sie liefern selbst die Bestellungen.« Das gab mir ein Gefühl, als würde mein Geschäft recht harte Zeiten durchmachen. In meinem Beruf gewöhnte man sich daran, dass die Kunden dich auf jede mögliche Art und Weise behandelten – manche sind total höflich, andere weniger. Mit Gillian war das heute die Weniger-Art. Ich versuchte aber, freundlich zu bleiben. Sie hatte einen kranken Mann und verzehrte sich gewiss vor Sorge.

Vielleicht konnte ich sie ein bisschen beschwichtigen. »Ich habe kurz Ihren Mann besucht. Es scheint ihm besser zu gehen.«

Sie nickte, offensichtlich mehr daran interessiert, ihre

Lebensmittel in die Küche zu tragen als an meiner medizinischen Meinung. Ich wollte gerade gehen, als Emily leichtfüßig die Treppen herunterlief. »War der Arzt heute schon hier?«, fragte sie Gillian.

»Ich weiß nicht. Ich war einkaufen.«

»Wir haben fast kein Morphin mehr.«

»Ich werde mit dem Arzt reden, wenn er kommt«, sagte Gillian. »Er ist für alle Medikamente zuständig.« Die Worte waren zwar höflich, aber in der Art, wie die zwei Frauen miteinander redeten, war etwas eigenartig. Eine unterschwellige, fast nicht wahrnehmbare Spannung war zu verspüren.

»Und Alistair fragt nach Ihnen«, sagte Emily.

»In Ordnung, ich komme rauf«, sagte Gillian mit einem langen schmerzlichen Seufzer. Sie streckte den Arm mit der Einkaufstasche aus, als würde das Dienstmädchen wie durch Zauberhand auftauchen. »Estella? Wo ist das dumme Mädchen?«

»Ich mache schon«, sagte ich, weil ich nicht wollte, dass das Dienstmädchen Schwierigkeiten bekam. »Ich trage die Sachen in die Küche.«

»Wenn es Ihnen nichts ausmacht.« Sie übergab mir zufrieden ihre Last.

Ich fand allein in die Küche. Sie war sagenhaft. Das hätte ich wissen können. Ich dachte an all die Verbesserungen, die ich in meiner Küche vornehmen wollte und wurde sofort wieder neidisch. Wenn ich das Geld gehabt hätte, hätte ich mich sehr ähnlich wie hier eingerichtet. Die Küche war ein Anbau zum ursprünglichen Gebäude und viel moderner als das restliche Haus. Ich nahm an, dass Gillian der Mastermind hinter der luxuriösen Marmorinsel, den Geräten der Extraklasse und dem doppelten Backrohr war. Es war ein

Paradies für Köche. Aber das Zentrum der Küche bildete ein AGA-Gasherd. Die Küche war makellos sauber (im Gegensatz zu meiner chaotischen, aber gemütlichen Küche), ihre Fenster boten denselben schönen Ausblick auf den Garten wie Alistairs Räume. Hier unten konnte ich seine volle Pracht bewundern.

Der Garten ging nach Südosten und war groß. Wohl über einen Hektar mit großen Rasenflächen und umgeben von Cotswold-Steinmauern. Mehrere mit Steinen gepflasterte Wege durchquerten den Rasen, umrahmt von schön geschnittenen Eiben- und Buchs-Hecken. Links befand sich ein Fischteich mit einem Wasserfall als Hauptattraktion und dahinter ein großer Pool und ein professionell aussehender Tennisplatz.

In der Ferne war ein ziemlich umwerfender Gärtner kaum zu übersehen, der den Rasen mähte. Er mochte so Anfang dreißig sein mit wuschelig braunem Haar und tiefer Bräune. Ich hatte ihn schon in der Stadt gesehen. Wir hatten zwar noch nie miteinander geredet, aber in diesem Ort konnte man kaum unbekannt bleiben. Er hieß Owen Jones und arbeitete langsam, aber mit methodischer Genauigkeit, dabei waren seine langen Beine und sein muskulöser Torso schwer zu übersehen. Aber natürlich konnte ich nicht den ganzen Tag hier rumstehen und einen heißen Typen bei der Arbeit zusehen. Ich hatte selbst Arbeit.

Zum Glück kam das junge Dienstmädchen herein, als ich gerade überlegte, wohin ich die Lebensmittel stellen sollte, und sie nahm mir die Tasche ab.

Ich entfernte ein loses Blatt von meiner Bluse und ging hinaus, zuversichtlich, dass es Alistair bald besser gehen würde.

KAPITEL 5

*A*ls ich hinaustrat, tauchte gerade der attraktive Gärtner mit einer Schubkarre voller Grasschnitt seitlich vom Haus auf.

Aus der Nähe betrachtet, war es nicht leicht, ein Sabbern zu unterdrücken. Denkt an den Hauptdarsteller in einer klassischen romantischen Komödie. Breites Kinn, groß, dunkel und gut aussehend. Tiefe Bräune und nette Zickzackfältchen um die Augen und auf der Stirn von der Arbeit im Freien. Sein Haar war irgendwie zerwühlt wie ein ungemachtes Bett.

Er winkte mir zum Gruß zu und ich ging zu ihm hinüber und hoffte, mir von ihm ein paar Ideen wegen des peinlichen Problems in meinem Garten zu holen.

Das Problem mit meinen Pfingstrosen. Ich weiß, ich weiß. Wie konnte meine Namenspatronin mich so im Stich lassen? Egal, was ich versuchte, diese schönen, buschigen Blumen blühten einfach nicht. Je entschlossener ich vorging, desto häufiger versagten die Pflanzen. Und wenn dieser Typ die erstaunlichen Pfingstrosen von Lemmington House züchtete, dann war er gewiss der Richtige, um zu helfen.

Owen Jones nickte mir zu, bis er sah, dass ich auf ihn zuging. Da setzte er die Schubkarre ab und wartete.

»Es tut mir leid, Sie zu stören«, sagte ich. »Ich bin Peony Bellefleur von Blumenzauber.«

»Ich weiß, wer Sie sind«, sagte er. Nicht unfreundlich, aber er hatte entschieden nicht den ganzen Tag Zeit, um herumzustehen und Informationen zu bekommen, die er bereits hatte.

»Genau.« Er hatte einen Akzent, den ich nicht recht zuordnen konnte. Gewisse britische Akzente entgehen mir immer noch – alle waren mir noch nicht klar. Er war von irgendwo im Norden. Vielleicht Yorkshire.

Ich erklärte mein Problem mit den Pfingstrosen.

Er blickte zu einem weiteren mich verhöhnendem Beet, dessen Blütenköpfe zu tiefrosa Blumen barsten. »Pfingstrosen sind eigentlich nicht schwer zu züchten, wissen Sie, aber sie sind ein bisschen heikel, was die Lage angeht. Wenn Sie wollen, dass sie richtig gedeihen, dann behandeln Sie sie wie Tulpen. Sie wollen einen kalten Boden im Winter, also pflanzen Sie sie nicht entlang der Hausmauer, weil sie die vom Haus kommende Wärme nicht vertragen könnten.«

Ich versicherte ihm, dass das nicht das Problem meiner Pfingstrosen war. »Mein Bauernhaus ist kalt! Arg kalt!«

Er nickte. »Mein Haus auch. Hübsches Skelett diese alten Häuser, aber wenig gepolstert.«

Er fragte, wie viel direkte Sonneneinstrahlung die Blumen bekamen. »Sie brauchen mindestens fünf Stunden am Tag, um zu blühen. Die Morgensonne mögen sie am liebsten.«

Ich überlegte, dass meine vorwiegend Nachmittagssonne

bekamen. »Aber fünf Stunden bekommen sie sicher. Ich verstehe nicht, warum sie so schwierig sind.«

Owen erbot sich, einmal vorbeizukommen, um sie sich anzusehen. »Manchmal muss man sich eine Pflanze vor Ort richtig ansehen, um zu erkennen, was ihr fehlt«, sagte er und er war mir sofort sympathisch. Er klang vielleicht ruppig und salopp, aber ich fühlte, dass dieser Mann Blumen verstand.

Ich bedankte mich und fuhr zurück ins Geschäft. Ich hatte den Eindruck, dass Owen ein bisschen einsam war. Er war vor zwei Jahren hierher gezogen, war aber oft allein, wenn er bei einem Drink in The Mermaid saß. Ich war nicht sicher, wer seine Clique war und zu wem er passte. Ich schätzte, ich würde mich mit ihm anfreunden können.

Im Geschäft hatte Imogen alle Hände voll zu tun, um verschiedene Kunden gleichzeitig zu bedienen. Ich fühlte mich schuldig. Ich war viel länger als geplant bei den Fairfax' geblieben, hatte mit Alistair und Owen geplaudert – also machte ich mich sofort an die Arbeit.

Das Wochenende stand bevor und viele Familien im Dorf erwarteten Angehörige zu Besuch oder hatten Freunde aus London eingeladen. Wir hatten sehr schöne Papageientulpen auf Lager und die Kunden kauften sie dutzendweise. Sie hatten hübsche Namen: Safran, Apricot Blush, Sailor's Delight, Rokoko. Papageientulpen öffneten ihre gekräuselten Blütenblätter Mitte bis Ende des Frühlings, nachdem die meisten anderen Tulpen bereits geblüht hatten und verblüht waren. Die Farben züngelten über die Blütenblätter wie leuchtende Flammen. Sie zählten zu meinen Lieblingen.

Neben den stolzen Hausbesitzern kamen auch die elegant gekleideten Damen, die sich um die Ferienwohnungen in unserem Ort kümmerten. Sie fegten herein mit ihren Seidentüchern und Designerjeans, den blumigen Parfums, die sich mit dem Duft meiner Blumen vermischten. Diese Damen wussten von der Macht eines Begrüßungsstraußes, wie sich der Duft im Haus ausbreitete, die Gäste umgab und ihre Stimmung hob. Sie kauften immer die Publikumslieblinge: weiße Rosen, Zimmerkallas, Freesien.

Vielleicht ist jetzt der richtige Augenblick, um euch ein bisschen mehr über Blumenzauber zu erzählen. Es war wirklich ein bisschen Trial and Error, um die Dinge ins Lot zu bekommen.

Ihr wisst ja schon, dass ich den Laden als Joint Venture mit meinem Mann begonnen hatte. Ich hatte einen Abschluss als Diplomkauffrau und war zuvor Gebietsleiterin bei einer Kette von Biolebensmittelläden in den USA. Damit besaß ich den richtigen Geschäftssinn. Kosten, Marketing, Hochrechnungen – das ging mir alles von der Hand. Meine erste Priorität war mich umzusehen, wo ich die besten Preise bekam, Beziehungen zu den Blumengroßhändlern aufzubauen. Unnötig viele Blumen zu bestellen, hätte unser Ruin sein können, das wusste ich. Ich musste unseren Markt verstehen lernen und was unsere Kunden schätzen und wiederholt kaufen würden.

Ich begriff, dass es eine feine Balance gab zwischen eine große Auswahl an Blumen anzubieten und Geld zu verschwenden. Es gibt hier keinen Ersatz für die direkte Erfahrung. Bis ich wusste, was sich verkaufte, musste ich weniger Ware öfter einkaufen. Ich musste auch den Überblick bewahren, was sich gut und was sich weniger gut verkaufte, wie lange die verschiedenen Sorten hielten und wie sich ihre Frische am besten länger erhalten ließ. Hinter den Kulissen eines Blumenladens geht einiges vor sich.

Mir fehlte allerdings botanisches Wissen. Nein, ich habe nicht einfach gezaubert, um das wettzumachen. Ich besuchte einen Abendkurs in Gartenbau in Oxford. Ich hatte zwar geplant, eine Floristin anzustellen, musste mir aber trotzdem ein Grundwissen aneignen. Ich wollte nicht in die Lage kommen, dass ich nicht weiterwusste, wenn meine Angestellte krank würde. Ich musste auch ohne Hilfe zurechtkommen.

Alles hatte ich durchdacht. Jeremy übernahm den Einkauf für den Geschenke- und Souvenirbereich (er hatte ein sündhaftes Faible für Clotted Cream Fudge) und ich war für die Blumen zuständig. Ich wollte, dass das Geschäft sowohl die Highend-Kunden (Hochzeiten und The Tudor Rose) sowie Routineeinkäufer, die Vorzimmer verschönern oder Freunde erfreuen wollten, ansprechen würde.

Ich hatte recherchiert und festgestellt, dass das größte Problem für Floristen heutzutage der Online-Wettbewerb und die in Supermärkten verkauften Blumen waren. Es war erfreulich, dass es im Dorf keine gab. Der nächste große Supermarkt war drei Kilometer entfernt. Ich habe ihr Angebot gesehen. Ihre immer gleichen Sträuße waren vielleicht billiger, waren aber nicht zu vergleichen mit meinen sorgfältig ausgewählten Blumen. Ihre Blumen waren ein Anhängsel, ein paar lieblose Eimer in der Nähe der Kassen. Ich sorgte auch dafür, mehr einzigartige, schwer zu findende Sorten zu bestellen, Blumen, die man sonst nirgends kaufen konnte. Nach fünf Jahren bot Blumenzauber ein vollkommen anderes Erlebnis. Man konnte einen süßen Strauß Narzissen für ein Pfund oder einfache Sonnenblumen für ein paar Pfund mehr kaufen. Oder sein Geld für die ausgefallensten Sorten verschwenden. Paradiesvogel, Kängurublume, prächtiger silberner Eukalyptus. Die Bewohner des Dorfes konnten auch für eine monatliche Gebühr jede Woche frische Blumen geliefert bekommen.

Jeremy hatte unsere Website gebaut und viele Bestellungen kamen über sie. Sie war großartig: modern und erlesen mit einem ins Auge stechendem Logo, faszinierenden Fotos von Blumen und Geschenkartikeln und hilfreichen Bildbeschriftungen. Der Zugriff war einfach und bedienerfreundlich. Ich widmete meine Zeit, auf Kommentare oder Fragen per E-Mail zu antworten. Imogen und ich fertigten die meisten Bestellungen selbst ab, wenn wir aber extrem viel zu tun hatten, konnte ich noch ein paar Leute einstellen.

Den Unterschied aber machte unser Kundendienst. Ich will hier nicht mit Eigenlob prahlen, aber Hexen sind von Natur aus empathisch. Wir können die Laune einer Person quer durch einen Raum fühlen und herauskriegen, was sie brauchen, um sich besser zu fühlen. Ich versuche, das auch auf Imogen zu übertragen. Sie ist ein von Natur freundliches Mädchen, aber ein guter Kundendienst geht darüber hinaus. Man muss wahrnehmen, was Kunden wollen. Manche wollen sich in Ruhe ein paar Minuten umsehen, andere wollen sofort bedient werden, wie deutlich soll man etwas anbieten, wie taktvoll nach dem Budget fragen. Kunden sollten das Gefühl haben, willkommen und wertgeschätzt zu sein. Und darin, glaube ich, waren wir spitze.

Imogen war, wie ich schon erwähnte, eine fantastische Blumendesignerin. Sie konnte jedes Arrangement gut aussehen lassen, egal welche Blumen sie verwendete oder für welchen Preis. Sie hatte einen einzigartigen Stil, frisch, modern und immer einfallsreich.

Dann waren da noch unsere Schaufenster, die im ganzen Ort bewundert wurden. Theatralisch, aber nie gestelzt. Imogen und ich schufen mit großem Engagement unvergessliche Dioramen. Eine Schaufensterpuppe in einem Kleid aus rosa Rosen für den Valentinstag. Eine Blumengirlande, bei der wir die Blumen zusammennähten, um eine Wand aus hängenden Blumen zu schaffen. Für den Herbst ein antikes Hochrad mit Kürbissen in seinem Korb, dahinter hängend ein riesiger Kranz aus lebhaft roten Blättern.

Weihnachten war meine bevorzugte Zeit. Alles in Grün und Gold und Rot – traditionelle Farben, mit einem vollkommen neuen Dreh und alles aus Seide. Es war wie im Märchen. Voriges Jahr verwendete ich Seidenrosen, Weihnachtssterne, Orchideen und Beeren, die ich zu einem dreistufigen Kreis formte, ausgeschmückt mit Weihnachtskugeln, besprühtem Blattwerk, Tannenzapfen und Lotusblüten. Die Fenster waren von üppigen Girlanden aus Fichtenzweigen und Beeren eingerahmt und in den Fenstern hingen zwei herrliche, glitzernde Kränze und darüber baumelte eine Reihe von schimmernden Weihnachtskugeln. Ich wünschte, ihr hättet hier sein und es sehen können.

Aber jetzt wieder an die Arbeit. Eine Frau aus dem Ort wählte einen vorgefertigten Strauß aus bunten Nelken für ihre kranke Schwiegermutter. Ich strich mit der Hand über die Blüten und sandte heilende Kräfte direkt in die Blumen, bevor ich sie mit einer Gute-Besserung-Karte an der Kasse abfertigte.

Imogen arrangierte gerade einen umwerfenden Strauß

für eine der Managerinnen von Ferienwohnungen. »Es sieht so aus, als würden wir dieses Jahr eine sehr gute Sommersaison haben. Die Buchungen schnellen in die Höhe«, sagte sie.

Eine gute Sommersaison bedeutete natürlich noch mehr Touristen, es bedeutete aber auch mehr Verkäufe für uns alle.

ach einigen geschäftigen Stunden ließ ich Imogen nach Hause gehen und begann, die Kasse zu machen. Ich machte die X- und Z-Berichte der Registrierkasse, kontrollierte die Einnahmen mit dem Saldo, legte Wechselgeld in die Kasse und das Bargeld in den Safe. Ich hätte inzwischen meine Abschlussroutine im Schlaf machen können. Der Boden war bereits geputzt, die mehr als drei Tage alten Blumenstiele waren gekürzt, das Wasser ausgewechselt. Ich spielte mit der Ausstellung der Vasen, brachte die leuchtend rosa- und violettfarbenen nach vorne. Ich war nicht in Eile. Ich genoss diese Stunde des Tages. Die Sonne sank tiefer und tauchte das Geschäft in ein goldenes Licht, war warm und wohltuend auf meinem Gesicht. Blumenzauber schien mich zu umfangen. Ohne Kunden hatte das Geschäft einen eigenen Klang – ein sanftes, leises ständiges Summen, als würden die Blumen vibrieren, plaudern. Ihre Schönheit besingen. Die Abende wurden länger und jetzt um sechs Uhr war es noch warm. Und ich liebte die Ruhe.

All dies wurde durch Klopfen an der Tür zunichtege-macht. Ich verstehe nicht, warum so viele Leute das Schild »Geschlossen« ignorieren. Als ob sie nur sehen könnten, was sie sehen wollten.

Ich legte meinen Taschenrechner weg und ging zum Eingang. Und da stand Char, den großmäuligen Papagei im Schlepptau.

Ich hatte Char und das angebotene Zimmer für diese Nacht vollkommen vergessen. Da stand sie nun. Ich lächelte und entriegelte das Schloss.

»Wie ist es gelaufen?«, fragte ich und bot Char einen Hocker am Tresen an.

Das arme Mädchen machte einen erschöpften, aber glücklichen Eindruck. Ihr Eyeliner näherte sich bereits dem Kinn und ihr Gesicht war blass. Sie fuhr sich mit der Hand durch die rosa Haarspitzen und grinste dann auf eine Art, die sie viel jünger als ihr Alter aussehen ließ. Und das Alter war auch nicht nennenswert. »Anstrengend, aber super.«

»Sie ist ein Naturtalent!«, kreischte der Papagei. »Ich hab sie durch das Fenster beobachtet. Aus der Vogelschau.«

»Ist er den ganzen Tag rumgehangen?«, fragte ich Char und unterdrückte ein Lachen. Ich wollte ihn nicht ermutigen. Ein Papagei als Vertrauten war schon schlimm genug, wenn er dann noch ein Clown war, arme Char! Sie würde alle Hände voll zu tun haben.

»Im Garten hinter dem Café. Roberto fragte, ob ich gleich anfangen könnte. Ich glaube, es hat ihn überrascht, wie gut ich bin. Er sagte, ich solle Ihnen danke sagen, dass Sie mich geschickt haben. Morgen ist Ihr Kaffee gratis. Er hat mir noch das hier gegeben.«

Sie reichte mir einen Sack mit Kaffeebohnen. Ich hielt

das braune Papier unter meine Nase und atmete den erdigen schokoladigen Duft ein. »Das werden wir morgen genießen!«

Auch wenn sie müde war, freute sich Char eindeutig, dass sie sofort Arbeit gefunden hatte. Sie schien stolz auf sich zu sein. Und mit Recht. Nicht viele junge Frauen steigen aus irgendeinem zufällig vorbeifahrenden Bus aus und finden sofort eine anständige Arbeit. Und ich konnte schon jetzt sagen, dass Char sich von ihrem neuen Chef nichts bieten lassen würde. Ein Leuchten war jetzt an ihr und ich konnte es nicht erwarten, dass es stärker wurde, sobald sie mehr Selbstvertrauen gewann.

Ich fragte sie gerade, wie ihr Tag verlaufen war, als es wieder klopfte. Dieses Mal konnte ich aber ahnen, wer es war.

»Mom«, sagte ich, während ich die Tür öffnete.

»Hallo mein kleiner Schatz«, antwortete sie mit ihrem schottischen Akzent, den sie nie verloren hatte, und streckte sich, um meine Wange zu küssen.

Jessie Rae Bellefleur, meine Mutter, war fünfundsechzig, mit der Energie einer Fünfundzwanzigjährigen. Ihre hennaroten Locken wippten so sehr, wie ihre Augen tanzten. Egal zu welcher Jahreszeit, sie liebte es, in Kitteln herumzulaufen. Jessie Rae war ein flatteriges quirliges Schottenmädchen und entstammte einer langen Reihe von Medien. Genau, meine Mutter kommunizierte mit den Toten.

»Viel zu tun heute?«, fragte sie, aber anstatt meine Antwort abzuwarten, erzählte sie mir alles über ihren Zusammenstoß mit dem Metzger heute Nachmittag. Was meine Mutter beim Metzger getan hatte, da sie doch Vegetarierin war, gehörte nicht zu der Geschichte, die sie mir erzählte. Aber das ist eben die Art, wie meine Mutter Geschichten erzählt. Sie beginnt in der Mitte, springt zum Ende, verweilt kurz beim Anfang –, bevor sie eine vollkommen andere Geschichte beginnt. Heute war keine Ausnahme. Sie unterbrach ihr Geplauder, als ihr Blick auf Char fiel.

»Na, wer ist denn diese junge Hexe?«, gurrte sie und dann sofort: »Und wie heißt der kleine Kerl?«

Der Papagei redete, bevor Char oder ich eine Chance hatten.

»Ich bin Norman«, sagte er und dann in einem sarkastischen Ton: »Danke für die Nachfrage. Wenn nur alle so höflich wären.«

»Norman«, wiederholte Char, »ist nicht gerade exotisch, oder?«

»Das sagt das Mädchen, die sich den Namen Char *ausgewählt* hat«, schnauzte er zurück.

»Nun, es ist nett, eine neue Hexe hier zu haben«, sagte meine Mom.

Char stöhnte. »Ich bin keine Hexe.«

»Sag keine Dummheiten, Kleine, natürlich bist du eine. Jessie Rae konnte es auf eine Meile Entfernung fühlen. Aber warum sind um dich herum lauter Nonnen, Mädchen? Ich sehe Nonnen.«

Bei diesen Worten richtete sich Char auf. »Sie sehen Nonnen?«

»Ja, Kleines.« Moms Augen wanderten um Char herum, sie nickte. »Und sie singen. Höllisch laut, wenn ich so sagen darf. Keine großen Sängerinnen diese Nonnen«, fügte sie leise hinzu, als hätten die Nonnen sie hören können und sich verletzt fühlen.

Char sackte auf ihrem Hocker zusammen. »Meine Eltern wollten, dass ich Nonne werde. Als alles Beten gegen mein schräges Wesen nicht half, sandten sie mich zu den Schwestern. Die Nonnen singen wahrscheinlich, weil sie mich losgeworden sind.«

Meine Mom lachte, ein volles, dröhnendes Lachen, das durch den Raum polterte. Alle im Dorf kannten dieses Lachen. »Du? Eine Nonne? Du brauchst keine Seherin zu sein, um zu erkennen, dass das nie funktioniert hätte.«

»Mom«, sagte ich, »Char ist neu hier und ihr habt euch gerade erst kennengelernt. Könnten wir es ein bisschen ruhiger angehen?«

Aber Jessie Rae war eine Frau, die nach ihrer eigenen Pfeife tanzte – ob klanglos oder klangvoll.

Ich liebe meine Mom, versteht mich nicht falsch. Aber sie hat eine Persönlichkeit, die ist – gelinde gesagt – ein bisschen überlebensgroß.

Jessie Rae sagt immer, dass die Bellefleurs dazu bestimmt seien, kein Glück in der Liebe zu haben. Mom hat – wie ich auch – jung einen flotten Amerikaner geheiratet, mit »dem schönsten Schnurrbart, den ich je gesehen habe«, wie sie gern sagte. Sie lernten sich auf Conny Island kennen, in der Schlange für Zuckerwatte. Eine süße Begegnung, wie sie im Buche steht. Anfang einer stürmischen Romanze. Riesenrad, Autodrom, Abendessen und einen Monat später der Heiratsantrag. Sie bekam mich, als sie dreißig war, und innerhalb eines Jahres starb Dad. Sie zog mich alleine auf und ich schulde ihr alles. Aber ihr könnt mir glauben, sie hat auch ihre Momente.

Zwei übernatürlich veranlagte Frauen, die in einem kleinen Haus in Maine versuchten, sich ihren Platz zu erobern? Ein Auf und Ab. Wortwörtlich. Teetassen und Kissen flogen durch das Zimmer, während ich mich abmühte, meine übernatürlichen Kräfte in den Griff zu bekommen. Mom saß gewöhnlich im Schneidersitz mitten im Zimmer voller Weihrauch und plauderte vergnügt mit Geistern. Oft redete sie mit ihnen über mich, erbat Rat in Erziehungsfragen von Leuten, die wahrscheinlich in Jahrhunderten keine Kinder mehr aufgezogen hatten.

Ich musste sie oft erinnern, zu essen oder sich für die Arbeit fertigzumachen. Es war keine ganz gewöhnliche Kindheit. Egal, nachdem Jeremy und ich verlobt waren, ging Mom in Rente und folgte uns nach Willow Waters. Sie zog in ein kleines, aber entzückendes Cottage mit einem Schlafzimmer, auf der entgegengesetzten Seite des Ortes, schaffte es aber, sich mindestens dreimal die Woche bei mir zum Abendessen einzuladen. Genau das, tat sie in diesem Augenblick.

Char starrte meine Mutter an, während diese dahin plauderte, und bemühte sich offensichtlich, der atemlosen Art meiner Mutter, ein Gespräch zu führen, zu folgen.

»Oh ja, Jessie Rae sieht heute viele Geister um dich herum. Alle möglichen folgen dir. Nicht nur Nonnen.«

Ach, das hatte ich vergessen – meine Mum spricht gerne von sich in der dritten Person.

»Jessie Rae!«, ermahnte ich sie, als wäre ich die Mutter. »Lass das arme Mädchen in Ruhe. Sie hatte einen anstrengenden Tag.«

»Tja, so sieht es aus«, antwortete sie, obwohl ich sicher war, dass Char nichts gesagt hatte. »Kann hier jemand Seife riechen?«, fragte Mom.

»Seife?«, krähte Norman.

»Mhm, ja. Ich krieg den Geruch von Bienenwachsseife nicht aus der Nase.«

Char schüttelte den Kopf. »Wie ist das möglich? Wie können Sie das wissen?«

»Och, Liebling, ich sagte ja schon – ich habe die Gabe. Du wirst dich daran gewöhnen.«

Char sah um sich, als fragte sie sich, ob sie träumte. Ich kenne das Gefühl. Ich hatte es selbst sehr oft. Dann sagte sie: »Die Nonnen produzierten Bienenwachsseife, um Geld für die Kirche zu beschaffen. Sie verkauften sie an Samstagen auf dem lokalen Markt. Kleine ovale Dinger mit einer oben eingravierten Rose.«

»Und jetzt bist du in einem Blumengeschäft. Der Kreis schließt sich«, sagte Jessie Rae.

Und damit verlor Mom schnell jedes Interesse und erkundigte sich nach dem Abendessen. Sie wollte wissen, ob Hilary heute dran war zu kochen. Ich verdrehte die Augen und bejahte. Schnell erklärte ich Char, dass Hilary meine Mitbewohnerin war. Hilary und Jessie Rae lagen sich immer in den Haaren, wenn es ums Kochen ging.

Hilary kochte strikt nach Rezept. Suppenlöffel, Kaffeelöffel, Waage, Messkrug – alles bei der Hand. Alles wurde sorgfältig geschält, geschnitten, geschöpft, gerührt. Sie kochte mit krummem Rücken, dem Kopf zwischen den Seiten jenes Kochbuchs, dem sie sich in dem jeweiligen Monat widmete. Rae sagte, dass es das Anwaltsstudium war, das Hilary so rigide machte.

Das hatte nichts gemeinsam mit der Art, wie meine Mom und ich kochten. Stellt euch Gekleckere und Experimente vor, die Arbeitsfläche übersät mit Gewürzen. Eine Extraprise hiervon, einen größeren Klacks davon. Wir kochten beide mit Intuition und obschon die Ergebnisse etwas gemischt ausfallen konnten, so war es doch immer ein Spaß, die Mahlzeiten zuzubereiten. Mom sagte, dass Kochen mit Intuition zum Hexenwesen gehörte.

Blue, die die ganze Zeit währen Chars Ankunft und Jessie Raes Monolog ihr Nickerchen gemacht hatte, erwachte und schlenderte hinüber zu Char. Sie umkreiste Chars Knöchel und begann zu schnurren.

»Na, das ist eine Erleichterung«, sagte ich. »Blue mag dich. Am Morgen wird sie am Ende deines Bettes liegen. Am Abend auch. Und wahrscheinlich auch jederzeit dazwischen.«

Char grinste, dann kniete sie nieder, um Blue hinter den Ohren zu kitzeln. Ihre rosa Haare fielen ihr über das Gesicht. Blue schnurrte dankbar. Rosa und Blue. Wie süß.

Aber Norman passte das nicht. Von seinem Platz auf dem Kartenregal begann er sein Missfallen kundzutun. Ziemlich laut und dann noch lauter.

Char ignorierte ihn, obwohl sie auch ohne ihre Hexenkräfte erkannte, dass ihr Vertrauter eifersüchtig war. So ärgerlich sein Dz-dz auch war, so konnte es nicht weitergehen. Char musste sich mit ihrem Vertrauten anfreunden. Er war hier aus einem bestimmten Grund und wir würden herausfinden müssen, warum.

Als ich mit dem Tagesabschluss fertig war, wurde mir erst richtig bewusst, was für ein bunt zusammengewürfeltes Häufchen in meinem Geschäft war. Was würde Hilary wohl denken, wenn wir nach Hause kamen?

»Kommt, los«, sagte ich und scharte sie an der Tür zusammen. »Wir fahren heim.«

Ich verließ das Geschäft als Letzte und schloss die Tür fest hinter mir, drehte zweimal den Schlüssel um und schob den Riegel vor, bevor ich die Rollläden herunterzog.

Ich schnalzte mit den Fingern, um die abgeschlossenen Türen meines Range Rovers zu öffnen, und musste lachen, als meine Mom und Norman sich um den Beifahrersitz stritten.

Ich setzte mich hinter das Lenkrad und es überraschte mich nicht, dass meine Mutter den Kampf gewonnen hatte.

»Es ist nett für Peony, eine Schwester zu haben«, sagte sie und drehte sich zu Char auf dem Rücksitz um. Dann zu mir gewandt, sagte sie: »Du musst sie zum nächsten Hexenzirkel-Treffen mitnehmen.«

»Keine Hexe!«, beharrte Char.

»Das redest du dir nur ein, Schwester«, sagte Norman und hockte sich auf seinen Platz auf ihrer Schulter.

KAPITEL 7

*J*essie Rae hatte ein eigenes Schlafzimmer im Bauernhaus – es fehlte mir ja nicht an Zimmern. Sobald wir ankamen, verschwand sie, um sich »frischzumachen«.

Meine Mutter war zwar eine Naturgewalt, aber ich wusste, dass sie wahrscheinlich vor dem Abendessen ein kleines Nickerchen, wie sie sagte, hielt.

Insgeheim war ich froh, denn als wir zu Hause eintrafen, wurde mir bewusst, dass meine Mitbewohnerin Hilary vielleicht nicht so begeistert sein würde, dass eine junge Ausreißerin plötzlich bei uns wohnen würde. Dann war da noch Norman, der nicht verträglich war wie Blue und jedenfalls viel lauter. Hilary hatte keine Ahnung, dass ich eine Hexe war. Nicht, weil ich ihr nicht vertraute, das sind einfach die Regeln. Du findest deinen Hexenzirkel und haltest zu deinen Schwestern durch dick und dünn. Keine Außenseiter, so nett sie auch sein mögen.

Hilary gehörte nicht zu uns. Ich meine, sie war keine Hexe. Sie war auf der ganzen Linie rechtschaffen und gesetzestreu. Meine Mutter war entsetzt, als ich eine Mitbewohnerin ohne Zauberkräfte einziehen ließ, es war aber eine Erleichterung, zu einem normalen Menschen heimkommen zu können. Jeremy hatte auch keine Zauberkräfte. Ich hätte ihm vielleicht nie etwas von meiner Gabe gesagt, wenn er mich nicht dabei überrascht hätte, wie ich die Kerzen im Wohnzimmer vom Esszimmer aus anzündete. Er schien nicht überrascht von meiner Enthüllung und gestand schließlich, dass er immer gedacht hatte, ich sei irgendwie anders.

Er drängte mich nie, ihm Einzelheiten oder Geheimnisse zu verraten, und blieb locker, wenn ich zu einem Hexensabbat ging und für meine Kunst in das entfernteste Außengebäude zog. Es war keine große Sache, wenn er mich bei einer harmlosen Zauberei überraschte, ich wollte aber nicht, dass er über mich stolperte, wenn ich ernsthaft zauberte.

Während vieler Stunden des Tages ließ ich meine Gabe beiseite. Ich hatte mich daran gewöhnt, so zu leben wie die meisten Menschen. Mein Geheimnis vor Hilary zu bewahren, war manchmal eine Herausforderung, ich hatte mich aber daran gewöhnt.

»Hallo!«, rief ich und fragte mich zugleich, ob ich Hilary von Char hätte erzählen sollen, bevor ich sie damit überfiel, dass jetzt noch eine dritte Person wenigstens vorübergehend bei uns wohnen würde.

Und ein Papagei.

Hilary war jedoch eine außerordentlich angenehme Person mit einem gütigen Herzen. Sie hatte schließlich ihr ganzes Berufsleben die Gerechtigkeit hochgehalten. Sie würde doch nichts dagegen haben, einer bedürftigen jungen Frau zu helfen?

Meine Bedenken schwanden, als ich Char beobachtete, die mein Zuhause bewunderte. Sie drehte sich in der Eingangshalle langsam im Kreis und sagte ziemlich unkorrekt: »Das ist mega wie Downton Abbey.«

»Nett, nicht wahr«, flüsterte ich, unfähig, meinen Stolz zurückzuhalten. »Mein Mann und ich haben es vor einigen Jahren gekauft und wollten es zu einem Bed and Breakfast umbauen, es gibt aber noch sehr viel zu tun, bevor es so weit ist.«

Char schob die Haare aus ihren dunklen Augen. »Sind Sie verheiratet? Ich hoffe, Sie sind nicht böse, wenn ich das sage, aber Sie machen einen so unabhängigen Eindruck, dass ich geglaubt hab ...« Char hielt verlegen inne.

Ich versicherte ihr, dass es okay war. »Ich bin unabhängig. Ich bin Witwe.« Man könnte meinen, dass es nach fast drei Jahren leichter sein würde, es jemandem zu sagen. Aber es überkam mich immer noch dieselbe Welle Traurigkeit, während ich diese Worte aussprach.

»Oh, das tut mir sehr leid.« Die üblichen Beileidsworte kamen über Chars Lippen, trotzdem konnte ich ihre tiefe Empathie fühlen. Sie legte die Hand auf ihr Herz und ich wusste, dass sie etwas von meiner Trauer fühlte. Das konnten Hexen, aber Char konnte besonders gut eine Verbindung zu anderen herstellen. Ich fragte mich, ob sie wusste, wie stark ihre übernatürlichen Kräfte bereits aus ihr strömten. Wie aufregend, wenn sie es herausfinden würde! Wir gingen zur Küche, wo ich Hilary bereits arbeiten hörte.

Die Küche war wohl mein Lieblingsraum im ganzen Haus. Es war eine richtige Landhausküche und riesengroß. Ein Aga-Herd (aber kein so eindrucksvoller wie der von Lemmington House), ein Natursteinboden, mehrere Wollteppiche umgaben den antiken Esstisch, zwei Lehnstühle, wo man sich mit einem Glas Wein entspannen konnte, während das Stew am Herd blubberte. Ich vermied es sorgfältig, in dieser Küche Zaubertränke herzustellen. Ich bewahrte meine Kochkessel im Außengebäude auf, wo sich sowohl ein offener Kamin wie ein moderner Holzofen befanden.

Hilary stand mit dem Rücken zum Raum, in einer Hand ein Kochbuch und die andere auf dem Herd. Sie war vollkommen selbstvergessen, wenn sie sich auf das Kochen konzentrierte.

Ich räusperte mich, damit Hilary wusste, dass ich zu Hause war, und fragte dann, ob ich helfen konnte.

Hilary richtete sich auf und wandte sich uns zu. »Es ist hoffnungslos«, sagte sie.

Meine Hoffnung, dass das Abendessen bald fertig sein würde, fand einen raschen Tod.

»Das Backrohr lässt sich nicht aufheizen.« Das Backrohr war vielleicht nicht heiß, aber Hilary war rot vor Frust.

»Ich habe eine Frittata gemacht und wenn sie nicht gleich ins Backrohr kommt, ist sie nicht mehr genießbar.«

Char sah drein, als wüsste sie nicht, was eine Frittata war, auch wenn eine sie in den Hintern beißen würde. Der Papagei hopste auf die Vorhangstange, um einen besseren Überblick über die Szene zu haben.

»Hilary, das ist Char.« Ich erklärte, dass Char neu hier war und gerade im Café Roberto zu arbeiten begonnen hatte. »Sie wird eine Weile bei uns bleiben.« Ich sagte nicht wohnen, weil es eine Probezeit war.

Hilary und ich hatten über zwei Jahre gewissermaßen in Harmonie zusammengelebt. Es brauchte etwas, in unserem Alter eine Mitbewohnerin zu haben. Im Laufe der Zeit hatten wir gelernt, den Rhythmus der anderen zu verstehen. Mit Respekt miteinander umzugehen. Wenn Jessie Rae nicht hier schlief, führten wir ein ruhiges Leben mit einer festen Routine. Wir aßen gemeinsam zu Abend und gelegentlich Frühstück an Wochenenden. Eine etwas über Zwanzigjährige in diese Mischung einzubringen, hätte unsere sorgfältig eingeübte Gemeinschaft stören können.

Wenn ich Char jetzt betrachtete, musste ich einsehen, dass sie nicht gerade einen besten ersten Eindruck hinterließ. Bröselnder Eyeliner und Haare wie eine Rockerin. Sie hatte ihren rosa Regenmantel ausgezogen und zeigte sich jetzt in ihren hautengen Lederleggings und einem T-Shirt einer Band, dessen Ärmel sie abgeschnitten hatte, so dass man ihre Tattoos sehen konnte. Ich würde wohl einige Hausregeln für unseren jungen Gast aufstellen müssen, vorausgesetzt sie wollte an einem so ruhigen Ort wie diesem bleiben. Sie sagte, sie wollte in London leben und dies hier war kulturell gesehen viel weiter von der großen lauten Stadt entfernt als geographisch. Ich flehte stillschweigend Hilary an, nachsichtig mit der lieben Char zu sein. Sie konnte doch sicher sehen, dass diese junge Frau ein bequemes Bett brauchte, um sich richtig auszuschlafen.

Hilary streckte die Hand aus und Char schüttelte sie verwirrt.

»Willkommen!«, sagte Hilary und dann: »Wegen dem Backrohr.«

Ich war sicher, dass sie es nur falsch eingestellt hatte. Sie war oft so versunken im Studium ihres letzten Kurses der Altphilologie, dass ihre Gedanken von der gegenwärtigen Aufgabe ein paar tausend Jahre zurück ins Land der

Pharaonen wanderten. Ich bückte mich und kontrollierte selbst.

Hilary hatte recht. Das Backrohr war eiskalt.

Zu meiner Überraschung hockte Char sich neben mich. »Lassen Sie mich nachsehen«, sagte sie. »Ich habe ein Händchen für mechanische Sachen.«

Ich machte Platz. Sie fummelte an den Drehknöpfen und legte das Ohr an die Tür. »Ich glaube, es ist ein Lufteinschluss. Das Gas kommt nicht durch.«

»Kannst du es richten?«, fragte Hilary.

»Sicher.«

Wir ließen sie arbeiten und in wenigen Minuten sagte sie: »Es heizt sich jetzt auf.«

Hilary sah mich verwundert an. »Ich hoffe, sie bleibt für immer.«

Eine Hexe mit einem Gefühl für Mechanik. Faszinierend. Sie hatte eindeutig keine Ahnung, wie sie die Gabe, die sie hatte, kontrollieren konnte. Mir wurde klar, dass es mich traf, ihr die Gepflogenheiten von uns Schwestern zu erklären. Aber übernahm ich mich mit dieser Aufgabe vielleicht? Hatte ich wirklich Zeit, eine junge wilde Hexe auszubilden, die in Hülle und Fülle übernatürliche Fähigkeiten besaß?

Der Friede des Augenblicks wurde von Norman zunichtegemacht. Er wählte diesen Moment, um im Sturzflug herabzuschießen und sich auf Chars Schulter zu setzen. Sie versuchte, ihn abzuschütteln, ohne Erfolg.

»Du lieber Himmel«, rief Hilary und verlor kurz ihre übliche Gelassenheit. »Gehört er dir?«

»Nein«, sagte Char.

»Doch, leider«, sagte Norman.

Oh weia. Das Beste, um diese neue und potentiell ärgerliche Ergänzung unseres Haushalts diskret zu übergehen, war, den Papagei so gut wie möglich außer Sichtweite zu halten. »Hilary, das ist Norman. Er scheint ziemlich an Char zu hängen. Apropos, soll ich dir dein Zimmer zeigen, Char?« Ich starrte Norman wütend an und hoffte, dass er kapierte und den Schnabel hielt.

Aber zu meiner Überraschung begann Hilary den Vogel zu liebkosen. »Ja, schau«, sagte sie mit süßer Stimme, »bist du nicht ein Hübscher?«

Norman spreizte die Brust und sträubte seine bunten Federn. Er verließ Chars Schulter und flog zu Hilary, wo er seine Krallen um ihr ausgestrecktes Handgelenk schlang.

»Das bin ich«, sprudelte er hervor, »ich bin ein ganz süßer, sehr hübscher Junge.«

Hilary lachte.

Die beiden waren einen Anblick! Ich hatte Hilary noch nie so süßlich gesehen. Vielleicht würde Norman es Hilary erleichtern, Char zu akzeptieren und nicht anders rum. Ich beschloss, die beiden allein zu lassen, damit sie sich anfreunden konnten.

»Das Abendessen ist in einer Stunde fertig«, sagte Hilary glücklich. »Und ich frage mich, was es gibt, was dir schmecken könnte«, sagte sie zu Norman.

»Hast du Äpfel?«, fragte er. »Ich mag Obst. Besonders Erdnüsse, aber nicht die gesalzenen.«

»Du bist ein absolut außergewöhnlicher Vogel«, sagte sie erstaunt.

»Oh, du bist sehr freundlich«, sagte er »und auch hübsch. Nicht so hübsch wie ich, aber für einen Menschen nicht übel.«

Ich nahm Chars Arm und führte sie den Flur entlang zum

Gästezimmer, das am Ende des Erdgeschosses lag. Für mich war es eines der schönsten Zimmer im ganzen Haus. Eine Glastür führte hinaus auf die Terrasse und den dahinterliegenden Garten, Licht durchflutete den Raum. Liebevoll von mir rot-braun gefärbte Holzbalken stützten kreuzweise die Decke und passten wunderbar zur rustikalen Terracottafarbe der Wände. Die Möbel waren Vintage, die ich bei einer Versteigerung gefunden hatte. Schwere geschnitzte Lampen mit cremefarbenen Lampenschirmen, ein kleiner ovaler Toilettentisch mit einem vergoldeten Spiegel und eine Vase voller getrockneter Mimosenzweige. Ich plante, sie durch frische Blumen zu ersetzen, da jetzt jemand hier wohnte. Und sowohl Char als auch Norman hatten leicht Zugang zum Garten.

Das große Doppelbett war bereits mit perfekt gebügelter cremefarbener Bettwäsche bezogen, darüber mehrere Damastkissen. Mein bevorzugtes Stück im ganzen Raum waren die Vorhänge aus besticktem burgunderrotem Damast, die aus der Tudor-Zeit hätten stammen können.

»Wow«, hauchte Char, »das ist total schön.«

Ich hatte immer davon geträumt, mein Bauernhaus mit echten Gästen teilen zu können. Und jetzt hatte ich einen. Gewissermaßen.

Char sah sich voller Bewunderung um, betastete die Vorhänge, strich mit den Fingern über den Toilettentisch. Sie griff nach einem gebundenen Roman im Bücherschrank, den ich für Gäste gefüllt hatte. »Ich hatte noch nie ein so schönes Zimmer«, sagte sie leise. »Meines war immer einfach und nüchtern.« Sie zog eine Grimasse. »Ich glaube, meine Eltern wollten mich schon früh an die Zelle einer Nonne gewöhnen.«

»Du hast hier einen schönen Blick auf den Garten«, sagte ich, »das wird praktisch für Norman sein.«

Char ging zur Glastür und lehnte einen Augenblick den Kopf an das Glas. »Ich kann nicht glauben, dass ich hier wohnen werde.«

»Ich auch nicht«, sagte Norman hinter uns und kam ins Zimmer geflogen. »Hübsche Bude, Puppe. Mach die Tür auf, komm«, bat er Char. »Ich will mich umsehen.«

Char war froh, ihn hinauslassen zu können. »Vielleicht fliegt er weg«, sagte sie. Ich dachte nicht, dass er das tun würde, und tatsächlich sahen wir ihn im Garten Kreise ziehen, bis er den perfekten Ast fand, auf den er sich setzte.

Char wandte sich mir zu. Sie sah besorgt aus. »Das hier ist mega, aber ich glaube nicht, dass ich es mir leisten kann. Ich hab nicht viel Geld.«

»Hör zu, Hexen helfen einander. Wir sind Schwestern.« Es war das erste Mal, dass sie nicht abstritt, eine Hexe zu sein. Ich nannte einen Betrag, von dem ich wusste, dass sie ihn sich leisten konnte, da Roberto einverstanden war, sein Personal besser zu bezahlen. »Die Miete ist am Ersten jeden Monats fällig. Bis dann hast du deinen ersten Lohn. Schau erst, ob du nach heute Nacht noch bleiben willst.«

Char nickte und ich ließ sie allein, damit sie sich duschen und ihren Rucksack auspacken konnte.

Ich ging nach oben, um meine Mails zu kontrollieren und mich frisch zu machen, dann rief Hilary, dass das Abendessen fertig war.

Ich folgte dem köstlichen Duft nach geröstetem Gemüse aus der Küche. Meine Mom deckte gerade den Tisch, Hilary schnitt eine Avocado in Scheiben und gab sie in eine

Schüssel mit grünem Salat. Char stand nervös neben dem Tisch, all ihre Unverblümtheit war verstummt.

»Setz dich, setz dich«, forderte Jessie Rae sie auf.

Char setzte sich und Hilary stellte stolz eine riesige Geröstete-Gemüse-Frittata in die Mitte des runden Tisches. Jessie Rae schenkte Wein ein und dann teilte Hilary ihre Kreation in Portionen. Es war wie eine kleine improvisierte Dinnerparty. Der Kreis der Frauen um mich ließ mich lächeln.

»Ist das nicht nett?«, sagte Jessie Rae, als hätte sie meine Gedanken gelesen. »Du wirst es hier mögen.«

Char lächelte und sagte: »Ich bleibe nur so lange, bis ich genug Geld für London habe.«

»Was willst du dort machen?«, fragte Jessie Rae und rümpfte die Nase. Seit sie nach Willow Waters gezogen war, hatte sie sich zum Leben auf dem Land bekehrt. Meine Mom war der Ansicht, dass Städte laut waren und die Luft schlecht und zu viele Geister um ihre Aufmerksamkeit kämpften.

»In einem Musikladen arbeiten wahrscheinlich«, sagte Char.

Hilary hob eine Augenbraue. »Hast du je an ein Studium der Rechtswissenschaften gedacht, meine Liebe?«

»Rechtswissenschaften ist nicht wirklich meines«, schnaubte Char.

»Sie ist eher ein Mädchen der Geister«, sagte Jessie Rae und nahm sich vom Salat. »Das kann ich sehen. Die Geister um sie sind stark.«

Char warf mir einen flehentlichen Blick zu – wie: *Ist das ihr Ernst?* Ich konnte als Antwort nur mit der Schulter zucken. Es *war* Jessie Raes Ernst.

»Sie glaubt, sie sei von verrückten Frauen umgeben«,

sagte Jessie Rae. Wahrscheinlich sagte sie es zu uns, aber ebenso wahrscheinlich unterhielt sie sich mit einem der Geister um uns.

Darüber musste ich lächeln. »Von der besten Sorte. Was einige verrückt nennen, ist nur anders als nullachtfünfzehn. Das Normale hat seinen Platz. Dasselbe gilt für das Außergewöhnliche.«

Char kaute nachdenklich an ihrem Essen. »Glauben Sie, dass ich außergewöhnlich bin?«

»Genau.«

»Aber dann seid ihr verrückt.«

Hilary räusperte sich. »Ich hoffe, du kannst dich hier eingewöhnen wie ich auch. Wir sind wirklich wie eine Familie.«

Wir verzehrten den Rest unserer Mahlzeit in relativem Frieden. Jessie Rae hielt Hof mit ihren Geschichten und Hilary freute sich über unsere Komplimente für das Essen. Char war ziemlich still, in Gedanken versunken. Oder sie blockierte innerlich meine Mom. Beides konnte sein.

Als die Frittata verputzt war, stand Char auf und begann alle Teller abzuräumen.

Hilary nickte anerkennend.

Wir halfen alle zusammen, räumten die Essensreste weg, spülten die Teller, räumten auf und kehrten den Boden. Norman flatterte herein und widmete sich glücklich der Mahlzeit, die Hilary für ihn zubereitet hatte – klein geschnittene Äpfel, Gemüse und Nüsse. Ich musste mich erinnern, Vogelfutter zu kaufen, wenn ich in die Nähe einer guten Tierhandlung kam.

Ich hatte vor, noch meine Buchhaltung machen. Hilary studierte gewöhnlich abends und Jessie Rae meditierte gern.

Ich wollte Char an ihrem ersten Abend mit uns aber nicht allein lassen. Ich erbot mich, ihr unser Fernsehzimmer und die Bibliothek zu zeigen, die viel grandioser klang, als sie war. Es hatte mir bis jetzt an Zeit und Geld gefehlt, um diesen Raum zu renovieren. Immerhin gab es ein Heizgerät, ein paar bequeme Sofas und jede Menge Bücher.

»Ich bin so müde«, sagte sie. »Ich denke ich dusche und gehe zu Bett, wenn das okay ist.«

Ich hatte ihr schon ihr eigenes Badezimmer gezeigt und meinte, sie würde vielleicht lieber ein Bad in der großen Wanne nehmen. Sie schien über den Vorschlag hocherfreut. »Im Schrank findest du alle Badesalze, die ich selbst zusammenmische.« Sie würde gewiss die Mischung finden, die sie brauchte. In ihrem Fall wohl etwas, das nach einem Arbeitstag immer auf den Beinen ihre Muskeln entspannte.

»Sei gesegnet«, sagte ich zu Char, als wir die Küche verließen.

»Sei gesegnet«, wiederholte Jessie Rae.

»Was auch immer«, sagte Char und schüttelte den Kopf, während sie die Tür zu ihrem neuen Schlafzimmer öffnete.

»Sei gesegnet, sei gesegnet«, piepste Norman nochmals den Wicca-Segen.

KAPITEL 8

*A*m nächsten Morgen weckte mich Blue wieder mit ungewöhnlichem Elan. Ich konnte nicht begreifen, was in meine verschlafene Vertraute gefahren war. Sie kroch auf meine Brust und blieb dort, dann miaute sie, bis ich meine schlaftrunkenen Augen öffnete. »Was gibt es, Dummerchen?«, seufzte ich. Sie ließ sich aber von ihrem ärgerlichen Singsang nicht abbringen, bis ich mich aufsetzte und meine Beine aus dem Bett schwang. »Mit dir in der Nähe brauche ich keinen Wecker mehr, was?«

Blue umkreiste meine Knöchel. «Okay, ich hab begriffen.«, sagte ich und rieb mir die Augen. »Es ist was im Busch.«

Ich steckte die Füße in meine kuscheligen Pantoffeln, zog meinen Morgenrock über und schlang mein zerzaustes Haar zu einem schlampigen Knoten.

Als ich die Vorhänge zurückzog, hielt ich einen Augenblick inne, um all die Schönheit in mich aufzunehmen. Mein Zimmer lag an der Vorderfront des Hauses und ging auf einen Rasen und den Vorgarten, wo ich meine Kräuter zog.

Es war ein prachtvoller Morgen. Was konnte Blue so beunruhigen? Und dann fiel mir Char wieder ein. Ihre erste Nacht.

Ich trottete hinunter zum Gästezimmer, überzeugt, dass etwas nicht stimmte. Meine Hexenintuition feuerte Funken.

Das Haus lag still. Hilarys Tür war geschlossen, was hieß, dass es noch nicht sieben Uhr war. Wie eine Schweizer Uhr stand Hilary pünktlich um sieben Uhr auf, was ich super fand, weil sie dann bereits eine Kanne Kaffee aufsetzte und das Haus mit seinem köstlichen Duft erfüllte. Es war unvorstellbar, dass Char zur Frühaufsteherin geworden war, und ein banges Gefühl begann sich in meinem Bauch einzunisten.

Eine Hexe lernt, sich auf ihre Instinkte (und auf ihre Vertraute) zu verlassen, deshalb überraschte es mich nicht, dass die Tür zum Gästezimmer offen war. Das Zimmer leer. Das Bett sorgfältig gemacht, die Decke gefaltet und die Zierkissen aufgeschüttelt und ordentlich aufgestellt. Keine Char.

Blue sah zu mir auf, mit einem Blick wie: *Ich hab's dir ja gesagt.*

Ich streichelte den Kopf meiner kleinen Rothaarigen. Sie hatte recht gehabt, mich zu warnen. Ich ging zu den Glastüren, von denen eine leicht offenstand. War Char wirklich in der Nacht hinausgeschlüpft? Warum? Sie hatte ein bequemes Bett. Ein warmes, sicheres Zuhause. Einen Job an einem neuen Ort. Egal, wie man es betrachtete, dieses unstete Mädchen voller Probleme war auf der Butterseite gelandet. Ich presste die Hand gegen das Glas und hoffte, dass sie sich nicht auf die Suche nach einem Bus nach London gemacht hatte. Was immer sie in die City zog, musste sehr stark sein, das konnte ich sehen. War es wirklich stark genug, um einen Neubeginn in einem neuen Ort, wo sie Geld verdiente und sparen könnte, aufs Spiel zu setzen?

Ich drückte die Tür auf und ging in den Garten.

Es war zwar schon hell draußen, aber die frühe Morgenluft war frisch und klamm auf meiner vom Bett noch warmen Haut. Ich zog den Morgenrock enger um die Taille und ging über die Stufen der Veranda zum Rasen.

In dieser Jahreszeit erreichte mein Garten seine Glanzzeit und leuchtete in voller Blüte. Nach dem Gartenbaukurs hatte ich ihn sorgfältig selbst entworfen – jedes Element war so geplant, dass es harmonisch mit allen anderen zusammenwirkte. Im Schatten unter einer Silberweide war ein kleiner mit lokalen Steinen gepflasterter Kreis zum Meditieren. Die Steine hatte ich von einer eingestürzten Mauer gerettet, die ich nicht brauchte. Die Silberweide war einer meiner Lieblingsbäume – riesengroß, ausladend und romantisch. Die Rinde war graubraun, die Äste schlank und in dieser Jahreszeit mit leicht behaarten Blättern bedeckt. In den Kreis hatte ich Kristalle gelegt, als Unterstützung beim Meditieren und um mir zu helfen, mich zu verbinden. Klarer Quarz für das Gleichgewicht, Selenit für Friede und Klarheit, Amethyst, um meine Intuition zu vertiefen und Stress zu lindern, und Rosenquarz für Mitgefühl und Vergebung. Jedes Kristall half mir, die Vorhaben des Tages zu ehren und mich mit ihnen in Einklang zu bringen.

Für die besonders persönlichen Sträuße hatte ich Gemüsebeete und einen kleinen Schnittblumen-Garten angelegt. Ich plante, diesen Bereich zu erweitern, besondere Blumen für das Geschäft zu züchten. Aber dafür brauchte ich Hilfe. Ich wandte den Pfingstrosen, die sich weigerten zu blühen und sich so über mich lustig machten, den Rücken zu. Wenn ich Glück hatte, würde Owen, der Gärtner von Lemmington House, vielleicht ein paar nützliche Tipps haben.

Ich wanderte über das Terrain und hoffte noch, Char würde einen Morgenspaziergang machen. »Morgen, Schwester«, sagte eine Stimme.

Blue miaute als Antwort. Ich sah hoch. Norman hockte auf dem Giebel der aufgelassenen Scheune, die Jeremy zu einer Garage und einem Abstellraum umgebaut hatte. Ich stieß einen Seufzer der Erleichterung aus. Wenn Norman noch hier war, konnte Char nicht weit sein.

Ich ging zu dem Gebäude. Es war ein Holzrahmenhaus mit einem steilen, mit alten roten Ziegeln gedeckten Walmdach, an dessen Seite ein süßer kleiner Kamin herausragte. Es war einmal Jeremys Männerhöhle, ein Ort, an dem er tischlern und basteln konnte, und gelegentlich diente er als Garage. Seit Jeremys Tod hatte ich mich nicht überwinden können, ihn zu betreten. Als ich mich näherte, hörte ich sonderbare ächzende Laute von drinnen kommen.

»Char?«, rief ich.

»Hier drinnen«, antwortete sie.

Ich stieß den Atem aus. Dann atmete ich tief ein. Was um Himmels willen trieb das Mädchen hier?

Ich ging seitlich um das Gebäude und schob die Doppeltür auf.

Ich staunte, als ich drinnen Char über den Motor des alten Citroen-Trucks gebeugt sah, den Jeremy sehr billig vor seinem Tod erstanden hatte. Er wollte ihn reparieren lassen, weil er fand, dass wir ihn gut gebrauchen könnten. Er hatte noch nie funktioniert und ich hatte nicht das Herz, ihn zu verkaufen. Es war das Letzte, was Jeremy gekauft hatte. Es war sein Traum, ihn zu unserem Lieferwagen zu machen.

Den Laster zu verkaufen, war irgendwie herzlos, als würde ich Jeremys letzten Wunsch auslöschen.

»Was ist hier los?«, fragte ich halb lachend, halb verstört.

Wie war Char überhaupt auf die Idee gekommen, hierher zu gehen? Sie sah ohne Make-up noch jünger aus. Pickel auf ihrem Kinn machten ihre blasse Haut ein bisschen fleckig und ohne die mit schwarzem Eyeliner hart umrandeten Augen wirkten diese größer und unschuldiger. Sie trug ein Paar ausgebleichte Levi Jeans und einen grauen Sweater mit dem Logo einer anderen Band, für die ich zu uncool war, um sie zu kennen. Ihr Haar war zu einem straffen Pferdeschwanz zurückgebunden, mit der Wirkung, dass ihre Augen noch größer wirkten.

Char entschuldigte sich natürlich nicht, dass sie hier ohne Erlaubnis eingedrungen war. Sie erklärte nur, dass sie gewöhnlich bei Sonnenaufgang aufstand – noch etwas, das die Nonnen verschuldet hatten. Sie war in den Garten herausgekommen, um den Sonnenaufgang zu betrachten. »Ich hab mich umgesehen, als ich den alten Truck hier bemerkte. Er ist genial.« So begeistert hatte ich sie, seit ich ihr gestern zum ersten Mal begegnet war, noch nie gesehen.

»Hast du geplant zu fliehen? Ich muss dich warnen, dieser alte Lastwagen ist nicht fahrtüchtig. Mein Range Rover wäre viel einfacher gewesen.« Während ich die Worte aussprach, wurde mir bewusst, dass Char wahrscheinlich *wusste,* wie man ein Auto kurzschloss.

Char sah mich erstaunt an. »Na, warum sollte ich? Ich hab diese alte Kiste gesehen, die ein bisschen Liebe brauchen kann. Ich schätze, ich habe, wie man so sagt, ein Händchen für Mechanik. Eine Schwäche für Vergaser und so.«

»Genau«, sagte ich. »Ich will sagen, ich bin nicht sicher, verstanden zu haben.«

Char seufzte, als wollte sie sagen, warum muss man den Alten alles erklären? Sie erzählte, dass sie mit ihrem Ex-Freund solche Dinge gemacht hatte. »Er arbeitete in einer Autowerkstatt. Sie können sich vorstellen, was meine Eltern davon hielten.« Char hielt selbstzufrieden inne. Sie hatte einen Gesichtsausdruck, der mich an eine kleine Rebellin vom Typ »...denn sie wissen nicht, was sie tun« denken ließ, aber gut.

»Ich schwänzte die Schule und verbrachte den Tag in der Werkstatt bei ihm. Er zeigte mir ein paar Tricks. Darin war er tatsächlich gut. Wie es sich herausstellte, bin ich es auch.«

Mir fiel ein, wie sie gestern Abend den Herd »repariert« hatte. War ihre Zauberkunst so sehr in ihrem Unterbewusstsein, dass sie Dinge reparieren konnte, ohne zu wissen, was sie tat?

Norman kam hereingeflogen. »Ein paar Tricks? Ach, sowas.«

Seine Fähigkeit, eine entrüstete alte Dame nachzuahmen, brachte mich unwillentlich zum Lachen.

»Also«, fuhr Char, ohne ihren Vertrauten zu beachten, fort: »ich schätze, ich könnte das Ding da in ein paar Tagen in Gang bringen.« Sie hielt inne, als würde es ihr plötzlich dämmern, dass es nicht ihr Laster war, den sie reparieren wollte. »Wenn Sie das möchten, natürlich.«

Obwohl sie bereits begonnen hatte daran zu arbeiten, willigte ich mit einem Nicken ein. Ich dachte, Jeremy würde stolz sein, wenn wir den Truck fahrtüchtig machen könnten. »Kennst du dich mit Motoren aus?«

Char nickte. »Motoren, Bremsbeläge, Reifen, Vergaser.

Mick brachte mir alles bei, was er wusste – auch wie man ein Auto kurzschließt.«

Ha, ich hatte recht gehabt. Meine Augenbrauen schossen in die Höhe. »Dieser Mick scheint ein echter Gentleman zu sein.«

»Ich weiß, Sie meinen das abfällig, er war aber tatsächlich ziemlich cool. Er schrieb Gedichte. Natürlich konnten meine Eltern all diese netten Seiten nicht sehen, von wegen seiner Zeit im Knast.«

»Im Knast? Im Gefängnis?«

Char zuckte mit der Achsel. »Seither war er viel erwachsener. Das hatte er alles hinter sich gelassen.«

Wer war ich, um über ihn zu urteilen? Ich wusste, dass Menschen sich ändern konnten. Hätte ich meinem fünfzehn-jährigen rebellischen Wesen gesagt, dass sie in ihren Dreißigern in einem kleinen Ort in England leben und ein Blumengeschäft führen würde, hätte sie mir ins Gesicht gelacht.

Ich sagte Char, dass ich dankbar war für ihre Kenntnisse und sogar Norman war gescheit genug, den Schnabel zu halten. Ich sah hinaus in den Garten, wo Blue sich in der Sonne wälzte. Ein Gefühl der Zufriedenheit – dass dies alles so hatte sein sollen – überkam mich. Ich würde nie Jessie Raes Gabe haben, aber in diesem Augenblick spürte ich, dass Jeremy hier bei uns war. Ich wusste, was er von mir wollte. Ich wandte mich wieder Char zu. »Wenn es dir gelingt, den Laster in Gang zu bringen, dann kannst du ihn haben.«

Chars Kopf schoss unter der Motorhaube hervor. »Wie ... ihn *haben,* haben?«

Ich fühlte einen warmen Druck auf meiner Schulter, als

würde Jeremy mir auf die Schulter klopfen. »Er gehört dir, wenn er läuft.«

Char schluckte. »Danke«, sagte sie. »Das ist wirklich nett. Nur bis ich nach London gehe. Dort würde ich wohl kaum einen Parkplatz finden. Ich werde mit der U-Bahn zur Arbeit fahren.«

»Richtig. Bis du nach London gehst.« Dieses Mädchen hatte nur eines im Kopf. Ich sagte ihr, dass ich Frühstück machen würde und eine Kanne Kaffee. »Komm nach, wenn du fertig bist.«

Char brummte etwas tief drinnen im Motor des Trucks. Ich legte es als ein Ja aus.

Blue folgte mir zurück in die Küche. Ich fütterte sie. »Du bist ein braves Mädchen«, sagte ich zu ihr. »Es ist nett, dass du keine pampigen Antworten gibst.« Jahrelang hatte ich gedacht, ich hätte gern einen sprechenden Vertrauten gehabt. Jetzt, da wir Norman hier hatten, empfand ich einen unerwarteten Respekt für süße, schweigende Vertraute.

Blue warf mir einen Blick zu, der besagte, dass ich sie nervte, dann schlug sie bei ihrem Frühstück zu.

Ich öffnete den Sack mit gemahlenen Bohnen, den mir Roberto gestern geschenkt hatte. Sie dufteten köstlich, reich und ein wenig fruchtig. Dann begann ich ein herzhaftes Frühstück zuzubereiten. Char war sicher hungrig, da sie schon so früh auf war, und nach all der Arbeit am Motor. Auch Hilary würde bald herunterkommen – an Freitagen hatte sie Vorlesungen am Vormittag. Jessie Rae war eher eine Langschläferin. Sie würde aufwachen, wann sie aufwachte, so war sie. Ich nutzte die Ruhe und den Frieden wie und wann ich konnte.

Ich kochte ein paar Eier, schnitt einen frischen Laib von

Amandas Bäckerladen in Scheiben, holte die Auswahl an Konfitüre und Orangenmarmelade herunter, die ich im vergangenen Winter von meinem Obstgarten gemacht hatte, fand gesalzene Butter und Obst, das ich aufschnitt. Dann deckte ich den Tisch mit einer neuen Gingan-Tischdecke und arrangierte die Speisen darauf. Der Tisch sah irgendwie aus wie aus der Zeitschrift Country Living. Ich fand es schön, dass ich so ein einladendes Frühstück zubereiten konnte. Wenn ich je meinen Traum verwirklichen und das Haus zu einem B&B umbauen würde, dann wäre ein perfektes Frühstück ein Must. Es war ein Glanzpunkt für die Gäste und der erste Anlass, bei dem sie in Gedanken ihren Kommentar schrieben.

Als die Kaffeekanne den Duft des frisch gebrauten Kaffees verströmte, kam Char vom Garten herein. »Das sieht hübsch aus«, sagte sie.

Norman flog hinter ihr herein. »Hübsch, hübsch, hübsch«, zirpte er. »Wo ist meines?« Er beäugte den Obstteller in der Mitte des Tisches, aber ich zeigte ihm die Schüssel mit aufgeschnittenem Obst neben der Tür. »Einige Leute könnten mich wie einen Gast behandeln«, grummelte er. »Ich bin stubenrein.« Er legte den Kopf schief und betrachtete mich mit einem blitzenden schwarzen Auge. »Wenn ich es sein will.«

Char ging die Hände waschen und als sie wiederkam, bat ich sie, sich zu bedienen. Sie setzte sich und schmierte Butter auf eine Scheibe Toast. Dann lud sie ordentlich Aprikosenkonfitüre darauf und stöhnte beinahe vor Genuss, als sie hineinbiss.

Während wir aßen, beschlossen wir, zusammen zur Arbeit zu fahren. Roberto hatte Char nicht gleich am ersten

Tag seine Schlüssel anvertraut, also würde er aufsperren und Chars Dienst begann um neun Uhr, wenn Hochbetrieb war. Wenn sie weiterhin für ihn arbeiten würde, dann hätte sie früher Dienstbeginn. Wenn es soweit war, würden wir eine Lösung finden.

Zu meiner Überraschung tauchte Jessie Rae vor Hilary auf. Sie trug einen orientalisch mit Blättern gemusterten Seidenkimono und ihr rotes Haar war total verstrubbelt.

»Das ist ja gar nicht deine Art, Mom, so früh auf zu sein«, sagte ich, als sie zur Küche herein trudelte.

Sie sah ernst aus – so ernst wie sie eben in diesem Kimono konnte – und schloss die Augen. »Die Geister sind sehr verstört. Wir sehen ... warum ist da eine Wolke in dem flackernden Licht? Nicht seine Zeit. Jessie Rae gefällt es nicht.«

Char hörte auf zu essen. »Geht es Ihrer Mom gut?«, flüsterte sie.»

»Sie ist gerade beim Channeling eines Geistes. Oder mehrerer Geister. Wenn sie mit ihr reden, dann spricht sie von sich in der dritten Person. Du wirst dich ... daran gewöhnen.« Das hoffte ich wenigstens.

Ich bat Mom, sich zu setzen und schenkte ihr Kaffee ein. »Was wollen die Geister dir sagen?«, frage ich. »Was du sagst, ergibt keinen Sinn.«

Farbe kehrte in ihr Gesicht zurück. »Ach, weißt du, ich bin mir nicht wirklich sicher.« Sie schüttelte den Kopf. »Die Geister sind manchmal knifflig.«

Norman ahmte sie perfekt nach. »Die Geister sind manchmal knifflig.«

Sie sah ihn an. »Na ja, das sind sie. Das ist ein sehr kluger Papagei, den du da hast.«

KAPITEL 9

*J*essie Rae griff nach der Quittenmarmelade. »Ich muss mich beeilen, wenn ich mit euch ins Dorf mitfahren will«, sagte sie.

Meine Mutter hatte geplant, sich aus dem Einzelhandel in den Ruhestand zurückzuziehen, als Jeremy und ich die USA verließen. Sie war damals erst sechzig, aber ihrer Meinung und der der Geister nach, war es für sie an der Zeit, sich ein wenig auszuruhen und zu entspannen. Also verkaufte sie ihr Geschäft in Edinburgh und zog nach Willow Waters, um in der Nähe ihrer Tochter und ihres Schwiegersohns zu sein. Wir hatten nicht wirklich eine Wahl in der Sache.

Aber, wie Mom sagte, machten die Geister auch Fehler.

Sobald Jessie Rae auf englischem Boden landete, wurde sie ruhelos – nicht ausgeruht. Meine Mom hatte nicht die Geduld, einen Töpferkurs zu besuchen oder das literarische Interesse, um einem Buchclub beizutreten. Sie mochte weder Golf noch Schwimmen und trug gewiss keine so vernünftigen Schuhe, um einer Wandergruppe beizutreten. Kurz, sie langweilte sich zu Tode.

Also tat meine Mom, was sie immer tat. Sie suchte Rat bei den Geistern und die schlugen offenbar vor, dass sie ein Riesenprojekt in Angriff nehmen und ein altes Süßwarengeschäft renovieren sollte, das heruntergekommen war. Sie stieß auf das Geschäft bei einer Versteigerung und verliebte sich sofort. Ich war nie sicher, ob die Geister ihr die Ideen in den Kopf gesetzt hatten oder ob es bequem war, ihre wilden Fantasien den Verblichenen anzulasten.

Der Laden musste entkernt werden, aber sie hatte sich vernarrt. Ich konnte keine Einwände machen. Als ich unser Bauernhaus gesehen hatte, hatte es mich genauso gepackt.

Jessie Rae verbrachte Monate damit, diese verbliebene Hülle in ein jetzt schönes Geschäft für Kristalle und Okkultes zu verwandeln. Neue Leitungen, frischer Verputz, Anstrich, Tischlerarbeiten: Jessie Rae schaffte alles spielend, fand die richtigen Leute für diese Aufgabe und packte mit an, wo immer sie konnte. Sie blühte inmitten des staubigen Chaos auf. Und wenn ich etwas über meine Mom sagen kann, dann, dass sie guten Geschmack hat. Sie weiß, wie sich ergänzende Farben zusammenzumischen sind, schuf eine warme Beleuchtung mit einem angenehm schmeichelnden Licht und entwarf eine gelungene Zurschaustellung ihres Angebots. Bevor ich Imogen fand, war Jessie Rae eine entscheidende Hilfe bei der Innenausstattung von Blumenzauber.

Hilary stieß erst spät zu uns. Wir mussten sie allein lassen, denn wir mussten alle zur Arbeit.

Wieder drängten wir uns alle in meinen Range Rover. Char saß hinten. Sie ignorierte aggressiv Norman, der auf ihrer Schulter saß, und starrte hinaus auf den vorüberfahrenden Verkehr. Jessie Rae saß auf dem Beifahrersitz und plapperte über ihre heutigen Termine, Blue saß auf ihrem

Schoß. Moms Laden war am anderen Ende des Ortes, näher zu Alistair Fairfax' Haus. Es lag an einer kleinen Straße mit Pflastersteinen, in der Nähe eines Teeladens, der für seine hervorragenden Scones berühmt war.

Ich hielt vor dem Geschäft, ließ den Motor laufen und erwartete, dass Mom ausstieg. Sie bestand aber darauf, Char ihr Geschäft zu zeigen.

Char hatte natürlich nicht das leiseste Interesse an den Kristallen und dem Okkulten meiner Mutter. Im Rückspiegel blinzelte sie durch ihre dicke Wimperntusche, das Gesicht ausdruckslos. Ich glaube, sie wartete, dass ich sie errettete. Aber ehrlich gesagt dachte ich, dass es Char guttun würde, wenn sie sich dem Geisterreich öffnete. Es konnte ihr helfen, sich auf ihre wahren Kräfte einzustimmen.

»Komm schon, komm«, schmeichelte Jessie Rae. »Heute Morgen sind wir alle früh dran.« Sie löste schnell ihren Sicherheitsgurt und beeilte sich, Chars Tür zu öffnen.

Char holte übertrieben tief Luft. Trotz ihres Rock-n'-Roll-Stils und Gernegroß-Gehabe, schien sie sich nicht von dieser Alternative angezogen zu fühlen. »Haben wir dafür Zeit?«

»Nur fünf Minuten«, sagte ich. »Es wird sie sehr glücklich machen.«

Char verdrehte die Augen, nickte aber.

Jessie Rae öffnete die Tür zum Geschäft und schaltete die Lichter ein. Ich beobachtete Char, wie sie alles in sich aufnahm.

»Oh, das ist aber schrill«, zwitscherte Norman.

Der Laden war eklektisch, um es gelinde auszudrücken. In erster Linie verkaufte Jessie Rae Kristalle, hatte aber nicht widerstehen können und noch ein paar zusätzliche Artikel hinzugenommen. Kerzen mit der positiven Wirkung der

Aromatherapie, Ylang-Ylang, um die Stimmung zu heben, Lavendel und Kamille zur Entspannung, Sandelholz und Jasmin für einen sinnlicheren Akzent. Daneben gab es Weihrauch und Raum reinigende Mittel, Nag Champa Räucherstäbchen, Nitiraj-Weihrauch, Spiritual Sky Parfumöl und Fred Soll's Resin-On-A-Stick-Weihrauch sowie Räucher-Kohletabletten, japanischen Weihrauch, Salbei-Smudge-Sticks. Neben dem Weihrauch lagen Orakelkarten, Astrokarten, Tarotkarten und eine Sammlung von Windglockenspielen.

Ein paar Antiquitäten standen dazwischen, um das Maß vollzumachen: ein Toilettentisch mit einem Make-up-Spiegel, ein Schaukelstuhl, einige Lampen aus Palisander, die nicht zueinander passten. Auf einer Seite des Ladens flossen Regale voller handgestrickter Pullover und einer Serie von Schals mit Schottenmuster aus ihrem heimatlichen Schottland über. Sie waren sorgfältig gefaltet, daneben ein ordentlicher Stapel Bücher. Ihre Themen und wie sie organisiert waren, sei dahingestellt. Meine Mom hatte beschlossen, Bücher über alles, das sie besonders interessierte auszustellen – von Magie bis New Age, Wiedergeburt und schottische Geschichte. Ich war ziemlich sicher, dass sich auch einige Romane von Agatha Christie darunter befanden.

Im Kassenbereich als Hommage an die frühere Bestimmung des Geschäfts hatte sie eine beeindruckende Ansammlung von altmodischen Süßigkeiten in Glasglocken zum Verkauf aufgestellt. Erdnuss-Krokant, Toffee-Stücke, Clotted Cream Fudge, Birnen-Drops, Rhabarber und Custard und Gobstoppers füllten die hinteren Regale. Das Herzstück des Geschäfts war natürlich ihre Sammlung an Kristallen.

Char war anfangs wie verwurzelt stehen geblieben und

hatte den sonderbaren Laden mit einem amüsierten Ausdruck betrachtet. Jetzt ging sie auf die glitzernden Tabletts zu, als hätte sie den Autopiloten eingeschaltet.

Jessie Rae beobachtete, wie Char mit dem Finger über die Steine strich. »Wir verwenden sie zum Heilen, Kleine«, sagte sie. »Feng-Shui auch. Zu welchem fühlst du dich hingezogen?«

Char sah auf und zuckte die Achseln, um sich lässig zu geben. Ich konnte aber sehen, dass sie interessiert war. Wir hatten beide beobachtet, wie sie die Hand nach einem weiß-pfirsichfarbenen Kristall ausgestreckt, sie dann aber zurück-gezogen hatte.

»Hier«, sagte meine Mom, nahm den Kristall und drückte ihn in Chars Hand. »Das ist ein Regenbogenmondstein. Manche nennen ihn Stein des Neubeginns. Es ist der perfekte Kristall, den man bei sich haben soll, wenn man eine große Veränderung durchlebt. Er ist beruhigend. Wird deine Nerven besänftigen, wenn du dich vom Neustart über-wältigt fühlst und dir helfen, ihn zu akzeptieren.«

Char starrte den Kristall an. Ich dachte, sie würde ihn vielleicht zurückgeben, fragte aber, wie viel er kostete.

»Ach, das ist ein Geschenk, Kleine. Von einer Hexe an eine andere.«

Ich lächelte die beiden an. Tief unter vielen, vielen Schichten ihrer Persönlichkeit war das Herz meiner Mutter rein und wahrhaftig. Jessie Rae stammte aus einer alten Familie von Hellsehern, Medien und Mystikern. Ihr erstes Tarotkartensatz bekam sie von ihrer Mom, meiner Groß-mutter Kathleen, als sie erst zwölf Jahre alt war. Die Matriar-chinnen ihrer Familie bildeten sie aus und jetzt hatte sie nicht nur Kontakt mit Geistern, bot Beratungen an, wie

Hindernisse überwunden werden konnten, beriet bei Beziehungsfragen, Unternehmensführung und spiritueller Entwicklung.

Meine Mutter liebte es, Tarotkarten für die Führung der Seele zu legen, sie tat dies vorwiegend für Touristen, weil sie alle in unserem Ort für verrückt hielten. Harmlos, aber verrückt. Mom arbeitete natürlich auch an diesem Image. Sie liebte Aufmerksamkeit – egal, in welcher Form sie sie bekam. Stets bot sie unerbetenen Rat von den Planeten an, daher wusste ich schon im Voraus, was sie sagen würde.

»Lass mich dir die Karten legen, Mädchen«, sagte sie zu Char. »Ich kann dir für später heute einen Termin geben. Das mache ich gratis.«

Chars Augenbrauen schossen in die Höhe. Das war ein Schritt zu weit. »Nein, eher nicht. Aber danke.«

»Weißt du, Kleines, manchmal, wenn uns Widrigkeiten begegnen, dann schaffen unser Verstand und das Ego noch mehr Konflikte und Disharmonie. Das kann dazu führen, dass wir die Verbindung zu unserer Seele verlieren. Zu unserer eigenen Seele! Mir scheint, dass du dich nicht dem Fluss deines Lebens hingibst, sondern Lehren, auf die du hören solltest, in Hindernisse verwandelst, und dass du den vor dir liegenden Weg nicht klar sehen kannst.« Jessie Rae machte eine dramatische Pause.

Char bemühte sich nicht, ihre Heiterkeit zu verbergen. »Wie ich schon gesagt habe, mir geht es gut. Ich habe einen Plan. Ich will nach London. Die Widrigkeit, die ich überwinden muss, ist das fehlende Geld. Deshalb muss ich in das Café, bevor ich an meinem zweiten Tag rausgeschmissen werde.«

»Aber das Kartenlegen wird dich ermächtigen, dank der

Führung, Weisheit und Inspiration, die Jessie Rae erhält, wenn sie sich mit einem Team von weisen Geistern verbindet. Möchtest du nicht klarer sehen, wo du jetzt in deinem Leben stehst? Was soll sich in der Energie verlagern und wie soll es weitergehen?«

»Nein«, sagte Char.

»Vielleicht ein anderes Mal, Mom«, schlug ich vor. »Char hat recht – wir müssen zur Arbeit.« Und mit diesen Worten küsste ich Moms Wange und schob mein neues Mündel aus dem Geschäft und zurück in den Wagen.

»Ihre Mom ist irgendwie noch anstrengender als meine«, sagte Char, während wir Richtung High Street fuhren.

Ich lachte. »Anstrengend, aber meint es gut. Weißt du, es könnte dir guttun, dir die Karten legen zu lassen.«

Char schwieg, ihre Augen waren wieder auf das Fenster gerichtet. Ich fragte mich, was sie über ihre Zukunft dachte.

Ich fand den Ort umwerfend – besonders in dieser Jahreszeit. Die Frühlingsblumen waren prächtig, das Wetter mild und strahlend. Es sah aus wie eine Postkarte oder das Set eines historischen Films der BBC. Char wollte aber der ländlichen Welt entfliehen. Sie wollte Beton und Hektik und ein schnelles Leben. Würde sie je imstande sein, den Reiz von Willow Waters zu erkennen?

Ich parkte auf dem üblichen Platz und Char bedankte sich, dass ich sie mitgenommen hatte. Sie war wirklich höflich. Ich sah ihr nach, als sie den kurzen Weg zum Café Roberto zurücklegte, Norman im Schlepptau. Dabei verspürte ich im Herzen ein Unbehagen, das ich nicht zerstreuen konnte.

Freitags und samstags schloss Imogen das Geschäft auf, also war sie bereits da, in vollem Businessmodus, zählte das

Wechselgeld und summte zur Radiomusik, die sie immer einschaltete, bevor wir für unsere Kunden öffneten. Ich war nicht schludrig, aber Imogen schaffte es, immer so edel auszusehen. Heute Morgen war ihr langes blondes Haar zu einem französischen Zopf geflochten, sie trug eine weiße Bluse, die in dunklen Jeans steckte und ein Paar rosa Ballerinas, die farblich genau zu ihrem Lipgloss passten. Ihr Kaschmirpulli war ebenfalls rosa. Automatisch stopfte ich mein T-Shirt in meinen knielangen Jeansrock. Ich liebte meinen Bleistiftrock mit seiner hohen Taille – fühlte mich elegant darin, aber Imogens cooler, aber wohlüberlegter Outfit hatte etwas, das mich wünschen ließ, ich hätte auch Jeans getragen.

Imogen begrüßte mich mit einer sehr willkommenen Tasse Kaffee und sagte, dass wir über Nacht einen Auftrag für einen Rosenstrauß erhalten hatten. Die Nachricht auf der Karte lautete: »Bitte verzeih mir.«

»Noch so ein Mann, der sich nicht benehmen kann«, sagte Imogen, »und glaubt, ein paar Blumen würden alles richten.«

»Vielleicht«, sagte ich, »aber wir werden nie die ganze Geschichte erfahren.« Und unterm Strich würde es für mich viel schlechter aussehen, wenn die Leute sich nicht manchmal mit Blumen entschuldigen würden.

Da in diesem Ort auch über mich Urteile gefällt worden waren, versuchte ich, selbst nicht zu urteilen.

Imogen arbeitete bereits an einer Reihe von Bestellungen für heute, also würde ich die Verzeihung-Rosen arrangieren. Ich griff nach denselben gelben, die ich gestern für Alistairs Strauß gewählt hatte, aber ich hatte ein Gefühl, dass etwas nicht stimmte. Ich setzte mich an meinen Arbeitsplatz und versuchte, einen klaren Kopf zu bekommen, um das Bild deutlicher werden zu lassen. Ich lehnte mich auf dem Hocker zurück, schloss die Augen und atmete bewusst ein und aus. Ein dunkles, schweres Gefühl breitete sich in meinem Bauch aus wie ein See schwarzer Tinte. Ich hatte gelernt, meinem Körper zu vertrauen, wenn er mir eine Botschaft schickte, sie war aber nicht immer offensichtlich. Ähnlich wie die Geisterbotschaften meiner Mom.

Ich sah ratlos zum Fenster hinaus, wo ich gestern zum ersten Mal Char erblickt hatte. Überrascht sah ich Alex Stanford die High Street herunterkommen. Ich sah auf die Uhr. Es war noch viel zu früh für seinen üblichen Morgenkaffee bei Roberto. Er gab eine recht gute Figur ab in seinem marineblauen Hemd und den dunklen Jeans und ich fragte mich so nebenbei, wohin er wohl ging.

Als hätte er meinen Blick fühlen können, blieb Alex stehen und wandte sich meinem Schaufenster zu. Ich hob die Hand zum Gruß, ein bisschen verlegen, weil man mich beim Anstarren ertappt hatte. Auf keinen Fall wollte ich, dass er glaubte, ich sei eine dieser Dorffrauen, die sich für ihn oder seinen Titel und Vermögen interessierten.

Er erwiderte meinen Gruß und überquerte die Straße. Er kam auf mein Geschäft zu.

Imogen war im rückwärtigen Lager und ordnete eine frische Lieferung von Bändern. Ich schob die Haare hinter die Ohren und glättete meinen Rock. Während ich um meinen Arbeitstisch ging, beobachtete ich Alex, der jetzt das Geschäft betrat. Er blieb beim Eukalyptus Silverdollar stehen und atmete tief ein. Diese Pflanze hat einen so feinen Duft, aber Alex' unglaublicher Geruchsinn reagierte offensichtlich. Ich lächelte, als er einen Augenblick die Augen schloss. Es freute mich, jemanden zu sehen, der mit meinen Pflanzen interagierte. Als Alex näherkam, kehrte dieses dunkle Gefühl zurück, genau passend zu Alex' düsterer Miene.

»Alex, was ist los?«

»Haben Sie es noch nicht gehört?«

Ich schüttelte den Kopf und wusste bereits, dass es schlimm war. »Was gehört?«

»Alistair Fairfax. Er ist tot.«

KAPITEL 10

*I*ch machte einen Schritt zurück, als hätte ich der schrecklichen Nachricht entgehen können, indem ich mich vom Überbringer zurückzog.

»Das verstehe ich nicht. Ich habe ihn noch gestern gesehen. Ich dachte, es gehe ihm besser.« Ich setzte mich auf einen der Hocker an meinem Arbeitstisch und bedeutete Alex es mir gleichzutun. Er setzte sich und kreuzte die langen Beine an den Knöcheln.

»Das hatte ich auch geglaubt. Ich habe ihn gestern Abend besucht. Wir haben Schach gespielt und er hat gewonnen. Er sah viel besser aus. Schmiedete Zukunftspläne.«

Ich wusste, dass sie befreundet waren, aber nicht, dass der zurückgezogen lebende Alex einen Krankenbesuch abstatten würde. Das fand ich sehr großzügig.

»Was könnte denn passiert sein?«, fragte ich.

»Seine Frau, jetzt wohl Witwe, rief mich heute Morgen an, um es mir mitzuteilen. Der Arzt sagt, sein Herz hat heute Nacht versagt.«

Ich atmete tief ein. Ich war so sicher gewesen, dass es

Alistair besser gehen würde. Ich hatte meinen Strauß mit heilendem Zauber durchtränkt und selbst die sofortige Wirkung gesehen. Wie viel aufgeweckter war Alistair schon Augenblicke später gewesen, nachdem ich den Strauß in sein Zimmer gestellt und heilende Energie auf ihn übertragen hatte, während ich seine Hand hielt. Ich war so sicher gewesen. Ich konnte jedoch die Fakten, wie sie mir von einer verlässlichen Quelle präsentiert wurden, nicht infrage stellen. Alistair war tot.

»Es tut mir leid, schlechte Nachrichten zu bringen«, sagte Alex.

»Es macht mich so traurig. Alistair war ein sehr liebenswerter Mann mit so viel Lebensfreude. Er liebte das Leben.«

Alex nickte. Meine Gedanken wanderten zu Moms Kommentaren beim Frühstück. Sie erwähnte einen Mann, der vor seiner Zeit ging. Was genau hatte sie gesagt? *Die Geister sind sehr verstört. Nicht seine Zeit. Jessie Rae gefällt es nicht.* Hatte sie sich in Alistairs Tod eingeschaltet? Ich zitterte und versuchte, das Gefühl abzuschütteln, dass meine Mom mit seinem Geist kommuniziert hatte, bevor irgendjemand wusste, dass er tot war.

Ich fragte Alex, ob Alistair außer seiner Frau noch Verwandte hatte. Ich hatte noch nie jemanden gesehen.

»Eine Ex-Frau und einen Sohn, Terence, der jetzt wohl Anfang vierzig sein muss. Der Sohn hatte nicht viel Zeit für seinen Vater, es sei denn er brauchte Geld. Als Alistair Gillian heiratete, war der Sohn wütend.«

»Um seine Mom zu beschützen?«

»Eher um sein Erbe zu beschützen.« Alex schüttelte den Kopf und es war klar, dass er kein Fan von diesem Terence war.

»Alistair war sehr großzügig zu seinem Sohn, aber es war nie genug. Terence wollte immer noch mehr. Schließlich entzweiten sie sich.« Er verzog das Gesicht. »Sie haben sich seit zwei Jahren nicht mehr gesehen. Es ist schrecklich, wenn Geld eine Familie auseinanderreißt. Ich ahne, dass es noch Probleme geben wird.«

Ich nickte. Wie traurig, dass das Vermögen die Beziehung zwischen Vater und Sohn ruinieren kann. Es war so sinnlos. Und arme Gillian Fairfax. So plötzlich verwitwet. Ich wusste genau, wie schrecklich sie sich fühlen musste.

Als hätte Alex meine schmerzlichen Erinnerungen erraten, beugte er sich über den Arbeitstisch und legte seine Hand auf meinen Arm. »Es ist furchtbar den Menschen zu verlieren, den man am meisten liebt.«

Ich lächelte dankbar.

»Ich sollte Gillian Blumen schicken«, sagte er.

»Natürlich.« Ich schüttelte die Gedanken ab und entsann mich meiner Rolle als Floristin. »Was hätten Sie gerne?« Ich dachte an Gillians mangelndes Interesse an dem Strauß, den sie für ihren Mann bestellt hatte. »Ich kann Ihnen leider nicht sagen, was sie vorzieht. Sie scheint nicht viel über Blumen zu wissen oder sich zu interessieren.«

Alex zuckte die Achseln. »Etwas Geschmackvolles, aber nichts Persönliches.«

Ich hatte den Eindruck, dass er Gillian nicht sehr hoch schätzte. Es stimmte, es war schwer, sich mit ihr anzufreunden bei all ihrer teuren Aufmachung und ihrer »Ich-bin-besser-als-du«-Art.

Ich sagte Alex, dass ich mich um die Blumen kümmern und ihm die Rechnung später schicken würde. Jetzt, wo er noch so offensichtlich bestürzt war, Geld von ihm zu nehmen, schien mir nicht richtig.

Er bedankte sich und ging zu Roberto für seinen Kaffee. Er war so freundlich und fragte mich, ob er mir meinen üblichen Latte macchiato bringen sollte, ich lehnte aber ab. Mein Magen war in Aufruhr. Ich wollte dem sonderbaren Gefühl, das ich nicht abschütteln konnte, kein Koffein hinzufügen.

Erst nachdem er gegangen war, wurde mir klar, dass er wusste, was ich gewöhnlich bei Roberto bestellte. Alex Stanford hatte darauf geachtet – auf mich.

Ich machte den Verzeih-Strauß fertig, ohne meinen Zauber hinzuzufügen. Ich kannte keine der betroffenen Personen und vielleicht verdiente er die Verzeihung nicht. Ich überließ es den beiden, es ohne mein Eingreifen auszuhecken. Als ich fertig war, nahm ich einige Rechnungen auf, die abgelegt werden mussten, und versuchte, mit den Arbeiten des Vormittags voranzukommen. Imogen war noch im Lagerraum beschäftigt. Ich hätte ihr von Alistairs Tod berichten können und wie sehr mich das traf, aber zog es vor, die schlechte Nachricht allein zu verarbeiten.

Ich fühlte noch immer, dass Alistair nicht hätte sterben sollen. Ich wusste zwar (besser als irgendwer), dass Menschen oft unerwartet sterben, aber der Mann, den ich gestern besucht hatte, zeigte keine Anzeichen, dem Tod nahe zu sein. Eher das Gegenteil. Ich hatte den natürlichen Heilungsprozess seines Körpers mit meinem Zauber unterstützt. Von meiner Mom hatte ich gelernt, wie Körper sich verhalten, wenn sie in das andere Reich hinüberwechseln. Alistair war dagegen noch voller Leben. Es hatte keinerlei Anzeichen gegeben, dass er bald sterben würde.

Imogen kam aus dem Lagerraum mit einem Korb voller

Bänder. Sie hob das enteneierblaue Satinband, das sie bestellt hatte, hoch. »Hübsch, nicht?«

Ich nickte zerstreut.

»Stimmt etwas nicht, Peony?«, fragte Imogen.

Ich erzählte ihr von Alistair.

Imogen war traurig über Alistair, war aber nicht der sentimentale Typ. Sie schaltete sofort auf Geschäftsmodus. »Wir müssen Lilien bestellen, denn viele Leute werden Blumenarrangements für die Beerdigung kaufen.«

Ich nickte. Sie hatte recht.

»Wenigstens sind Begräbnisse gut fürs Geschäft«, sagte sie.

»Hmm«, sagte ich, »mir sind Hochzeiten lieber.«

KAPITEL 11

*W*ie gerufen begann das Telefon zu klingeln. Imogen starrte es an. »Es ist so weit«, sagte sie. »Soll ich abheben?«

Ich schüttelte den Kopf. Wenn Trauernde anriefen, wollte ich, dass sie mit einer mitfühlenden und nicht kurz angebundenen Person sprachen. Ich wusste genau, welchen Ton ich anschlagen, welche Fragen ich stellen und welche ich vermeiden musste. Wie ich schon sagte – ich war stolz auf meinen Kundendienst. Ich setzte immer noch eins drauf.

Das war gut so, weil eine bekannte, gepflegte Stimme auf meinen eingeübten Gruß: »Guten Morgen. Hier Blumenzauber, wie kann ich Ihnen behilflich sein?«, antwortete.

Ich schluckte schwer, als mir bewusst wurde, dass es Gillian war. Da ich wusste, was sie mitmachte, wusste ich auch, dass nichts, was ich sagen würde, sie trösten konnte. Seit ich das Geschäft eröffnet hatte, gab es viele Anlässe, mit trauernden Menschen zu sprechen und daher tat ich mein Bestes, keine Plattitüden vorzubringen. Ich wollte gerade ein paar warme Worte sprechen, aber Gillian kam sofort zum Punkt.

Sie sagte mir, dass Alistair in der Nacht entschlafen sei und sie jetzt meine Hilfe brauche. »Können Sie vorbeikommen, um die Blumen für das Begräbnis zu besprechen?«

Gillian hatte mir keine Möglichkeit gegeben, ihr mein Beileid auszudrücken. Ich wusste aber, dass sich einige Menschen in die Planung und Vorbereitungen stürzten, um der schweren Last ihrer Trauer zu entgehen.

»Natürlich«, sagte ich. Dann brachte ich einen dieser abgedroschenen Sätze heraus, die ich vermeiden wollte. »Der Tod Ihres Mannes tut mir aufrichtig leid.«

Gillian seufzte und sagte einfach: »Es war seine Zeit. Er hätte nicht leiden wollen.«

»Natürlich«, wiederholte ich und war jetzt total perplex.

Gestern hatte Alistair nicht leidend ausgesehen. Ein bisschen matt, ja. Blasser als gewöhnlich, gewiss. Aber leidend? Nein. Gillian schien sehr kalt. Aber wer war ich, um über ihre Reaktion zu urteilen? Wir sind alle verschieden. Ich versprach, später vorbeizukommen. Gillian sagte, dass das Begräbnis in fünf Tagen stattfinden würde.

Wir legten auf. Das ungute Gefühl, das mich seit heute Morgen plagte, hatte sich verstärkt. Ich hatte aber keine Zeit, mich damit zu befassen. Imogen hatte recht. Alistair Fairfax war nicht nur überall beliebt, er war eine Säule unserer kleinen Gemeinschaft. Das Telefon klingelte ständig, Leute bestellten Blumen für das Begräbnis oder um sie Gillian nach Hause zu schicken. Ich dachte traurig an den fantastischen Strauß, den ich gestern zusammengestellt hatte, der jetzt am schönsten sein würde und in Alistairs leerem Zimmer blühte.

Imogen und ich verarbeiteten die Aufträge und legten für

die kommenden paar Stunden einen höheren Gang ein. Für Alex' Strauß nahm ich mir besonders Zeit.

WIR MACHTEN Mittagspause und Imogen ging zu Amandas Delikatessenladen, um zwei ihrer berühmten Focacce zu holen. Nach diesem geschäftigen Vormittag brauchten wir beide etwas Kräftiges. Sie kehrte mit dem heutigen Tagesangebot von Burrata und geröstetem Gemüse zurück.

Wir legten unsere Unterlagen und vorbereiteten Bestellungen beiseite und setzen uns mit einem Bärenhunger zum Essen, dabei besprachen wir Ideen für Alistairs Begräbnis. Ich wollte sicherstellen, dass die Begräbnisblumen etwas Persönliches über Alistair aussagten. Jedes Mal, wenn wir uns um ein Begräbnis kümmern mussten, fühlte ich eine große Verantwortung. Blumen waren ein ganz besonderer und hoffnungsvoller Teil der Feier und konnten in dunkelsten Zeiten Trost spenden.

Ich biss in meine Focaccia und dachte angestrengt nach. Ich fragte Imogen, was sie von Alistair wusste – Dinge, die er mochte. Im Gegensatz zu mir war sie in Willow Waters aufgewachsen und wusste mehr über Alistair Fairfax' Ruf als ich. Ihre Eltern spielten sogar Golf mit ihm in Zeiten, als er jeden Samstag am Golfplatz verbrachte.

»Er war extrem traditionsverbunden«, sagte sie und schluckte einen großen Bissen ihrer Focaccia. »Ein Gentleman der alten Schule. Es war ein ziemlicher Skandal, als er, ein Mann seines Ansehens, eine so junge Frau wie Gillian geheiratet hatte. Man hatte erwartet, dass er eine Frau seines Alters heiraten würde, eine, die Bridge oder

Schach mit ihm gespielt hätte – nicht eine, die seine Tochter hätte sein können.« Sie hob eine elegant geformte Augenbraue.

»Ein älterer Mann und eine junge zweite Frau? Das ist eine Geschichte so alt wie die Menschheit. Ich verstehe all das Aufsehen nicht.«

»Ja, sicher. Männer sind irgendwie das Letzte. Aber Alistair war nicht so. Oder das dachten wenigstens alle. Er liebte ein einfaches Leben. Sein Zuhause, die Gemeinschaft. Er war nie ein Playboy, obwohl man sagt, dass er zu seiner Zeit sehr gut aussah.«

Ich nickte. Ich dachte, dass Alistair wohl mehr in Gillian gesehen haben musste als nur ihre Jugend. Ja, sie war schön und hatte Niveau, gewiss. Aber Alistair betete sie darüber hinaus an – das konnte ich fühlen. »Er bestellte immer gelbe Rosen für Gillian. Wir müssen auch diese Rosen verwenden.«

»Gute Idee. Mit weißen Freesien werden sie sehr hübsch aussehen. Frisch und hoffnungsvoll. Alistair hatte eine positive Einstellung. Er würde keinesfalls wollen, dass das Begräbnis bedrückend wird. Er würde sich wünschen, die schönen Dinge des Lebens zu feiern.«

Ich lächelte Imogen zu. Ja, sie war jung, aber vielleicht hatte ich ihr Einfühlungsvermögen unterschätzt.

Imogen holte ihren Zeichenblock hervor und begann Ideen zu entwerfen. Ich sah ihr bewundernd zu, wie sie wunderschöne Arrangements auf dem Papier zeichnete. Ich hatte größte Achtung vor ihrer kreativen Phantasie. Fragt ihr euch, warum ich nicht meine Zauberkunst für das Blumendesign meines Geschäfts einsetzte? Es gibt Regeln. Strenge Regeln. Alle Hexen, die einem ehrenhaften Zirkel angehören, legen einen Schwur ab, dass sie ihren Zauber nicht für persönlichen Profit einsetzen. Unsere Kräfte sind für das Allgemeinwohl bestimmt.

Also sah ich voller Ehrfurcht zu, wie Imogen verschiedene Sträuße zeichnete – ein enormes Herzstück mit gelben Rosen und Lilien, das mit anderen kleineren Arrangements neben dem Sarg in der Kirche stehen würde. Wir hatten im Ort schon reichlich Hochzeiten und Begräbnisse beliefert, um genau zu wissen, wie und wie groß die Blumenarrangements für die Kirche zu machen waren. Sie hielt ihre abschließenden Entwürfe hoch. »Sicher wird Gillian auch Blumen für Lemmington House wollen, wenn Leute nach dem Begräbnis mit ihr mitkommen.«

Ich nickte. »Perfekt.«

Imogen grinste, tat dann das Kompliment schnell ab. »Es ist nichts Besonderes.« Sie reichte mir ihren Block. »Du kannst die Zeichnungen Gillian zeigen, sehen, was sie davon hält. Sie können alle abgeändert werden, wenn sie besondere Wünsche hat. Wir müssen auch ihr Budget kennen.«

WIE EIN TAG alles verändern konnte! Ich fuhr dieselbe Route wie am Vortag und musste unwillkürlich über die plötzliche Wende der Ereignisse nachgrübeln. Gestern hielt ich den hoffnungsvollsten Strauß, den ich zuwege brachte, in Händen. Heute hatte ich einen einfachen Zeichenblock mit Begräbnisplänen bei mir. Das Wetter war herrlich, aber ein Kältegefühl folgte mir während meiner Fahrt nach Lemmington House.

Aus Erfahrung wusste ich, dass die Atmosphäre von Lemmington House erschreckend anders sein würde als gestern. Ich hatte oft das Gefühl, dass Heime wussten, wenn jemand verstarb. Bis in die Grundmauern war etwas, das auf diese Veränderung reagierte. Eine dunkle Stille, die ich fühlen konnte. Ich fuhr die kurvenreiche Straße entlang, bis das Ortszentrum die hübsche Postkartenansicht wurde, die ich so sehr liebte. Ich hielt einen Augenblick an, um die Aussicht zu genießen. Wenn ich Gillian traf, musste ich ruhig und professionell sein. Also holte ich tief Atem, füllte die Lunge mit Landluft und fuhr weiter.

Ich drückte die Klingel am Eingang und wartete. Ziemlich lange.

Lag Gillian trauernd im Bett und konnte sich nicht zum Aufstehen bringen? War ihr Dienstmädchen untröstlich in ihrem Zimmer oder hatte Gillian ihr heute freigegeben, weil sie allein sein wollte? Ich sah auf die Uhr. Ich war früh dran. Vielleicht machte Gillian sich noch fertig, um Besucher zu empfangen? Ich wusste, dass die Zeit langsamer verstrich, wenn man schmerzerfüllt war. Als ich mich gerade auf eine der Bänke vor dem Haus setzen wollte, wurde die Tür geöffnet. Es war dasselbe Dienstmädchen wie gestern, Estella, mit ihrem braunen Bubikopf und der Stirnfranse, die über ihre runde Brille hing. Sie war viel blasser, die Augen rot und der Blick gesenkt. Sie sah aus, als hätte sie den ganzen Morgen geweint. Ich war sicher, dass Alistair ein netter Arbeitgeber war und sein Tod sie zutiefst bestürzte.

»'tschuldigung«, sagte sie errötend. »Ich putzte gerade im oberen Stock.« Sie hob hilflos die Schultern. »Es gibt so viel zu tun.«

Ich hätte eigentlich gedacht, dass es für Gillian oder ihr Personal nicht schlecht gewesen wäre, wenn sie sich einen

Tag der Trauer erlaubt hätten, aber ich rief mir in Erinnerung, dass Schmerz unterschiedlich auf Menschen wirkte.

Ich trat in die große Vorhalle, als Gillian oben am Treppenabsatz auftauchte.

Ich hätte beinahe den Zeichenblock fallen gelassen.

Gillian war im Tennisoutfit. Ein kurzes, weißes Faltenröckchen, ein weißes figurbetontes Shirt mit grünen Bordüren und Tennisschuhe. Ihre langen gebräunten Beine schimmerten und ihr glänzendes blondes Haar war zu einem gepflegten Pferdeschwanz gebunden. In einer Hand hielt sie einen Tennisschläger, den sie leicht hin und her schwang. Neben ihr stand ein viel jüngerer und sehr gutaussehender Mann, ebenfalls im Tennisdress. War er ihr Tennislehrer? Wenn ja, was machte er im Obergeschoß? Sein Haar sah aus, als bräuchte es einen Kamm, als hätte ich sie auf frischer Tat ertappt. *Hatte* ich sie auf frischer Tat ertappt?

Meine Überraschung musste offensichtlich sein, denn Gillian richtete sich auf und sah mich herausfordernd an. »Es schien dumm, meine Tennisstunde abzusagen«, sagte sie als Erklärung. »Alistair wäre mir sicher böse gewesen, wenn ich mein Leben ohne ihn nicht weitergeführt hätte.«

Ich fragte mich, ob es für Alistair nicht okay gewesen wäre, wenn sie ein einziges Mal, an dem Tag nach seinem Tod, auf ihre Tennisstunde verzichtet hätte.

Ich zwang meine Gesichtszüge, etwas hervorzubringen, das einem freundlichen Lächeln ähnlich sah. »Ich habe einige Vorschläge für die Begräbnisblumen gebracht.«

KAPITEL 12

»*W*ir sind gerade fertig geworden«, sagte Gillian und entließ mit einem Nicken ihren gutaussehenden Tennistrainer. »Danke, Clark. Du hast meine Gedanken eine Weile von meiner Tragödie abgelenkt.«

»Hab ich gerne gemacht, Gill. Und deine Backhand wird deutlich besser.«

Das glaubte ich aufs Wort. Meine Vorbehalte gegenüber Gillian vertieften sich kräftig. Ihren kalten Ton am Telefon zuvor hatte ich als britische Zurückhaltung ausgelegt. Sich nichts anmerken lassen. Keine öffentliche Zurschaustellung von Gefühlen. Jetzt war ich mir aber nicht mehr so sicher. Wie konnte sie am Tag, an dem sie Witwe wurde, an Tennisstunden denken?

Clark verabschiedete sich und als er an mir vorüberging, musterte er mich mit einem abschätzenden Blick, als wäre ich eine Frau in einem Pub, die er anbaggern wollte. Ich sah eisig zurück. Das junge Dienstmädchen öffnete ihm die Tür und Gillian bedeutete mir, ihr in die Küche zu folgen.

»Ich mache uns eine Kanne Tee«, sagte sie und klang

plötzlich wie ein normaler Mensch. »Setzen Sie sich bitte an den Tresen.«

»Lassen Sie mich machen«, erbot ich mich. »Sie sollten sich keine Mühe machen.«

Aber Gillian schüttelte den Kopf und schaltete den Wasserkocher ein.

Ich nahm an der luxuriösen Marmorinsel Platz und da kam auch wieder der Küchenneid.

Hatte ich Gillian zu schnell abgeurteilt? Sie schien unprätentiöser, als sie sich mit dem Tee zu schaffen machte. Ich wusste, dass Schmerz eigenartige Reaktionen hervorrief. Vielleicht war Tennisspielen ihre Art, damit umzugehen. Ich beschloss, unvoreingenommen zu bleiben.

Ich machte ihr ein Kompliment für ihre wunderschöne Küche.

Sie sah sich um, als hätte sie diesem Raum schon länger keine Aufmerksamkeit gewidmet. »Es ist hübsch«, sagte sie. »Ich ließ das Ganze von einem Londoner Architekten entwerfen. Er ist einfach hervorragend. Ich kann Ihnen gerne seine Daten geben, falls sie je etwas mit ihrem Bauernhaus machen wollen.« Sie redete mit ihrem Rücken zu mir, während sie eine Dose mit Blatt-Tee öffnete.

Ich versuchte, wegen der Art, wie sie von meinem Zuhause sprach, keinen Stich zu verspüren. Meine Renovierungsarbeiten kamen langsam voran, schließlich musste ich mir jeden Teppich und jede Fliese ersparen. Und die Hilfe eines Architekten konnte ich mir schon gar nicht leisten. Aber sie meinte es wohl gut.

Gillian schüttete den Tee in ein kleines Teesieb.

Als das Wasser kochte, blickte ich durch das große Panoramafenster in den prächtigen Garten. Er wurde von ihrem Gärtner perfekt gepflegt. Ich kniff die Augen zusammen. In einiger Entfernung schnitt Owen eine Hecke. Ich sah ihm zu, wie liebevoll er sich der Hecke widmete. Mit der Gartenschere war er ein Künstler. Die Schönheit des Gartens zu bewundern fühlte sich aber jetzt, so kurz nach Alistairs Tod, falsch an.

Alles hatte sich falsch angefühlt, seit dem Augenblick, in dem ich Fuß in das Lemmington House gesetzt hatte. Ich hatte mir Melancholie erwartet. Hier war erst letzte Nacht ein Mann gestorben. Abgesehen von den roten Augen des Dienstmädchens, fühlte es sich wie ein ganz normaler Tag an, das Personal kam seinen Aufgaben nach und Gillian spielte Tennis. Es gab keine richtige oder falsche Art zu trauern und mit dem Schmerz fertigzuwerden, aber meine Hexensinne bebten.

Gillian brachte den Tee herüber und goss ihn in einem stetigen Strom in zwei kunstvolle chinesische Tassen. Ich legte Imogens Zeichenblock auf den Tresen zwischen uns.

»Imogen und ich haben uns heute Morgen viele Gedanken über den Blumenschmuck für das Begräbnis gemacht. Ich weiß, dass das eine schwierige Zeit ist, deshalb wollten wir alles so einfach wie möglich für Sie machen.« Ich öffnete den Zeichenblock und blätterte zum ersten Entwurf. »Wir haben Alistairs Interessen und seine Haltung gegenüber dem Leben in Betracht gezogen. Wie Sie hier sehen können, haben wir für ein frisches und hoffnungsvolles Bild weiße Freesien eingeplant, um Alistairs positive Einstellung wiederzugeben.« Ich strich mit dem Finger über die Zeichnung. »Lilien, natürlich, aber auch helle Margeriten.«

Ich sah von der Zeichnung auf zu Gillian. Sie hatte die Augenbrauen zusammengezogen. Ich schluckte. Ich war stolz auf diese Zeichnungen, aber hatten wir es vollkommen falsch angepackt? »Und hier sind gelbe Rosen, die Ihr Mann immer für sie bestellt hat. *Gelb für ihr goldenes Haar,* sagte er immer. Er ...«

Das misstönende Klirren, als Gillian ihre Teetasse auf dem makellos sauberen Tresen absetzte, ließ mich innehalten. Ihre gerümpfte Nase brachte mich zum Schweigen.

»Kopieren Sie die Blumen vom Begräbnis von Prinz Philip. Es war gut genug für einen Prinzen und sollte auch gut genug für Alistair sein.« Sie machte eine Pause. »Ach, aber ohne die im Garten gepflückten Blumen. Das werde ich nicht tun. Ich weiß nicht, was Ihre Majestät dabei gedacht hat.«

»Natürlich.« Ich schloss den Zeichenblock. Ich wusste nicht, was sagen. Imogen und ich hatten einen wohlüberlegten Vorschlag kreiert. Natürlich war der Blumenschmuck für Prinz Philips Begräbnis kostbar, aber warum wollte Gillian nicht etwas Persönlicheres? Ich fand, dass die schönste Note an Prinz Philips Begräbnis die von der Königin für ihren Ehemann gepflückten Blumen waren. Hatte Gillian tatsächlich größeres Interesse an Pomp und Wichtigkeit als an echter Trauer?

»Was ist mit den gelben Rosen, die Alistair immer für Sie gekauft hat? Ich glaube tatsächlich, dass sie eine gut passende Ergänzung zu den Blumenarrangements wären.« Gewöhnlich war ich nicht so hartnäckig, ich hatte aber ein Gefühl, als würde Alistair mir eingeben, was er wollte.

Aber Gillian schüttelte den Kopf. »Ich bin nicht sentimental. Das war ganz Alistair.«

Ich nippte an meinem Tee. Das war sonderbar. Es war das Begräbnis ihres Mannes. Sollte sie nicht sentimental sein?

Es entstand ein unangenehmes Schweigen, das ich gewöhnlich überbrücken würde, aber Gillian starrte aus dem Fenster und wirkte, als wäre sie meilenweit entfernt. Dann sagte sie: »Bitte vergewissern Sie sich, frischere Blumen zu verwenden als jene, die Sie gestern gebracht haben. Vielleicht könnten Sie diese mitnehmen, wenn Sie gehen. Sie sind schrecklich verwelkt.«

»Wirklich?« Es gab keinen Grund, dass die Blumen verwelken sollten. »Sie kamen gestern Morgen vom Großhändler. Ich kann mir nicht vorstellen, dass sie an einem Tag verwelken.«

»Vielleicht nicht so frisch, wie Sie glaubten.« Damit stand Gillian auf. »Ich nehme an, dann ist alles klar?« Sie wartete nicht auf meine Antwort. »Die Blumen sind in seinem Zimmer. Danke, Peony.«

Damit war ich entlassen. Ich hatte nicht einmal meinen Tee ausgetrunken. Sie übrigens auch nicht. Ich versuchte, wegen Gillians Benehmen nicht aufzubrausen. Es war immerhin ein großer Auftrag für das Geschäft und ich wollte Alistair gegenüber das Richtige tun. Mir zu unterstellen, dass ich nicht die allerbesten Blumen für meinen Strauß gewählt hatte, war unverschämt. Ich hatte den Strauß selbst gebunden. Ich wusste, dass die Blumen perfekt waren. Sie hätten eine Woche frisch bleiben müssen, es sei denn, jemand hatte sie in eine Sauna gestellt oder das Wasser weggeschüttet.

Als ich die Treppe zu Alistairs Suite hinaufstieg, wo ich ihn noch gestern gesehen hatte, erfüllte mich Traurigkeit. Das Bild seines Lächelns tauchte vor meinem inneren Auge auf. Er war ein so höflicher, warmherziger Mann. So anders als seine Frau. Man konnte sich nur schwer ausmalen, worüber die beiden während des Abendessens sprachen oder was er je an ihr gefunden hatte.

Ich blieb am Anfang des Flurs stehen, eine zutiefst gedrückte Stimmung blockierte mich. Ja, der Tod war vor kurzem hier gewesen. Ich fühlte es, ebenso wie Alistairs Kampf um das Überleben. Ich hielt einen Augenblick inne, um den Mann zu betrauern, den ich gern gemocht hatte. Ich ging weiter zu Alistairs Bereich, durch das Wohnzimmer seiner Suite in sein Schlafzimmer.

Ich hatte angenommen, dass es leer sein würde, aber Emily – die Krankenschwester, die ich gestern gesehen hatte – bezog gerade vornübergebeugt das Bett frisch. Sie trug dieselbe Uniform, bestehend aus einem marineblauen Kasack und Hosen mit silbergrauer Paspelierung, das dunkle Haar zu einem ordentlichen hohen Knoten gebunden und mit Nadeln festgehalten.

Natürlich war da keine Leiche, nur ein leeres Bett und die Krankenschwester, die es mit offensichtlich nagelneuer Bettwäsche bezog. Die Sonne schien durch das Gitterfenster und tauchte die creme- und goldfarbenen Tapeten in warmes Licht, das sich in den Antiquitäten aus Mahagoni reflektierte. Es herrschte aber eine Dunkelheit in diesem Zimmer, die kein Licht erhellen konnte.

Emily hatte mich noch nicht bemerkt. Ich hustete. Als sie sich umdrehte, glänzten Tränen in ihren Augen. Ich sah zum ersten Mal in diesem Haus echten Schmerz.

»Es tut mir so leid, Sie zu stören«, sagte ich. »Soll ich Sie umarmen?« Ich hatte keine Ahnung, warum ich das sagte, vielleicht, weil ich fühlte, dass sie Trost brauchte.

Emily lächelte und schüttelte den Kopf, dann wischte sie sich die Tränen von den Wangen. »Man könnte glauben, dass ich mich daran gewöhne. Es gehört zu meiner Arbeit. Aber jedes Mal ...« Sie schüttelte den Kopf. »Es geht mir nahe. Und Mr. Fairfax war so ein netter Mann.«

»Das war er«, stimmte ich zu. »Ein echter Charmeur.«

»Ein Gentleman«, sagte Emily mit einem Seufzer. »Er hätte mehr verdient.«

»Mehr? Wie meinen Sie das?« Ich war so betroffen, wie locker Gillian den Tod ihres Mannes nahm, dass ich mich jetzt fragte, ob mir die Krankenschwester etwas Verdächtiges mitteilen wollte.

Emily strich das Kissen glatt und steckte dann die Hände in die Taschen ihres Kasacks. »Mehr Zeit, vielleicht.«

»Stimmt. Gestern schien es ihm besser zu gehen.«

Ich wartete und hoffte, sie würde mein Schweigen als Hinweis auslegen, fortzufahren. Stattdessen deutete sie auf die Blumen. »Es tut mir leid, die haben sich auch nicht lange gehalten.«

Ich blickte in die Richtung ihres Fingers und schnappte nach Luft. Gillian hatte recht. All meine schönen Pflanzen waren verwelkt. »Das kann ich nicht verstehen«, sagte ich und ging zur Vase. Ich berührte die Blütenblätter, kontrollierte das Wasser, die Vase war voll. »Gestern waren sie perfekt.«

»Ihre verwelkten Blumen sind nicht das Einzige, was hier unverständlich ist.«

Ich drehte mich zu Emily um.

Sie hatte sich an den Schreibtisch gesetzt, ihr Gesichtsausdruck war jämmerlich. »Mr. und Mrs. Fairfax. Sie passten als Paar nicht zusammen.«

»Meinen Sie ihren Altersunterschied? Er machte in seiner Ehe immer einen glücklichen Eindruck.«

»Das Alter ist nur eine Zahl. Ich meine ihren Umgang miteinander. Wie sie sich verhielten.« Emily senkte die Stimme. »Sie ist eiskalt. Und war keine gute Ehefrau. Sie verbrachte mehr Zeit auf dem Tennisplatz als in ihrer Ehe. Er war unglücklich.«

»Oh du meine Güte.« Ich war sprachlos. Es war unprofessionell mich in das Privatleben meiner Kunden zu mischen. Ich hatte schon zu viele Beichten von Männern gehört, warum sie plötzlich den Drang verspürten, ihren Frauen Blumen zu schicken. Ich beschloss, dass es besser sei, das Gespräch in eine andere Richtung zu lenken.

»Da Alistair verstorben ist, wohin werden Sie nun gehen?«

Emilys Mund bekam einen harten Zug. »Ich gehe nirgends hin.«

Emilys Antwort überraschte mich, da ich annahm, dass Gillian nicht bereit war, das Gehalt einer Krankenschwester weiter zu bezahlen.

»Ich warte, bis das Testament geöffnet wird«, fügte sie hinzu und überraschte mich noch mehr. »Alistair versprach, dass er sich um mich kümmern würde. Ich war nicht nur seine Krankenschwester, ich war auch seine Kameradin. An den meisten Tagen sah er mich häufiger als seine Misses. Außerdem war in meinem Gehalt Unterkunft und Verpflegung inbegriffen, also werde ich vor Monatsende nicht gehen.«

Ich schwieg. Ich kannte die Welt von privaten Krankenschwestern, Dienstmädchen und Gärtnern nicht. Vielleicht war es üblich, dass ein wohlhabender Patient einer sich um ihn kümmernden freundlichen Krankenpflegerin etwas hinterließ. Ich hatte keine Zeit, darüber nachzugrübeln, weil die Türklingel erklang und wer immer nun kam, um einen Beileidsbesuch zu machen, wollte gewiss kein Publikum. Ich griff nach der Vase mit den verwelkten Blumen, zögerte aber, denn ich scheute mich, die Neuigkeit, dass unsere Entwürfe nicht erwünscht waren, Imogen zu überbringen. Statt dieser würden wir den Blumenschmuck von einem anderen Begräbnis kopieren.

Als ich wieder die Treppe hinunterging, ließ mich ein Aufruhr in der Vorhalle meine Schritte verlangsamen.

Ein irritierter Mann stand in der Tür.

Er sah sich um, als würde er vorhaben, das Haus zu kaufen. Ein schwarzer Aktenkoffer stand am Boden neben ihm. Sogar aus der Entfernung konnte ich sicher sein, dass der Mann Alistairs entfremdeter Sohn war. Er hatte dieselbe hohe Stirn und Nase, war ähnlich gebaut, aber der Sohn ließ mich kalt, während ich mich sofort zu Alistair hingezogen gefühlt hatte. Er hatte die Dauerbräune eines internationalen Jetsetters. Wenn Alex allerdings recht hatte, dann war sein Sohn immer knapp bei Geld. In seinem cremefarbenen Polo-shirt und der Khakihose sah er eher aus, als wäre er hier, um Krocket zu spielen und nicht wegen des Begräbnisses seines Vaters.

Das Dienstmädchen schien nicht zu wissen, was sie tun sollte. »Es tut mir leid. Ich glaube nicht, dass Mrs. Fairfax Sie erwartet. Könnten Sie bitte hier warten, bis ich sie hole?«

»Ich bin Alistair Fairfax' Sohn. Wollen Sie mich wirklich hier in der Vorhalle herumstehen lassen wie einen Fremden?«

Ich wusste nicht, wohin mit mir. Die Treppen hinunter-rasen und mich vorbeidrängen oder bleiben, wo ich war, und warten, bis sie weg waren? Das war sicher ein spannungsge-ladener Augenblick, da Vater und Sohn seit zwei Jahren nicht mehr miteinander sprachen. Wie würde Gillian vorgehen?

»Es tut mir leid«, wiederholte das Dienstmädchen. »Ich glaube nicht, dass man Sie erwartet.«

»Natürlich erwartet man mich nicht. Niemand nahm sich die Mühe, mir zu sagen, dass mein Vater gestorben ist!«

Ich hatte Mitgefühl für den Sohn. Widerwärtig oder nicht, er hatte ein Recht, von Alistairs Tod zu erfahren. Es gab nichts Schlimmeres, als die letzte Möglichkeit zu versäumen, um einen Streit mit einer geliebten Person wiedergutzuma-chen. Es überraschte mich, dass Gillian ihn nicht angerufen hatte. Wenn ich aber überlegte, welche anderen Entschei-dungen Gillian heute getroffen hatte, war es vielleicht naiv, mich hierüber zu schockieren. Das Dienstmädchen murmelte wieder etwas von Mrs. Fairfax holen, wurde aber aus der peinlichen Situation von Gillian gerettet, die mit großen Schritten in die Vorhalle kam.

Sie trug nicht mehr ihr Tennisoutfit, sondern war ganz in Schwarz. Schwarze Hose, schwarze Seidenbluse und eine Doppelreihe eleganter Perlen um den Hals. Die Röte von vorhin war verblasst. Sie trug kein Make-up.

»Terence«, sagte sie mit ruhiger aber vor Boshaftigkeit übersprudelnder Stimme. »Wie schade, dass du deinen Vater nicht besucht hast, solange er noch am Leben war.«

»Wie schade, dass du ihn gegen mich, sein eigenes Fleisch und Blut aufgehetzt hast«, feuerte er zurück.

Sie legte die Hände an ihre Perlen. »Ist das eine Art mit der Witwe deines Vaters zu sprechen?«

»Gillian, du warst mit meinem Vater gerade mal fünf Minuten verheiratet.«

Sie fuhr auf, blieb aber ruhig. Sie zeigte auf Terrences Aktenkoffer. »Das Begräbnis ist erst für nächste Woche angesetzt. Wo wirst du wohnen?«

»Hier. In meinem früheren Zimmer, vorausgesetzt du hast es nicht schon zu einem Yogastudio umgebaut.« Er ging an Gillian vorbei in das Haus und das Dienstmädchen sprang zur Seite, ihm aus dem Weg.

Ich bemerkte, wie sich auf Gillians Gesicht ihre widerstreitenden Gefühle widerspiegelten. Sollte sie ihn hinauswerfen und eine Szene machen? Ihn hereinlassen? Überrascht sah ich, dass sie Terrence hineingehen ließ.

Er blieb stehen und sagte über die Schulter: »Sag dem Personal, es soll den Rest meines Gepäcks hereinbringen.«

Ich schluckte. Das restliche Gepäck? Wie lange hatte er vor zu bleiben? Das verhieß nichts Gutes für Gillian.

»Und sag der Köchin, dass ich heute zum Abendessen hier sein werde«, fügte er hinzu. »Ich freue mich schon auf das Familienessen«, sagte er höhnisch.

Zum Glück kam Terence nicht nach oben, sondern ging im Erdgeschoß den Flur entlang. Einen Augenblick später folgte Gillian ihm.

»Soll ich sein Gepäck hereinbringen?«, fragte das arme Dienstmädchen.

»Das nehme ich an.«

Als Gillian und Terence verschwunden waren, bemerkte ich, dass Emily hinter mir stand. Sie hatte offensichtlich die Szene auch mit angesehen.

Sie hob eine Augenbraue, sagte aber nichts. Ich nahm an, dass sie für heute bereits genug aus dem Nähkästchen geplaudert hatte. Sie ging wieder nach oben und ich stieg die restlichen Treppen hinunter.

Die Atmosphäre im Haus war düster, es war totenstill. Ich nahm an, dass Gillian und Terence in verschiedenen Teilen des Hauses verschwunden waren. In einem Herrenhaus zu leben, war sicher von Vorteil, wenn es Spannungen gab. Man konnte so tun, als gäbe es keine, wenn das Zuhause verschiedene Flügel hatte.

Ich hielt inne, als mein Blick auf die verwelkten Rosen in meinen Armen fiel. Ich überlegte, ob vielleicht eine Rose krank war, und die anderen angesteckt hatte. All meine schönen Blumen waren verwelkt. Die Blütenblätter hingen traurig herab. Aber warum? Etwas hatte sie verkümmern lassen. Dasselbe Etwas hatte auch die Kraft meines Zaubers zerstört, aber es gab keinerlei Anzeichen eines Problems. Keine Krankheit, keine Schädlinge. Diese Blumen waren gestern frisch und duftend und geradezu prachtvoll. Jetzt waren sie verwelkt und verkümmert. Angesichts der Spannungen in diesem Haus, konnte ich es ihnen nicht verübeln. Trotz des warmen Tages konnte einem von der Atmosphäre hier das Blut in den Venen gefrieren.

Ich zuckte zusammen, als die Türglocke wieder erklang.

Das Dienstmädchen lief zur Tür. Das arme Mädchen tat mir leid. Gillian sandte keine guten Schwingungen als Arbeitgeberin. Ich hatte den Eindruck, dass es wohl einen häufigen Wechsel in ihrem Personal gab. Wenn sie keine super Löhne bezahlte, würde ihr Personal wohl weiterziehen, sobald es etwas Besseres fand.

Ich hatte keine Lust, noch mehr von den Angelegenheiten der Fairfax zu hören, aber der Nächste an der Tür hatte eine schallende Stimme. Ich erkannte sie sofort als die von Dr. Harlan. Willow Waters war schließlich nur ein Dorf. Dr. Harlan war der Chef der Allgemeinmedizin in dem örtlichen Privatkrankenhaus. Er war groß gewachsen und sah gut aus, ein wenig wie ein Silberfuchs, mit üppigem Haar, scharfen Augen und einer autoritären Art. Ich schätzte, dass er in den Fünfzigern sein musste.

Er sagte zum Dienstmädchen, dass er das Morphin und die anderen Arzneimittel, die er Mr. Fairfax verschrieben hatte, abholen wollte. »Ich möchte auch nach Mrs. Fairfax sehen. Wie hält sie sich denn?«

»Ich hole sie gleich, Sir«, sagte das Dienstmädchen, da sie offensichtlich die Frage nicht beantworten wollte.

Der Arzt nickte mir zu. »Peony. Es ist sehr traurig, dass Alistair Fairfax von uns gegangen ist. Sehr, sehr traurig.«

Bevor ich mehr als eine Antwort murmeln konnte, erschien Gillian. »Mir schien, ich hätte die Türglocke gehört. Dr. Harlan, wie liebenswürdig, dass Sie uns besuchen.« Sie streckte die Hand aus.

Er nahm sie und behielt sie in seiner. »Ich sagte gerade zu Peony, was für ein trauriger Tag heute ist.«

»Oh«, sagte sie und sah mich verärgert an. Offensichtlich fragte sie sich, warum ich nicht schon weg war.

Sie wandte sich wieder an Dr. Harlan und fragte, ob er etwas zu trinken wolle. Die Einladung schloss mich offensichtlich aus.

Dr. Harlan fixierte Gillian mit einem Ausdruck, den ich nicht deuten konnte. War er fürsorglich? Oder bewundernd – angesichts ihrer vom Tennis durchtrainierten Figur? »Ich bin gekommen, um nach Ihnen zu sehen. Wie es Ihnen geht.« Er berührte ihren Arm. »Alistair zu verlieren, war natürlich ein schrecklicher Schock.«

Ich fragte mich, ob Dr. Harlan mit Gillian flirtete. Sie war reich und attraktiv – und jetzt Witwe. Vielleicht nutzte er einfach die Gelegenheit. Er war Junggeselle, einer der wenigen im Ort. Nach Alex war er wahrscheinlich einer der begehrtesten.

»Ich lebe von einer Stunde zur nächsten. Arbeite die Liste der Dinge ab, die zu erledigen sind. Ich befürchte aber, nicht schlafen zu können. Ich bin zu mitgenommen von Allies Ableben.«

Allie? Alistair Fairfax schien kein Typ für Spitznamen. Noch war es Gillian. Zuvor hatte sie über Sentimentalität ihre hübsche Nase gerümpft.

»Ich verschreibe Ihnen etwas. Sie brauchen den Schlaf für die schwierigen Tage, die jetzt kommen.«

Gillian lächelte schwach. Sie beherrschte die Weh-mir-Rolle wirklich perfekt, wenn es nötig war. Sie sah nicht mehr aus, wie die Frau, die zuvor Tennis gespielt hatte und wegen der Blumen so schroff war. Sie wirkte beinahe gebrechlich.

Dr. Harlan räusperte sich. »Ich gehe hinauf und hole die restlichen Arzneimittel.«

»Ich würde gerne mitgehen, ich kann es aber nicht ertragen, in dem Zimmer zu sein, wo mein geliebter Mann seinen letzten Atemzug getan hat«, sagte Gillian.

»Nein. Sie bleiben hier. Ich suche Sie dann auf, wenn ich fertig bin.«

Das Dienstmädchen kam aus der Richtung, wo die Küche lag, ein Tablett in den Händen.

Gillian sagte: »Sie müssen das Bett in Terences Zimmer neu machen. Er beklagt sich, dass es nicht gut genug für ihn gemacht wurde. Ich will ihn eigentlich nicht hier, aber er ist Alistairs Sohn.«

Gillians Blick blieb an mir hängen. »Auf dem Tablett ist der Tee für die Krankenpflegerin, Peony. Macht es Ihnen etwas aus, es ihr zu bringen, während Estella Terences Zimmer aufräumt?«

Na sowas! Gehörte ich jetzt zum Personal? Und warum konnte es der Arzt nicht hinauftragen? Er ging sowieso hinauf.

Gillians Ausdruck wurde hart. Ich mochte es nicht, wenn mich jemand so ansah, ich war aber neugierig, ob der Arzt mir vielleicht etwas sagen könnte, wie Alistair gestorben war. Also stellte ich den traurigen Strauß ab und nahm Estella das Tablett ab.

Ich ging mit Dr. Harlan durch Alistairs Suite zu seinem Schlafzimmer. Emily war überrascht, mich wieder zu sehen, auch deshalb, weil ich das Tablett mit ihrem Tee brachte und den Arzt im Schlepptau hatte.

Ich erklärte, dass mich Gillian gebeten hatte, das Tablett heraufzubringen, da das Dienstmädchen woanders gebraucht wurde.

Als Antwort verdrehte Emily die Augen. »Es wäre nett, wenn sie mich einmal zum Essen in das Speisezimmer einladen würden. Sie betont aber gern, dass ich eine angeheuerte Hilfskraft bin.«

Auweh. Die Krankenschwester war wirklich geladen, wenn es um Gillian ging, es war aber schwer, nicht mit ihr zu fühlen. Es war vernünftig, dass sie hier oben gegessen hatte, solange Alistair am Leben war. Sicher hatten sie zusammen zu Abend gegessen. Aber da er jetzt nicht mehr da war, sollte sie all ihre Mahlzeiten alleine essen? Vielleicht war es Gillians Methode zu versuchen, die Krankenschwester noch bevor ihr Monat mit freier Unterkunft und Verpflegung um war, loszuwerden.

»Wie geht es Ihnen, Emily?«, fragte der Arzt. »Es ist immer schwierig, wenn wir einen Patienten verlieren.«

Sie nickte traurig. »Ich bin am Boden«, sagte sie. »Ich habe ehrlich geglaubt, er würde sich erholen.«

Das hatte ich auch geglaubt. Ich nahm eine sonderbare Atmosphäre im Zimmer wahr, als wollte etwas ans Licht kommen, konnte es aber nicht erfassen.

»Ich bin hier, um die Arzneimittel abzuholen«, sagte Dr. Harlan und ging zu dem abgeschlossenen Schrank neben dem Bett.

Emily nickte. »Die Pflegedokumentation ist im Schrank mit den restlichen Ampullen.«

Er nickte, holte den Schlüssel aus seiner Tasche hervor und schloss den Schrank auf.

Ich stellte das Tablett mit dem Tee auf den Schreibtisch und Emily kam näher.

Ich wollte gerade meinen ersehnten Abschied von Lemmington House nehmen, als der Arzt sagte: »Das kann nicht stimmen.«

»Was kann nicht stimmen?«, fragte Emily.

Dr. Harlan wirkte verwirrt. »Es fehlt Morphin. Ziemlich viel.«

»Was wollen Sie sagen?« Emily ging zum Arzt. Sie sah nicht besorgt aus. »Wenn der Patient seine Schmerzmittel kontrolliert, können die Mengen schwanken. Ich hatte bemerkt, dass er gestern die Pumpe öfter betätigt hat. Vielleicht hatte er mehr Schmerzen, als er eingestehen wollte.«

»Trotzdem.« Harlan deutete auf ein Formular, das er oben am Schrank abgelegt hatte. »Gestern brachte ich eine neue

Packung von zehn Ampullen Morphin. Es sind nur mehr zwei da.«

Mir gefiel nicht, was ich zu hören glaubte. Ich atmete kaum und wartete auf die nächsten Worte.

»Sind Sie sicher, dass es gestern war?«, fragte sie und runzelte die Stirn, während sie über die Schulter des Arztes schaute.

»Natürlich, bin ich sicher. Mit so potenten Arzneimitteln macht man kein Durcheinander.« Dr. Harlan schüttelte den Kopf. »Gewöhnlich würde Alistair vielleicht drei am Tag brauchen. Es fehlen *so viele*«, sagte er. »Es reicht leicht, um einen Menschen zu töten.«

KAPITEL 13

ch konnte nichts dafür – unwillkürlich rang ich bei den Worten des Arztes um Luft. Was wollte er sagen? Dr. Harlan schien perplex. Er ging in die Hocke und suchte im Schrank, aber konnte keine weiteren Ampullen finden.

»Es stimmt einfach nicht. Auf keinen Fall konnte Alistair eine solche Dosis für seine Schmerzen benötigen.« Er fixierte Emily streng. »Haben Sie ihm mehr gegeben, als ich verschrieben habe?«

Sie fuhr schockiert zurück. »Nein. So etwas würde ich nie machen. Ich weiß, wie gefährlich eine Überdosis Morphin sein kann. Ich habe dafür gesorgt, dass es auch Alistair wusste. Er war immer sehr vorsichtig, um nicht zu viel zu nehmen.«

»Ich vermute, jemand hätte die Ampullen stehlen können.« Er sah sich um, als suchte er nach Spuren eines Einbruchs. »Es gibt einen enormen Markt für Opioide«, überlegte der Arzt. »Ich nehme an, dass die meisten Dorfbewohner wussten, dass

Alistair starke Medikamente bekam.« Dann atmete er tief ein. »Eine eigenartige junge Frau lungerte gestern auf der High Street herum. Sie ist erst gestern angekommen. Vielleicht hat sie die Leute reden hören und ist drogensüchtig.«

Ich war sicher, dass er von Char redete, und es ärgerte mich zutiefst, dass er nur wegen ihres Aussehens annahm, sie nehme Drogen. »Wenn Sie die junge Frau meinen, die gestern bei Roberto zu arbeiten begonnen hat, dann müssen Sie wissen, dass sie eine ehrlich und schwer arbeitende professionelle Barista ist.«

Dr. Harlan reagierte nicht auf meinen Kommentar. Er starrte die restlichen zwei Ampullen an, als hoffte er, dass sie sich vor seinen Augen vermehren könnten. »Wenn wir das fehlende Morphin nicht finden, muss ich es der Polizei melden.« Er hielt kurz inne und fügte hinzu: »Arme Gillian. Ein Skandal ist das Letzte, was sie braucht. Ein stilles Begräbnis wäre das Beste für die Familie.«

Ich konnte mich nicht beherrschen und mischte mich ein. »Wenn es irgendeinen Zweifel gibt, wie Alistair gestorben ist, muss die Polizei *jetzt* informiert werden.«

»Es gibt vielleicht eine andere Erklärung«, sagte er und sah Emily und nicht mich an. »Haben Sie irgendetwas gefunden, während Sie das Zimmer geputzt haben?«

»Nein, das würde ich gesagt haben.« Dann fuhr sie mit der Hand zum Mund. »Warten Sie. Ich sah Owen Jones in Alistairs Zimmer, bevor er starb. Ich dachte wie komisch, aber nachdem Alistair gestorben war, hatte ich es völlig vergessen. Vielleicht hat er die Arzneimittel gestohlen.«

»Ist Owen der Mann, der hier Gartenarbeit und allerlei andere Arbeiten verrichtet?«, erkundigte sich der Arzt.

Emily nickte. »Was machte er im Haus, wo doch all seine Arbeiten draußen zu erledigen sind?«

»Kam er nie herauf, um mit Mr. Fairfax über den Garten zu sprechen?«

»Nicht, dass ich ihn gesehen hätte.«

»Warum sollte ein gesund aussehender Gärtner mit einem gut bezahlten Job Morphin brauchen?«, fragte Dr. Harlan.

»Ich kann nur sagen, was ich gesehen habe«, antwortete Emily kryptisch. »Wer weiß schon, was bei den Leuten so vor sich geht?«

Dr. Harlan ging im Zimmer auf und ab. »Ich bin ziemlich beunruhigt wegen dieser Sache.«

Emily schien ihren Tee vergessen zu haben. Sie begann einen Stapel sauberer Wäsche zu falten, als müsste sie etwas mit ihren Händen tun. Ich schätzte, dass dies ein guter Augenblick war, um zu verschwinden – weg von hier und der Aura von Tod und Verdacht.

Ich verließ den Arzt und die Krankenschwester und ging wieder die Treppen hinunter. Nur einen Augenblick blieb ich stehen, um meine verwelkten Strauß aufzuheben. »Ich wünschte, ihr könntet reden«, sagte ich zu den Blumen. Aber vielleicht schickten sie mir wirklich eine Nachricht. Sie waren vor ihrer Zeit gestorben. Traf das auch auf Alistair zu?

Ich befestigte den Strauß hinten in meinem Range Rover, setzte mich hinters Lenkrad und schaltete den Motor ein. Bevor ich im Rückwärtsgang hinausfuhr, sah ich Dr. Harlan auf meinen Wagen zukommen. Er sah ziemlich beunruhigt aus. Ich ließ das Fenster herunter, als er sich näherte.

»Peony, ich muss Sie bitten, das Gehörte vertraulich zu behandeln. Es war unprofessionell von mir, das fehlende

Morphin vor irgendjemandem außer der Krankenschwester zu besprechen. Es ist besorgniserregend, aber ich bin sicher, es gibt eine logische Erklärung. Bis wir sie finden, wollen wir nicht, dass sich die Tratschmühle dreht.« Er warf mir einen ironischen, humorvollen Blick zu.

Ich kannte jene Mühle sehr gut. Sie hatte mich schon mehrere Male zermahlt. Ich würde nicht tratschen, war aber besorgt.

»Ich will mich noch umsehen. Ich bin sicher, dass die fehlenden Medikamente auftauchen werden.« Er klang plötzlich viel zu beschwichtigend.

Ich wollte nicht, dass er Gillian oder ihm selbst zuliebe schwieg. Deshalb fragte ich: »Warum weiß Emily nicht besser Bescheid über das fehlende Morphin? Sie war schließlich Alistairs erste Pflegekraft.«

Dr. Harlan verlagerte sein Gewicht von einem polierten braunen Schuh auf den anderen polierten braunen Schuh. »Arme Gillian. Sie hat so viel mitgemacht. Alistair war ein außerordentlich fähiger Mann. So darnieder zu liegen, muss besonders schwierig gewesen sein. Er hatte große Schmerzen, er könnte mehr Morphin genommen haben, als ihm guttat.«

Warum redete er von Gillian und *Alistair,* wenn ich ihm eine Frage über Emily gestellt hatte? »Wollen Sie sagen, was ich glaube, dass Sie sagen wollen?«

Dr. Harlan sah mich traurig an. Ich wollte, dass er das Richtige tat, aber was war das Richtige? War er etwas auf der Spur? Hatte Alistair sein Schicksal in die Hand genommen und sich absichtlich eine Überdosis verabreicht? Das glaubte ich nicht. Er verhielt sich wie ein Mann, der gerne lebte. Ein vitaler, dynamischer Mann.

»Ich habe gestern Blumen geliefert und in Alistairs Schlafzimmer gebracht und er sagte, dass er sich besser fühlte. Und Alex Stanford sagte mir, dass er gestern Abend mit Alistair Schach gespielt hat.« Ich glaubte, dass es eine gute Idee sei, Alex zu erwähnen, da ihn alle in unserer Dorfgemeinschaft für eine wichtige – und vertrauenswürdige – Person hielten. »Alex sagte, dass Alistairs Wangen wieder mehr Farbe zeigten. Das beschreibt doch nicht einen Mann, der seinem Tod nahe ist?«

Dr. Harlan war offensichtlich beeindruckt, dass ich den blaublütigen Alex erwähnte. Was mir ehrlich gesagt gründlich auf den Keks ging. Es gefiel mir auch gar nicht, wie er sich vor Gillian verneigte. Wie er, ohne zu zögern, Char unter die Räder des Busses werfen wollte, mit dem sie gekommen war. Er war jedoch ohne Zweifel ein kompetenter Arzt. Ich brauchte nur selten etwas von der Schulmedizin, hatte ihn aber im Laufe der Jahre ein paar Mal aufgesucht und ihn professionell und kompetent gefunden.

»Vielleicht«, sagte der Arzt, »sollte ich Alexander anrufen und ihn nach seinem Eindruck von Alistair an seinem letzten Abend *aus erster Hand* fragen.«

Ich nickte und freute mich, dass er wenigstens plante, der Sache nachzugehen. Eine böse Ahnung sagte mir, dass hier etwas krumm war. Ich konnte verstehen, warum der Arzt nach einer einfachen Erklärung für das fehlende Morphin suchte und hoffte, dass er eine finden würde. Der verwelkte Strauß und die sonderbare, dunkle Energie, die ich vorhin verspürt hatte, ließen mich vermuten, dass finstere Kräfte am Werk waren. Eine Ahnung reicht aber nicht aus, um zur Polizei zu gehen, und eine unnötige Untersuchung war das Letzte, was eine trauernde Witwe brauchte. Meine Instinkte flüsterten mir jedoch ein, dass etwas an Alistair Fairfax' Tod nicht stimmte.

Ich wollte mich um die Sicherheit aller kümmern, musste aber auch für meine eigene sorgen. Für Hexen ist es gewöhnlich besser, wenn sie sich den Behörden gegenüber zurückhalten.

Ich kehrte ziemlich nachdenklich in mein Geschäft zurück. Zum Glück war Imogen nicht der Typ, mit dem man über seine Gefühle redete, und nachdem ich ihr von Gillians Wünschen für die Begräbnisblumen berichtet hatte, überließ sie mich meinen Gedanken.

Die Anrufe rissen nicht ab und wir wurden mit Aufträgen geradezu überschwemmt, entweder für Alistairs Begräbnis oder Blumen, die direkt Gillian geschickt werden sollten. Es war zwar gut, viel Arbeit zu haben, aber es hatte fast den Anschein, als fände im Ort ein Wettkampf statt, wer wohl das umwerfendste Blumenarrangement bestellen könnte. Ich rief mir in Erinnerung, dass dieses einander Ausstechen gut für das Geschäft war, und versuchte, nicht über die Leute zu urteilen, die den Tod eines guten Mannes nutzten, um gesellschaftlich zu punkten.

Der verbleibende Tag verstrich irgendwie verschwommen und fast unbemerkt versank die Sonne hinter dem Horizont. Nachdem Imogen gegangen war, verrichtete ich zerstreut die tägliche Schließungsroutine, während meine Gedanken zu den Gesichtern von Gillian, Emily, der Krankenschwester, Owen, des Gärtners, Dr. Harlan und schließlich von Alistair wanderten. Er *war* auf dem Weg der Besserung. Meine Blumen *waren* frisch gewesen. Und dann, im Laufe einer Nacht waren beide verstorben und verwelkt. Etwas ging hier nicht auf.

Ich gab die Einnahmen des Tages in den Safe, zog die Rollläden herunter und machte mich auf den Weg zum Café Roberto. Wir hatten uns verabredet, dass ich Char nach der Arbeit abholen und nach Hause mitnehmen würde. Sie wollte heute Abend am Truck weiterarbeiten.

Ich war überrascht zu sehen, dass Robertos Café noch gut besucht war. Roberto eilte zwischen den Tischen herum, stellte verlockende Karottenkuchenstücke ab und trug leere Tassen fort.

Char bewegte sich mühelos zwischen der Kasse und der erlesenen Kaffeemaschine und schien alles perfekt unter Kontrolle zu haben. Es war eine Freude, sie so ruhig zu sehen. Ich würde fast so weit gehen und abgeklärt sagen. Offenbar passte die Arbeit bei Roberto für sie. Ich gestehe, ich fühlte ein wenig Stolz, dass ich das eingefädelt hatte.

Char entdeckte mich und winkte zum Gruß.

»Solltest du mit deiner Schicht nicht schon fertig sein?«, fragte ich.

Char nickte. »Wir hatten den ganzen Tag wahnsinnig zu tun. Roberto hat gefragt, ob ich ein bisschen länger bleiben kann.«

»Peony«, sagte Roberto, als er an mir vorüberlief. »Ich hab mir die Hacken abgelaufen. Dafür bin ich zu alt.«

Ich lachte. Er konnte kaum älter als fünfundvierzig sein.

Ich sagte ihm, dass es im Blumenzauber dasselbe war. Man konnte glauben, dass der ganze Ort heute ausgeschwärmt war.

»Trink eine Tasse Kaffee, während du wartest«, sagte er. »Cappuccino? Ein guter frischer Espresso, um dich munter zu machen? Das geht auf mich als Dankeschön, weil du mir diesen Schatz geschickt hast«, fügte er hinzu und deutete mit dem Kopf zu Char.

Das Letzte, was ich brauchte, war ein Schuss Koffein. Da ich aber auf Char warten wollte, bat ich um einen Kräutertee.

Während ich am Tresen auf meinen Tee wartete, hörte ich unwillentlich Gesprächsfetzen der Kunden hinter mir. Abgesehen vom üblichen Gemecker über die Familie und Arbeit, sprach man an den noch besetzten Tischen über Alistairs Begräbnis, als wäre es eine königliche Hochzeit. Zwei Frauen sahen auf ihren Handys ihre Kalender durch, dann sagte eine: »Glaubst du, Gillian hat sein Begräbnis an einem Abend mit Vollmond vorgesehen? Das wäre eine reizende Note.«

Und da wurde mir bewusst, dass das Begräbnis bei Vollmond stattfinden würde. Wie hatte ich das nicht gleich bemerken können? Das machte die Sache knifflig für mich, Jessie Rae und für die anderen Hexen in unserer kleinen Ecke der Cotswolds.

Die Freundin antwortete: »Man sagt doch, dass der Vollmond seltsames Benehmen auslöst. Es wird nichts machen, wenn er begraben wird, aber die Totenwache könnte interessant werden.«

»Meine Liebe, ich glaube, das seltsame Benehmen stammt vom Alkohol, nicht vom Mond«, sagte die andere.

Ich schätzte, dass sie beide recht hatten. Der Vollmond im Mai wird Blumenmond genannt. Es ist ein wichtiges Datum im Kalender jeder Hexe, aber ganz besonders für mich, denn dieser Mond steht für die Blumen, die in diesem Monat blühen. Ich würde an diesem Tag sehr eingespannt sein, weil ich mich zuerst vorbereiten und dann an der Feier in jener Nacht teilnehmen würde. Ich wünschte, Gillian hätte einen anderen Tag für das Begräbnis gewählt. Ich wollte Alistair auf richtige Art und Weise ehren und nicht das Begräbnis in einen bereits vollgepackten Tag hineinquetschen.

Ich nahm meinen Tee und wandte mich auf der Suche nach einem Sitzplatz um. Da bemerkte ich Alex und Dr. Harlan in einer Ecke des Cafés. Warum hatte ich sie nicht beim Eintreten bemerkt? Vielleicht brauchte ich wirklich einen Schuss Koffein.

Wie auch immer, ich war erleichtert, dass Dr. Harlan meinem Rat von heute Nachmittag gefolgt war und Alex kontaktiert hatte. Der Arzt schien gefesselt von Alex Worten.

Ich stand unsicher da, ob ich mich zu ihnen gesellen oder einen anderen Tisch suchen sollte. Ich wollte mich nicht aufdrängen, wollte aber doch wissen, wie das Gespräch verlief. Außerdem wollte ich auch meine Erfahrung mit ihrer vergleichen. Der Arzt, Alex und ich hatten alle drei am letzten Tag Alistair besucht. War ich die Einzige, die fand, dass sein Ableben verdächtig plötzlich erfolgt war, nachdem sich sein Zustand beachtlich gebessert hatte?

Alex musste meinen Blick gespürt haben, denn er hob seine blaugrauen Augen und sah mich direkt an. Er lächelte ein ganz klein wenig mit den Augen. Sein Blick erwärmte mich. Ich spürte, dass ich sein Lächeln trotz des traurigen Tages erwiderte. Er winkte mich herbei und nahm mir so die Entscheidung ab. Okay, ich würde mich also zu ihnen setzen.

Dr. Harlan nickte mir zu, als ich an ihrem Tisch Platz nahm. Beide hatten leere Kaffeetassen vor sich stehen, also waren sie wahrscheinlich schon eine Weile hier.

»Wir besprachen gerade die Totenwache für Alistair Fairfax«, sagte Dr. Harlan. »Wie wir erfahren, hat unser alter Freund sehr spezifische Anweisungen für seine Feier des

Lebens, wie er es nannte, hinterlassen. Nachdem die Traurigkeit des Begräbnisses vorüber sein wird, wünschte er sich eine richtige Totenwache im Pub The Mermaid. Er hat Geld dafür hinterlassen, um sicherzustellen, dass die Getränke auf ihn gehen und es reichlich zu essen gibt. Er dachte sogar so weit im Voraus, dass er für die besagte Nacht zusätzliche Taxis organisiert hat, für die er ebenfalls bezahlen wird, damit niemand in die Versuchung kommt, zu trinken und dann Auto zu fahren.« Er seufzte und schien erleichtert. »Alistair hatte eindeutig sein Ende bis ins kleinste Detail geplant.«

Trotzdem runzelte ich verwirrt die Stirn. Warum band sich Dr. Harlan so stark in die Totenwache ein? Das war doch sicher keine übliche Vorgehensweise für einen Arzt mit seinem Patienten? Oder wollte er sich einfach bei Gillian einschmeicheln? Er hatte sich als Freund der Familie sowie Alistairs Arzt präsentiert, aber seine Zuneigung für die Witwe schien über seine Rolle weit hinauszugehen.

Es schien, dass es wieder an mir lag, die schlechten Neuigkeiten zu erwähnen. Würde ich es wagen, über das fehlende Morphin zu sprechen, nachdem Dr. Harlan mich ausdrücklich gebeten hatte, es nicht zu erwähnen? Aber war ich Alistair Fairfax nicht stärker verbunden? Ich war sicher, dass Alex nicht über seinen gerade verstorbenen Freund Klatsch verbreiten würde, trotzdem zögerte ich.

»Sie werden natürlich dabei sein«, sagte Dr. Harlan zu mir. »Bei der Totenwache wollte ich sagen.« Sein Blick wanderte zu Alex. »Ich weiß, dass Alistair euch beide dabei haben wollte.«

»Er hatte wirklich eine Vorliebe für ein schönes Dorftreffen«, sagte ich ausweichend. Ich konnte nicht versprechen, dabei zu sein. Ich musste ja zum Hexenzirkel.

»Ich werde gewiss zum Begräbnis kommen«, sagte Alex und stand auf. »Und werde mein Bestes tun, um auch bei der Totenwache mitzumachen.«

Ich schaute überrascht auf, weil er ebenso wenig versprach, zur Totenwache zu kommen. Ich fragte mich warum, aber bevor ich etwas sagen konnte, schlenderte Char zu uns herüber und sagte, dass sie fertig sei und gehen konnte.

Das war dann also ein offenes Gespräch mit dem Arzt und Alex über das Geheimnis, das Alistair Fairfax' Tod umgab. Aufgrund dieses letzten Gesprächs schien es, dass Dr. Harlan beschlossen hatte, das fehlende Morphin als einen verwaltungstechnischen Fehler zu behandeln.

Ich war nicht ganz sicher.

Fehlendes Morphin.

Es gibt noch ein hässliches Wort, das mit dem Buchstaben M beginnt.

Ich konnte nichts anderes denken, als dass Alistair sich vielleicht doch nicht als Teil eines gut durchdachten Plans eine tödliche Überdosis verabreicht hatte. War ich die Einzige, die dachte, dass sein Tod Mord hätte sein können?

CHAR und ich verließen das Café und draußen gesellte sich Norman zu uns, der von seinem üblichen Tageshochsitz auf einem Baum herunterflog.

»Du bist spät dran, Puppe«, beklagte er sich. »Und ich bin am Verhungern. Wenn ich in Nordperu wäre, könnte ich mein Futter selbst jagen. Aber hier, was soll ich hier tun? Soll ich im Müll herumwühlen wie die Abfall fressenden Möwen?«

Char kicherte. »Du warst doch nie in Peru, oder?«

»Könnte sein«, sagte er und federte sanft auf ihrer Schulter. »Kann mich nicht an alles erinnern. Ich war zur See. Daran kann ich mich erinnern. Jeden Tag veränderte sich das Panorama. Das waren gute Zeiten. Ich aß wie ein König.«

Ich machte keinen Kommentar, als Char in ihre Tasche griff und einen Sack von der Gourmet-Tierhandlung herauszog. Es war eine grüne Verpackung mit dem Bild eines Papageis, der Norman stark ähnlich sah. Sie öffnete die Packung und bot ihm ein Pellet.

Er fuhr ein wenig zurück und neigte den Kopf zur Seite. »Ist das bio?«

Ihre Lippen zuckten. »Ja.«

»Ich ziehe frisches Obst vor«, informierte er sie von oben herab, pickte aber dann das Futter sanft aus ihren Fingern.

Er war nervig, aber ich begann mich für den pingeligen Vertrauten zu erwärmen.

Es war auch nett, an etwas anderes zu denken, als an Alistair Fairfax' plötzlichen Tod. Während der Fahrt nach Hause fragte ich Char, wie ihr Tag war. Sie war überraschend enthusiastisch. Vielleicht war es die Wertschätzung, die sie heute durch ihren Arbeitgeber erfahren hatte, die den Unterschied bewirkte. Ich hatte den Eindruck, dass Char sich nicht oft bei irgendwem zugehörig gefühlt hatte.

Sie erzählte, wie höflich alle im Ort waren. Niemand war mürrisch oder unhöflich, ja nicht einmal sehr in Eile. »Ich nehme an, wenn ich in London bin, wird das anders sein.«

»Es *klingt,* als hätte sie sich in Weeping Willow verliebt«, gurrte Norman wie in einer Soap Opera. »Es *klingt,* als ob sie hierbleiben würde.«

Bevor ich ihn wieder wegen des Ortsnamens korrigieren konnte, schnellte Chars Kopf herum, um Norman, der ziemlich zufrieden in der Mitte des Rücksitzes saß, zu konfrontieren. »London«, informierte sie ihn, »ist das Ziel. Sicher, hier ist es nett, aber ich werde weiterziehen. Wie oft muss ich dir sagen, dass das hier nur eine Zwischenstation ist? Dasselbe gilt für dich!«

»Oh, du brauchst nicht gleich fies werden«, antwortete Norman. »Oh wehoweh, Char ist fies mit Normie.«

Ich unterdrückte ein Lachen. »Char, du wirst Norman hier akzeptieren müssen. Ich kann es wirklich nicht ertragen, deinen Vertrauten wie ein Kind jammern zu hören. Und er wird nirgends hingehen.«

»Für dich« – ich hatte Char schon längst das Du angeboten – »ist es leicht, eine so liebe orangerote Katze als Vertraute zu akzeptieren. Sie ist so kuschelig und süß.« Sie starrte weiter Norman böse an. »Und sie gibt keine unverschämten Antworten.«

Damit hatte sie nicht unrecht. Meine Blue war süß, wenn auch verschlafen. Ich beschloss, über diesen Umstand hinwegzusehen. »Je früher du Norman akzeptierst und natürlich auch wer du bist, desto früher wirst du erkennen, dass einen Vertrauten zu haben, ein Geschenk ist. Ebenso wie deine Zauberkunst. Etwas, das man feiert. Und wenn du erst mal deine Kräfte in den Griff bekommst, wirst du sehen, dass dein Vertrauter auch nützlich ist.«

Mit einem Auge beobachtete ich den Verkehr, mit dem anderen bemerkte ich, wie Char die Augen verdrehte. Wann würde diese junge Hexe begreifen, welche Gabe sie hatte? Ich konnte fühlen, dass ihre Zauberkraft stark war, aber noch wackelig, solange sie auf der Suche war, wie sie sich darauf fokussieren konnte.

»Schau«, sagte ich und fuhr auf die lange gepflasterte Straße, die nach Hause führte, »in ein paar Tagen ist Vollmond. Ich nehme dich mit zum Hexenzirkel. Da kannst du selbst sehen, was es bedeutet, eine Hexe zu sein. Ich schätze, du wirst dich fühlen, als wärst du nach Hause gekommen. London oder nicht London – Zuhause ist mehr als nur ein Ort.«

Char stöhnte und starrte zum Fenster hinaus. »Wenn ich die ganze Zeit hätte belehrt werden wollen, wäre ich bei den Nonnen geblieben.«

Ich beschloss, ihre Worte nicht zu beachten. Was sah Char wohl draußen, als das Dorf vor dem Fenster vorbeiglitt? Sogar während der »Stoßzeit« war kaum Verkehr. Der Himmel war überflutet von Rosa mit orangeroten Streifen, die Luft war mild und weich. Für mich war dieser Ort schmerzlich schön. Aber hätte ich das in ihrem Alter auch sehen können? Das klingt vielleicht dumm, aber etwas in mir sehnte sich danach, dass Char sich ebenso in Willow Waters verlieben würde wie ich.

Ich wanderte in jeder Jahreszeit durch diese Straßen und Wege. Es war ein wahres Vergnügen, die Elstern zu zählen, Schwalben und Segler auszumachen, Brombeeren für Marmelade zu pflücken oder Holunderblüten für Limonade. Zu beobachten, wie der Frühling mit frischen Knospen einen grünen Schleier über die Bäume legte, das Mädesüß zart wie Spitze schimmerte, die weißen Blüten des Schwarzdorns leuchteten und im Wald die Himmelschlüssel und Blauglöckchen erblühten. Wegen ihrer Heilkräfte Blätter, Beeren und Wurzeln zu sammeln. Was für eine Freude zu sehen, wie das Gras beim Verstreichen der Monate grüner und höher wurde.

Eine Hexe zu sein bedeutete, sich mit der Welt der Natur zu verbinden, zu verstehen, welchen Platz man im Kosmos einnahm. Es gab so viel, was eine junge Hexe lernen konnte. Aber zuerst musste ich sie dazu bringen, sich mit der einfachsten aller Tatsachen zu konfrontieren: Char war eine Hexe, Norman, ihr Vertrauter, und das ganze Ausmaß ihrer Zauberkräfte musste sich erst offenbaren.

KAPITEL 14

*D*as Abendessen war rasch erledigt, weil Char den alten Laster reparieren wollte und auch ich hatte meinen eigenen Plan.

Als Char sich auf den Motor des Trucks konzentrierte und Norman das, ob sie wollte oder nicht, laufend kommentierte, ging ich zu meinem Außengebäude, das ich meinen Gartenschuppen nannte, das aber viel mehr war. Mehrere Freunde hatten angeregt, dass ich es in eine Ferienwohnung verwandle und damit Geld verdiene, aber ich benutzte es für meine Hexerei. In meinem Kessel auf einem Holzofen erzeugte ich meine Cremes und Zaubertränke, trocknete meine Kräuter, verwahrte dort meine Bibliothek und anderes Werkzeug meiner Kunst. Als Blue bemerkte, dass ich zum Schuppen ging, in der Hand eine einzige Rose von Alistairs Strauß, sprang sie sofort von ihrer Fensterbank, wo sie gerade ein Nickerchen gehalten hatte, und folgte mir.

Ich musste gewöhnlich nur meine Absicht zeigen und schon wusste sie, dass ich sie brauchte.

Wir gingen durch den Garten, dabei wünschte ich mir

von Herzen, dass ich mir Owen leisten könnte, damit er ihn so schön in Form hielt wie der von Lemmington House. Ich fühlte die von der verwelkten Blume ausströmende Traurigkeit.

Blumen konnten vielleicht nicht sprechen wie Norman, aber ich habe immer festgestellt, dass sie kommunizieren können. Ich schloss die Tür zu meinem Gartenschuppen auf und atmete im dämmrigen Licht die beruhigenden Düfte der trocknenden Kräuter und des Bienenwachses ein. Ich zog meinen ersten magischen Kreis und zündete dann die Kerzen an. Blue kam mit mir und der verwelkten Rose in den Kreis. Es war eine von den gelben Rosen, die mich immer an Alistair erinnerten. Ich hatte sie ausgewählt, weil sie stärker verwelkt schien als der Rest.

Ich bin kein Medium wie meine Mutter, aber in meinen Adern fließt das Blut von Medien und manchmal konnte ich Schatten erhaschen, allerdings nur flüchtig. Ich hatte nichts außer einem beunruhigenden Gefühl und Blumen, die vorzeitig verwelkt waren. Vielleicht konnte etwas Zauber mir einen klaren Gedanken geben.

Ich legte die Rose vor mich. Blue setzte sich neben mich. Ich saß in dem von Kerzen beleuchteten Kreis, atmete langsam und schloss die Augen.

Geister vom Norden, Süden, Osten und Westen
Wir rufen euch, eine Wahrheit zu testen,
Zeigt uns bitte dieser Blume Zeugnis:
Ein Zufallstod oder eines guten Mannes Verhängnis?
Helft mir, die Wahrheit zu erblicken,
Wie ich will, so soll es sich schicken.

Ich wartete und atmete den Duft des Bienenwachses der Kerzen ein. Jetzt mischte sich ein Hauch Rosenduft dazu, als würde die kürzlich verwelkte Rose wieder erblühen. Ich atmete weiterhin langsam, versuchte, nicht ungeduldig zu werden. Jessie Rae sagte immer, dass meine Ungeduld die Geister davon abhielt, mit mir zu kommunizieren.

Meine Meinung war, dass wir alle unsere Gaben hatten, und meine anders waren als ihre.

Ich war gewiss nicht der geduldigste Mensch, deshalb zwang ich mich, sitzen zu bleiben und ruhig zu atmen. Etwas veränderte sich um mich, wie ein Luftzug von einer geöffneten Tür. Dann war ich woanders. Ich brauchte einen Augenblick, um die Formen der Möbel zu erkennen, als wäre ich in einem fremden Zimmer erwacht. Ich war an einem dunklen Ort. Ich hörte schweres Atmen und meine Brust presste sich vor Schmerz zusammen.

Ich rang nach Luft, wollte aus diesem Zauber ausbrechen, aber Blue kam auf meinen Schoß und beruhigte mich. Sie steckte ihren weichen Kopf unter mein Kinn und ihre Wärme besänftigte meinen schmerzenden Brustkorb. Es war immer noch mühsam, Luft zu holen, und mein Sehvermögen war schwach und dunkel.

Die Schmerzen machten es schwierig, mich zu konzentrieren. *Atme dich da durch*. Meine Augen passten sich allmählich der Dunkelheit an und ich erkannte Alistairs Schlafzimmer. Er lebte, war in seinem Bett, atmete so schwer wie ich. Empfand ich seine Brustschmerzen des Augenblicks nach, in dem sein Herz zum letzten Mal schlug?

Ich begann zu akzeptieren, dass er eines natürlichen Todes gestorben war, aber dann sah ich eine Hand, die sich der Morphininfusion näherte.

»Nein!« Ich versuchte zu schreien, aber das Wort war nur ein Krächzen.

Meine Sehkraft war umnebelt wie eine alte Kopie eines Stummfilms, deshalb waren die Details unscharf, aber es gab keine Zweifel, dass eine Hand die an Alistairs Arm angeschlossene Morphininfusion manipulierte. Ich versuchte, meinen Arm wegzureißen, konnte mich aber nicht bewegen. Schnell wurde ich benommen und der Schmerz in meiner Brust ließ nach. Ich schwebte im Dunkeln, trieb davon und dann machte Blue ein alarmierendes Geräusch.

Ich riss die Augen auf und sog Luft ein. Wie lang hatte ich hier gesessen, ohne zu atmen? Ich wusste es nicht, hatte aber ein Gefühl, als wäre ich viel zu lange unter Wasser gewesen. Ich konnte nicht schnell genug Luft holen.

Ich sah zu Boden. Die zuvor verwelkte Rose war jetzt vollkommen vertrocknet und die Blütenblätter waren schwarz geworden.

BLUE VERHIELT sich noch immer sonderbar. Sie sprang aus meinen Armen und verließ den Kreis, was sie nie machte. Sie ging zur Tür und miaute.

Es kam offenbar jemand. Wenn es Char oder Jessie Rae gewesen wäre, würde Blue mich nur gestupst haben. Das hier war als Frühwarnung für einen Großalarm gedacht. Mein armes Herz, das sich vor wenigen Minuten dem Sterben nahe angefühlt hatte, meldete jetzt, dass es voller Leben war und vor Angst heftig pochte.

Ich hatte dasselbe Gefühl, wie wenn sich der Mörder in

einem Horrorfilm näherte. Beinahe erwartete ich, dass sich die Türklinke langsam senkte.

Ich schloss schnell den Kreis, löschte die Kerzen mit einer Handbewegung. Es war nicht mehr möglich, alles zu wegzuräumen. Schnell ging ich zum Fenster und spähte hinaus.

Da zum Vollmond nur mehr ein paar Tage fehlten, verbreitete der aufgehende Mond reichlich Licht. Genug, um einen Mann durch meinen Garten kommen zu sehen.

Sobald der Mond sein Gesicht beleuchtete, entspannte ich mich. Alex.

Ich hatte keine Ahnung, was er hier machte, er war aber ein guter Mann, dem ich vertrauen konnte. Allerdings nicht mit meinen Geheimnissen. Ich schlüpfte zur Tür hinaus, und schloss sie hinter mir. Blue rannte vor mir her.

Ich ging schnell, um am Teich auf ihn zu treffen. »Alex«, sagte ich und war froh, dass meine Stimme ziemlich ruhig klang, obwohl ich noch von meiner Vision außer Fassung war. Ich sagte nicht: *Das ist eine Überraschung,* obwohl es absolut eine war.

Er war entschieden groß, dunkel und sah gut aus. Und im vom Mondschein beleuchteten Garten wirkte er mehr zuhause als in Cafés oder anderen Räumlichkeiten, wo ich ihn gewöhnlich traf.

Offensichtlich fühlte er auch eine gewisse Peinlichkeit. »Verzeihen Sie, dass ich einfach in Ihren Abend hineinplatze. Char sagte mir, dass ich Sie hier finden würde.«

Kurze Notiz für mich zur Erinnerung: Muss Char sagen, keine Fremden zu meinem Hexenrückzugsort zu schicken.

Während ich noch überlegte, was ich ihm antworten sollte, sagte er: »Ich möchte mit Ihnen über Alistair Fairfax sprechen.«

Ich nickte und dachte, dass auch er genau die Person war, mit der ich über Alistair reden wollte. »Möchten Sie hereinkommen?«, fragte ich und deutete auf das Bauernhaus. Die Lichter in der Küche waren eingeschaltet und nach meiner unheimlichen Vision wirkten sie warm und einladend.

Er zögerte. »Wenn es Ihnen nichts ausmacht, würde ich eigentlich lieber im Garten bleiben.«

»Gerne. Das ist in Ordnung.« Ich deutete zur rustikalen Holzbank am Rande des Teichs. Sie wäre weniger rustikal gewesen, wenn ich das Geld zum Sandstrahlen und Lackieren gehabt hätte, sie war aber robust und trug unser Gewicht, als wir uns beide setzten.

Ich wandte mich ihm zu und war gebannt von seinen Augen. Ich fühlte mich in ... etwas gefangen ... und dann lehnte er sich zurück und blickte zum Teich. Ich blinzelte. Ich hatte mich noch nicht ganz von meiner Vision erholt. Alles schien heute Nacht sonderbar, auch der Mann, den ich seit Jahren kannte.

Dann sagte er leise: »Ich möchte Ihren Rat.«

Alex hatte noch nie meinen Rat gebraucht. Er wirkte absolut selbstbewusst, ein Mann, der seinen Platz auf der Welt kannte und ihn akzeptierte.

Ich fühlte mich seltsam geschmeichelt, dass mich jemand, den ich respektierte, um Rat bat. »Natürlich.«

»Ich sorge mich wegen Alistair Fairfax' Tod.« Okay, die Worte waren einfach, aber sie konnten sehr viel bedeuten.

Ich wollte nicht mit dem M-Wort vorpreschen. Noch nicht. »Was macht Ihnen Sorgen?«, fragte ich. Meine Stimme klang neutral, aber jede Zelle in meinem Körper zitterte vor Wissbegierde, ob sein Instinkt ihm dasselbe sagte wie meiner.

Er schwieg eine Weile. Ich fühlte, dass er – ebenso wie ich – zögerte, seine Besorgnis in Worte zu kleiden.

Schließlich knurrte er: »Ich glaube, er wurde ermordet.«

Obwohl ich derselben Meinung war, schockierte es mich, es ausgesprochen zu hören. »Ermordet«, wiederholte ich. Das Wort schien in der Nachtluft um uns zu schweben.

Als fühlte er sich gezwungen zu sprechen, fügte er hinzu: »Der Mann, mit dem ich gestern Abend Schach gespielt hatte, war nicht kurz vor seinem Tod. Er war gut gelaunt. Seine Wangen hatten wieder Farbe. Kein einziges Mal hat er den Knopf für seine Morphintropfen gedrückt.

»Er könnte in der Nacht einen Herzinfarkt erlitten haben«, sagte ich, obwohl ich es nicht glaubte.

Er drehte sich zu mir herum. Seine Augen waren noch unangenehm bohrend. »Sie glauben es aber ebenso wenig wie ich.«

Wie konnte er sich so sicher sein? Er hatte aber recht. »Nein, ich glaube es nicht.« Als ich diese Worte ausgesprochen hatte, war klar, dass ich nicht länger verschweigen würde, was ich miterlebt hatte. Ich informierte ihn kurz über die Szene zwischen Emily und Dr. Harlan und den fehlenden Medikamenten.

Er nickte. »Dr. Harlan hat mir von dem fehlenden Morphin berichtet. Mir war klar, dass er sich einzureden versuchte, dass es eine einfache und harmlose Erklärung gab.«

»Was haben Sie ihm gesagt?«, fragte ich.

Sein Lächeln ließ seine Zähne funkeln. »Ich sagte ihm, wenn er das fehlende Morphin nicht der Polizei meldete, würde ich selbst dafür sorgen.«

KAPITEL 15

In den folgenden Tagen begannen Char und ich eine Routine zu entwickeln. Wenn Hilary da war, gesellte sie sich beim Frühstück und Abendessen zu uns. Wir drei kamen gut miteinander zurecht. In den Tagen vor dem Vollmond hatte meine Mom in ihrem Geschäft für Spirituelles reichlich mit Kartenlegen zu tun, also sahen wir sie kaum.

Chars Arbeit im Café war ideal für den Dorftratsch. Als Barista war sie praktisch unsichtbar und wenn sich die Dorfbewohner für ihren Kaffee anstellten, redeten sie frei von der Leber weg. So erfuhr ich, dass die Polizei wegen Alistairs Tod Ermittlungen eingeleitet hatte.

Es zeigte sich, dass Alex die Behörden nicht über das fehlende Morphin informieren musste. Dr. Harlan hatte sich schließlich selbst dazu entschlossen, aber ich konnte nie herausfinden, ob er aus Pflichtbewusstsein handelte oder weil Alex ihm deutlich gemacht hatte, dass einer von ihnen die fehlenden Medikament melden würde. Egal, ich war erleichtert, dass die Ermittlungen aufgenommen worden waren.

Eine Autopsie hatte meinen Verdacht bestätigt. In Alistairs Leiche war eine tödliche Dosis Morphin festgestellt worden.

Char hatte während des Abendessens mit mir und Hilary alles, was sie erlauscht hatte, vergnügt ausgeplaudert. »Zwei Frauen sind nach ihren Pilates-Stunden vorbeigekommen und haben sich unterhalten, während ich ihre fettarme Latte macchiato machte. Eine war früher Krankenschwester und sagte, dass patientenkontrollierte Schmerzmittel einen Tropfverschluss haben und der Patient den Knopf drücken kann, so oft er will, aber das Schmerzmittel nur alle fünf Minuten verabreicht wird. Um eine Überdosierung zu vermeiden. Wenn aber jemand gebrechlich und schon schlaftrunken ist und ein anderer den Knopf weiterhin drückt, dann könnte das ausreichen, um ihn zu töten.«

Ich dachte an meine Vision und jene sich nähernde Hand. Wer auch immer es war, würde keine besondere medizinische Ausbildung brauchen. Nur Zugang zu Alistairs Zimmer.

Das bedeutete, dass es Gillian, Estella, das Dienstmädchen, Owen, der Gärtner, Alex, ich und sogar Dr. Harlan getan haben könnten. Dann kam mir ein neuer Gedanke. Terence war sehr bald nach dem Tod seines Vaters aufgetaucht und behauptete, dass Gillian sich nicht die Mühe gemacht hätte, ihn über das Ableben seines Vaters zu informieren.

Wie hatte er es also erfahren?

War er in der Nacht zuvor im Zimmer seines Vaters gewesen? Er kannte das Haus gut und hätte sich leicht heimlich einschleichen können. Ich schauderte beim Gedanken, dass sein eigener Sohn Alistairs Mörder hätte sein können.

Ich fragte Char, ob es noch eine andere Möglichkeit gab, eine Überdosis zu verabreichen, abgesehen vom zu häufigen Betätigen des Knopfes am Tropf, aber sie wusste nur, was sie erlauscht hatte.

Hilary war aber mit einer Krankenschwester befreundet, die als Sachverständige bei verschiedenen Gerichtsverfahren aufgetreten war. Mit ihr unterhielt sie sich ausgiebig, was zu einer Einladung zu einem Mittagessen führte, und reichlich wertvolle Informationen für uns ergab.

Hilary berichtete, dass die häufigsten Fehler bei der Morphindosierung dann auftraten, wenn Lösungen verabreicht wurden. Wenn jemand müde war, konnten leicht versehentlich Milligramm mit Milliliter verwechselt werden. Ich vermutete, dass dies einer der Gründe war, warum man Emily eingestellt hatte. Selbst wenn Morphin selbst verabreicht wird, muss eine medizinische Fachkraft zugegen sein, um den Tropf zu legen und die Dosierung zu überwachen. Könnte Emily einen Fehler gemacht haben?

Hilary las uns aus ihren Notizen vor. »Meine Freundin Tracy sagt, dass jemand einen großen Bolus zusätzlichen Morphins oder eines anderen Opiats mittels einer Spritze in den Portkatheter des Tropfs einbringen und so eine Überdosierung des Patienten verursachen könnte.«

Hilary zählte noch eine Liste der üblichen Anzeichen für eine Überdosierung mit Morphin auf. Feuchtkalte oder kalte Haut, Nadelpupille, extreme Schläfrigkeit, niedriger Blutdruck, langsamer und flacher Atem und andere Unannehmlichkeiten, die ihr, wie ich vermute, nicht wissen wollte. Das heißt also unterm Strich, dass auch nach einer Überdosis Alistair bei rechtzeitiger Hilfe gerettet hätte werden können.

Ich hatte keine Ahnung, welchen Einfluss Gillian Fairfax oder vielleicht Dr. Harlan hatte, jedenfalls erlaubte man Gillian, das Begräbnis stattfinden zu lassen. Vermutlich hatte die Polizei nach der Autopsie alle nötigen Beweise.

Natürlich rumorten im Dorf die Gerüchte. Ein verdächtiger Tod ist ein guter Grund dafür.

DER TAG des Begräbnisses rückte schnell näher. Ohne zu übertreiben, kann ich sagen, dass das ganze Dorf erschien, außerdem viele Freunde und Kollegen, die von weit her anreisten. Alistair Fairfax war eine wichtige Persönlichkeit in Willow Waters und darüber hinaus. Alle in unserem Dorf kannten ihn und genauer gesagt mochten ihn. Beim Begräbnis sah man aufrichtige Zuneigung und Trauer.

Die Leute erwarteten sich (oder hofften), nach der Trauerfeier nach Lemmington House eingeladen zu werden, aber bald war klar, dass Gillian Fairfax andere Pläne hatte. Ich begann zu begreifen, warum Alistair seine eigene Verabschiedung ziemlich genau geplant hatte. Er hatte natürlich vorhergesehen, dass seine Witwe nur wichtige Personen zu sich nach Hause einladen würde, während die Leute aus dem Dorf –, die ihn wahrscheinlich schon viel länger kannten als Gillian –, keine Einladung verdienten. Alistair stellte sicher, dass alle eingeladen wurden, indem er seinen eigenen Leichenschmaus in The Mermaid geplant hatte. Seine Großzügigkeit sogar im Tod war bewundernswert.

Das war jedoch für den Abend geplant. Inzwischen hatte

Gillian The Tudor Rose Inn für den Leichentrunk gebucht. Trotz ihrer Kritik wegen des vorzeitigen Ablebens des traurigen Straußes, hatte Gillian doch Blumenzauber den Auftrag für die Blumenarrangements – Stil Prinz Philip – gegeben. Unsere erste Station war der Gasthof, um die Blumen für das Büffet und den Speisesaal zu arrangieren, und dann ging es weiter zur Kirche.

Ich parkte so nahe zum Eingang wie möglich. Wie ich schon kurz erwähnt habe, war die Kirche ein anschauliches Beispiel der Architektur des 14. Jahrhunderts mit einer traditionellen schweren Tür flankiert von alten Bäumen. Sie war superb, aber für eine Kirche jener Zeit von außen relativ klein. Dagegen war das Innere überraschend weitläufig. Es dauerte, bevor die Kirche voller Blumen wirkte. Imogen und ich arbeiteten gut zusammen, wir kommunizierten ohne viele Worte, während wir sorgfältig die Arrangements entlang den Seiten des Ganges und an der Kanzel anbrachten.

Ich blickte an die Stelle, wo bald sein Sarg stehen würde, und eine Welle der Traurigkeit überkam mich. *Ich werde helfen herauszufinden, wer dich in den Sarg gebracht hat,* versprach ich stumm.

Imogen und ich taten unser Bestes, die Kirche ihm zu Ehren zu schmücken, und schließlich schaute ich stolz auf das Ergebnis unserer harten Arbeit. Ich war zwar hin- und hergerissen zwischen unserem originellen und persönlicheren Design, schließlich waren wir aber von unseren Ideen abgekommen und hatten Prinz Philips Begräbnis gründlich recherchiert, wie es die Witwe wünschte. Es war letztendlich nur recht und billig, ihren Wünschen nachzukommen. Sie bezahlte ja auch die Rechnung. Wir hielten uns also an das königliche Vorbild, das die weißesten Blüten hervorhob und Freesien, Jasmin, Lilien, Wicken, weiße Rosen und Wachsblumen kombinierte. Ich konnte aber nicht widerstehen und fügte eine etwas persönlichere Note hinzu. Ich ging nicht so weit, die umwerfenden Orchideen einzuarbeiten, aber doch die gelben Rosen und einzelne gelbe Freesien für eine ausgewogene Farbkombination. Jedes Mal, wenn mein Blick auf diese Farbe fiel, musste ich an Alistair denken. Es war meine Art, sein Gedächtnis zu wahren. Ich vermutete, dass Gillian das Gelb wohl kaum bemerken würde.

Es war ein langer Vormittag. Als wir mit der Blumendekoration fertig waren, kleideten wir uns rasch für das Begräbnis passend um. Ich wusste, dass Alistair nicht alle in düsterem Schwarz gewollt hätte, also wählte ich ein Kleid mit einem zarten Blumenmuster auf dunkelviolettem Grund. Mein langes dunkles Haar steckte ich auf und zum Schluss schlüpfte ich in Pumps von derselben Farbe wie der Hintergrund meines Kleides.

Wie alle anderen Geschäfte im Ort schlossen wir früh und machten uns auf den Weg zur Kirche für das Begräbnis um drei Uhr.

Mein Range Rover war mit mir, Imogen, Char und Jessie Rae voll besetzt. Norman begann einen kreischenden Streit, weil wir ihn nicht mitnehmen wollten. Es war echt peinlich, als Char sagte, er könnte kommen, wenn er draußen auf einem Baum bleiben und mit niemanden sprechen würde. Oder auf jemanden kacken.

Damit war er etwas herablassend einverstanden. Dann sah er Char an. »Darf ich auf jemanden kacken, der unfreundlich zu dir ist?«

»Nein«, sagten wir beide sofort.

Er gab einen langen Papageien-Seufzer von sich. Es klang, als würde man einen Stock durch Kies ziehen.

Als alle, auch der vorlaute Papagei an Bord waren, fuhren wir zur Kirche. Jessie Rae hatte die Gewohnheit, in jedem Friedhof zahlreiche Gräber zu besuchen, und ich musste sie daran erinnern, dass sie die Leute verscheuchte, wenn sie mit den unterirdischen Herrschaften quasselte.

»Das weiß ich«, sagte sie würdevoll.

Ich konnte nicht sagen, wer zuerst sein Versprechen brechen würde – sie oder Norman.

Es war ein schöner Tag und wir waren früh dran. Niemand wollte in die Kirche, bevor das Begräbnis begann, also standen wir herum und plauderten mit Leuten, die wir kannten und jeden Tag sahen. So zurechtgemacht für das Begräbnis waren wir ein bisschen höflicher und formeller als sonst.

Ich hatte die Jahrhunderte alte britische Gepflogenheit angenommen und unterhielt mich über das Wetter. »Wir könnten uns keinen besseren Tag dafür wünschen«, sagte ich zu Roberto. Er war Spanier und wahrscheinlich katholisch. »Gott lächelt sicherlich dem lieben alten Mann zu«, erwiderte er.

Als Normans frühere Besitzerin mit einer anderen älteren Dame eintraf, warf ich Norman, der am Wipfel einer Eibe saß, einen strengen Blick zu, um ihn an sein Versprechen zu erinnern. Wenn ein Papagei streng zurückblicken konnte, dann war das jetzt der Fall.

Dolores Prescott und ihre Freundin Elizabeth Sanderson gingen schnurgerade auf den Pfarrer zu. »Ach, Father«, sagte Dolores und griff nach seiner Hand. »Vor Sorge habe ich kaum geschlafen.«

Ihre Freundin nahm seine andere Hand. »Und ich erst. Wenn man bedenkt, dass so etwas Schreckliches in unserem Ort passieren kann.«

Der Pfarrer lächelte auf die beiden herunter. »Wir müssen tapfer sein. Der heutige Tag dient dem Gedenken von Alistair Fairfax. Wir müssen der Polizei für die Ermittlungen vertrauen.«

Als eine schwarze Limousine eintraf, ging eine Regung durch die Anwesenden wie eine Brise, die über einen See weht. Terence, Alistairs entfremdeter Sohn, in einem makellos schwarzen Anzug stieg aus. Ich musste zugeben, dass er sich gut herausgeputzt hatte. Seine Züge verrieten Schwäche und immer hatte er einen gereizten Gesichtsausdruck, trotzdem sah er aber unleugbar gut aus. Er half einer älteren Dame aus dem Wagen und sie nahm seinen Arm. Sie sahen sich ziemlich ähnlich, so dass ich annahm, dass sie seine Mutter war – und somit Alistairs erste Frau. Sie trug ein schwarzes Kleid, Jacke und Hut.

Alle schienen die beiden zu beobachten. Es war wie eine Filmszene, wie sie langsam zum Kircheneingang gingen und unterwegs stehen blieben, um mit älteren Einwohnern des Ortes zu plaudern. »Hat Terence abgesehen von seiner Mutter eine Familie?«, fragte ich Imogen, die praktische alle hier kannte, da sie ja in Willow Waters aufgewachsen war.

Sie schüttelte den Kopf. »Er ist geschieden. Sie hatten keine Kinder.«

Der Pfarrer hatte draußen eine Runde durch die Anwesenden gemacht und schlug jetzt vor, dass man drinnen Platz nehmen sollte. Der Begräbniszug näherte sich gerade, also betrat ich pflichtbewusst die halbdunkle Kirche.

Imogen und ich saßen müde von der Arbeit des Vormittags still auf unseren Plätzen. Ich nutzte die Zeit, um die Atmosphäre der Kirche auf mich einwirken zu lassen. Im Gegensatz zu meiner Mutter, die in historischen Gebäuden wegen der unzähligen plaudernden Geister immer beträchtlich litt, war ich gern inmitten von jahrhundertealten Dingen.

Wie die meisten historischen Gebäude in England war auch diese Kirche im Laufe der Jahre oft renoviert und modernisiert worden, das Innere hatte aber noch viele seiner ursprünglichen Elemente bewahrt. Jedes Jahrhundert fügte seinen eigenen Stil hinzu. Das Tudor-Altartuch bestand aus einer Reihe von in Fischgrätenmuster zusammengenähten Ornaten aus dem 14. Jahrhundert. Über dem Altar hing ein sehr schönes Gemälde der Geburt Christi. Daneben gemeißelte dreifache Sedilien ebenfalls aus dem 14. Jahrhundert (unter uns Steinsitze) mit den Wappen der benachbarten Cotswold-Dörfer. Ein Piscinium und ein Sakramentshaus (ebenfalls unter uns ein Aufbewahrungsschrank) aus der Zeit um 1300 waren auch noch erhalten. Am Ende des Nordganges stand eine beeindruckende Orgel, eingerahmt von mittelalterlichen Fliesen, die aus der benachbarten Abtei stammten, die im Rahmen der Auflösung der Klöster unter Heinrich VIII zerstört worden war. Aus derselben Abtei war eine Tür aus dem 15. Jahrhundert gerettet worden, in deren kunstvolle Schnitzereien die Initialen AO – des vorletzten Abts eingefügt waren. All dies, um zu sagen, dass alles hier durchtränkt von einer reichen und vielfältigen Geschichte war.

Es machte mich demütig zu denken, dass wir alle nur ein winziger Teil einer viel größeren Geschichte waren.

Jetzt traf Hilary ein und wir rückten zusammen, um Platz für sie zu machen. Sie hatte für den Anlass das dunkelgrüne

Kostüm gewählt, das sie auch bei Gericht getragen hatte. Char war in ihren üblichen schwarzen Hosen, einem weißen T-Shirt und einem schwarz-weißen Cardigan erschienen und sah auf ihre Art smart aus. Meine Mom weigerte sich, ein Begräbnis als traurigen Anlass zu sehen, und trug ein Kleid mit Lagen aus schwarzem und lila Tüll und einem perlenbesetzten Halsausschnitt. Mit den vier Frauen meines Lebens in einer Reihe zu sitzen, gab mir ein unerwartetes Gefühl des Friedens.

Schnell füllte sich die Kirche. Emily kam in einem dunkelgrünen Kleid, das Haar lose und sah viel jünger aus als in ihrer Uniform.

»Wer ist das?«, fragte Char und deutete auf Emily.

Ich fragte mich, warum sie sich für Emily interessierte. »Sie war Alistairs Krankenschwester.«

Char runzelte die Stirn. »Ich hab sie an dem Tag, als ich nach Willow Waters kam, gesehen, als ich aus dem Bus ausstieg. Jemand in einem Aston Martin V8 Vantage X-Pack Saloon setzte sie hier ab. Der Wagen war rot, ein Modell aus den späten achtziger Jahren – eines, das cremefarbene Ledersitze hatte. Natürlich sieht man diese Autos nicht jeden Tag.«

Ich versuchte, nicht amüsiert dreinzuschauen, als Char Details dieses Oldtimers aufzählte. Sie war durch und durch Automechanikerin. »Ich vermute, dass Emily einen reichen Freund hat?«

»Den Fahrer habe ich nicht gesehen. Wer immer es war, hat ordentlich mit ihr geschmust, bevor sie ausgestiegen ist.«

Ich wollte mehr wissen, aber die Orgelmusik setzte ein.

Und jetzt kam endlich Gillian in einem einfachen und eleganten schwarzen Creperock und passender Kostümjacke.

Sie ging nach vor und nahm auf der Familienbank Platz. Sie blickte weder rechts noch links.

Dann begann die Zeremonie. Wir standen alle auf, als der Sarg von sechs Trägern hereingebracht wurde. Terence Fairfax und Alex Stanford trugen vorne, dann zwei mir unbekannte Männer und den Schluss bildeten Owen und Dr. Harlan.

Ich musste innerlich darüber lächeln, dass Alistair seinen Gärtner und Arzt als Gleichgestellte einbezogen hatte.

Es war ein schöner Gottesdienst und ich bin sicher, dass nicht nur ich feuchte Augen hatte.

Dr. Harlan trug eine gemessene Trauerrede vor. In der Kirche war es mäuschenstill, kein Husten oder Herumrutschen, während er in ruhigem Ton sprach. Ich fragte mich, wie es innerlich um ihn bestellt war, da er sich gewiss fragte, ob sein Patient mit dem von ihm verschriebenen Morphin ermordet worden war.

Dann kam Alex nach vorne und las ein ergreifendes Gedicht von Lord Alfred Tennyson vor.

Er hatte eine schöne tiefe Stimme. Sein Vortrag berührte mich zutiefst und rief liebe Erinnerungen an Alistair wach.

Wir gingen zum Friedhof und der Sarg wurde in die Grube gesenkt. Gillian trat vor, um Erde auf den Sarg zu werfen, knapp hinter ihr Terence und seine Mutter. War es ungewöhnlich, dass die Ehefrau und Ex-Ehefrau sich beide am Grab einfanden und in der Zeremonie auf derselben Ebene standen? Ich fragte mich, ob es den zwei Frauen gelungen war, sich miteinander anzufreunden. Wenn die Scheidung zwischen Alistair und seiner ersten Frau freundschaftlich vonstattengegangen war, dann freute sie sich vielleicht, dass er wieder geheiratet hatte. Es musste nicht immer eine schwierige Beziehung sein. Ich spürte jedoch eine Atmosphäre eisiger Kälte zwischen den zwei Frauen, was wohl darauf hindeutete, dass sie nicht beste Kumpel waren.

Es schmerzt mich zu sagen, dass Terence, der einzige Sohn, eher gelangweilt als voll Trauer wirkte.

The Tudor Rose erreichten wir kurz nach fünf.

Der Festsaal des Gasthofes füllte sich rasch. Die Eigentümer hatten alles drangesetzt, um den historischen Charme zu erhalten, es aber trotzdem für nichtmittelalterliche Kunden anziehend gestaltet. Sie hatten den ursprünglichen Boden aus Natursteinplatten beibehalten, die Originalbalken restauriert und in den Wintermonaten prasselten riesige Kaminfeuer. Hinter dem Gebäude lag ein offener Garten mit Tischen, um draußen speisen zu können, und ein Apfelgarten. Die Innenausstattung war stilvoll – neu ausgefugter Naturstein, passend zu den cremefarbenen Wänden und schwere Eichenesstische, von denen ich nur träumen konnte. Der Gasthof bot ein Menü von einem Michelin-Sternenkoch, der ein schickes Gourmetrestaurant verlassen hatte, um seinen eigenen Weg zu gehen. Es muss daher nicht eigens erwähnt werden, dass das Essen unglaublich war. Ich wusste, dass sie selbst Gemüse anbauten und Lebensmittel immer lokal einkauften.

Heute leuchtete der Raum honiggelb im Sonnenlicht. Die Feier wurde bald lebhaft, ein fließendes und hektisches Durcheinander von Menschen, für die keine Kosten gescheut wurden. Kellner trugen Sektkelche herum. Blinis mit Räucherlachs, geräucherte Maispuffer mit Zitronenaioli, Pilzarancini mit Oliventapenade, Schimmelkäse und Birnenspieße, Misopilzbrötchen – alles auf Silbertabletts serviert. Ich war stolz auf unseren Blumenschmuck und konnte sehen, dass Imogen ebenso fühlte – auch wenn sie nicht der sentimentale Typ war. Wir hatten Alistair die Ehre erwiesen.

Ich wanderte unter den Anwesenden herum, plauderte mit Bekannten, lernte einige von Alistairs Londoner Freunden kennen und freute mich über die Komplimente für die Blumen. Nach einer Weile bemerkte ich Dolores auf einem Hocker an der Bar. Von ihrem Aussehen zu schließen, hatte sie wohl schon ein paar Sherrys hinter der Binde. Sie bequasselte gerade Alistairs Ex-Frau.

Dolores Beitrag zur Konversation drang zu mir durch. »Wissen Sie, für schöne Azaleen ist der Trick ...« Sie hielt inne und machte einen Schluckauf. »... ihnen einen Schluck Bier zu geben.«

»Bier?«, erkundigte sich die Frau höflich, obwohl es offensichtlich war, dass sie die Antwort nicht interessierte. Ihr Blick war starr geradeaus, obwohl ich nicht feststellen konnte, worauf er sich konzentrierte.

Ich beschloss zu helfen. Sicherlich hatte sie reichlich anderes im Kopf und konnte darauf verzichten, dass ihr eine beschwipste Dorfbewohnerin die Ohren voll laberte.

Ich schlenderte hinüber zur Bar. »Hallo Dolores«, sagte ich. »Wie geht es Ihnen? War das nicht eine wunderschöne Trauerfeier?« Ich hatte in England auch gelernt, dass wenn das Gespräch über das Wetter versiegt, man immer zu Plattheiten übergehen kann.

Dolores nahm einen weiteren Schluck Sherry. »Wunderschön. Und war das Wetter nicht perfekt?«

Ich stellte mich der Ex-Frau vor, die Bernice Anderson hieß, wie sie sagte. Dolores entschuldigte sich und ging Richtung Toilette.

»Peony«, sagte Bernice. Es klang zugleich erleichtert und amüsiert.

Aus der Nähe und ohne Hut mit Schleier konnte ich erkennen, dass Alistair auf einen gewissen Typ stand. Seine Ex-Frau hatte ähnliche Gesichtszüge wie seine gegenwärtige Frau. Eine lange Adlernase, hohe Backenknochen und eine gewisse Eleganz. Ihr Haar war silbern und zu einem schicken Chignon zurückgekämmt. Ihre Lippen und Wangen hatten einen warmen korallenfarbigen Ton. Ich konnte mir vorstellen, dass Gillian in dreißig Jahren genauso aussehen würde.

»Sie haben einen hübschen Namen«, fügte Bernice hinzu. »Ungewöhnlich.«

Ich schmunzelte. »Das verdanke ich meiner Mutter. Da sie mir einen Blumennamen gegeben hatte, wurde ich schließlich Floristin. Ich habe den Blumenschmuck für Alistairs Begräbnis zusammengestellt.«

»Die Blumen sind schön«, antwortete sie. »Ich habe gerade den Jasmin bewundert. Er duftet herrlich.«

Ich bedankte mich und sagte: »Mein aufrichtiges Beileid. Alistair war einer der charmantesten Männer, denen ich begegnet bin.«

»Er hatte Charme in Hülle und Fülle, unser Alistair.« Sie lächelte ein wenig traurig. »Und er wusste ihn einzusetzen.«

»Ja, ich fand auch, dass ich ihm immer wieder ein paar extra Blumen in den Strauß steckte. Er kaufte regelmäßig Blumen in meinem Geschäft.«

Bernice lächelte wieder. »Alistair sagte immer, dass frische Schnittblumen uns daran erinnern, dass wir von wahrer Schönheit umgeben sind.«

Sie betrachtete die Blumenarrangements wehmütig. Bernice schien tiefer traurig über Alistairs Tod zu sein als

Gillian. Ich fragte mich, warum ihre Ehe auseinanderge-
gangen war.

Ihr Blick wanderte zu ihrem Sohn. Terence umklammerte
ein großes Glas Whisky und gestikulierte ziemlich hitzig zu
einem Mann aus der lokalen Rechtsanwaltskanzlei. Bernice
runzelte die Stirn. »Mein Sohn scheint seinen Kummer zu
ertränken«, murmelte sie.

Er ertränkte ihn tatsächlich. »Es muss heute schwer für
ihn sein«, sagte ich. »Er hat seinen Vater verloren.«

Bernice nickte, aber beobachtete aufmerksam die Szene,
als sich Gillian den beiden Männern näherte und dem
Rechtsanwalt etwas ins Ohr flüsterte.

»Heute ist aus vielen Gründen ein schwerer Tag«, sagte
Bernice ruhig. »Mein Sohn und Gillian waren gute Freunde.
Er hat sie mit seinem Vater bekanntgemacht.«

Wow! Wie das?

Meine Augenbrauen schossen in die Höhe. »Oh«, war
alles, was ich sagen konnte. Als ich die beiden zusammen im
Haus gesehen hatte, war kein Scheibchen Freundschaft mehr
übrig. Wie eigenartig, wenn deine *gute Freundin* deinen Vater
heiratete.

Terence näherte sich dem Rechtsanwalt, der sofort
zurückglitt und auf Gillian zu stolperte. Terence gab nicht auf
und klopfte dem Rechtsanwalt laut auf den Rücken. Laut, da
es alle hören sollten, fragte Terence: »Wann wird das Testament geöffnet?«

Bernice stöhnte und schüttelte den Kopf. »Wo bleibt bloß
sein Anstand? Das hier ist nicht die richtige Zeit noch der
richtige Ort. Wir wollen in Ruhe Alistair gedenken. Ich werde
vorschlagen, dass wir gehen. Entschuldigen Sie mich.«

Bevor Bernice dazu kam, verkündigte Gillian mit lauter

und irritierter Stimme: »Das Testament wird nicht geöffnet, Terence. Was glaubst du, dass das hier ist? Eine Gesellschaftskomödie? Ich will dich nicht länger auf die Folter spannen.« Sie fuchtelte mit der Hand um den jetzt still gewordenen Raum. »Sie alle. Es ist ein sehr einfaches Testament. Alistair hat alles mir vermacht.«

Bestürzung verbreitete sich im Raum. Alle starrten und tratschten. Ich erblickte Emily. Sie schien empört. Ich wandte mich zu Bernice, auch sie schien schockiert, vielleicht eher enttäuscht. Aber niemand mehr als Terence, den Dr. Harlan von Gillian und dem Rechtsanwalt wegzog.

Bernice entschuldigte sich und folgte ihrem Sohn zum Ausgang. Die Klatschmühle drehte sich mit Hochgeschwindigkeit. Durch die Gitterfenster sah ich, dass die Sonne unterging. Es war die richtige Zeit, hinaus zu schlüpfen und sich für den Hexenzirkel fertigzumachen. Ich bedauerte nicht, den Leichenschmaus in The Mermaid zu versäumen. Wahrscheinlich würden morgen nach den gratis Getränken einige einen Brummschädel haben.

Ich sammelte Char und Jessie Rae ein, die Terences Wutausbruch mit etwas zu viel Häme diskutierten, und dirigierte sie zum Parkplatz. Unterwegs holten wir Norman von seiner Eibe. Imogen hatte beschlossen zu bleiben und würde später zum Leichenschmaus gehen. Als ich mich meinem Range Rover näherte, sah ich, dass auch Alex bereits die Gesellschaft verließ.

Ich winkte. »Das Theater war ein bisschen zu viel für uns«, sagte ich als Erklärung für unser Weggehen.

»Für mich auch. Es gibt nichts Schlimmeres als Familienstreit wegen Geld. Alistair wäre diese Szene verhasst gewesen.« Er sah angeekelt drein. »Ich sehe Probleme vorher.«

KAPITEL 16

ir fuhren kurz nach Hause, um Blue und Mums Vertrauten, Loki – ein verspieltes und schelmisches weißes Frettchen, das kürzlich beim Tierarzt war – zu holen, und dann fuhren wir los zu unserem Hexenzirkel.

Ich will Euch kurz unsere Coven-Treffen erklären. Zuerst möchte ich klarstellen, dass sie wahrscheinlich nicht so sind, wie ihr glaubt. Wir wandern nicht in luftigen Kleidern in Wäldern herum. Wir tragen auch keine besonderen Trachten. Niemand fliegt auf Besen. Okay, einige von uns haben Kochkessel, die aber grundsätzlich nur schmucke Kochtöpfe sind. In den wärmsten Monaten treffen wir uns im Freien im Licht des Vollmonds. Teils, weil es angenehm ist, aber auch weil es uns der Natur näher bringt. Es ist eher ein Picknick.

Unsere Hexenzirkel sind tatsächlich ähnlich einem Mädchenabend zuhause. Wir haben hier in Willow Waters einen kleinen Hexenzirkel. Insgesamt sind wir fünf. Und Char – wenn es mir gelingt – würde die sechste werden, nachdem sie heute Abend als Gast dabei war. Wir treffen uns abwechselnd in unseren jeweiligen Küchen. Lacht nicht – es ist ein Abendessen, zu dem jede etwas mitbringt. Ein Gericht, eine Flasche Wein und ein Vorhaben für den Monat. Und es gibt Zaubertränke. Ehrlich gesagt es ist wunderbar.

Meine Mutter stellte sich recht ungeschickt an, um Char unser Treffen schmackhaft zu machen. Jessie Rae saß verdreht am Vordersitz, um nach hinten zu blicken, und quasselte endlos über Kristalle und Gesänge. Ich wusste, dass wir es langsam angehen mussten, um eine Hoffnung zu haben, dass Char ihre wahre Natur akzeptieren würde.

»Wirklich«, sagte ich, schaltete den rechten Blinker ein und bog in Amandas Straße ein. »Es ist nur wie eine ganz normale Wochenend-Dinnerparty. Wir essen, wir trinken Wein und erzählen uns Geschichten.«

»Genau«, sagte Char gedehnt.

»Geeeenau«, wiederholte Norman. »Geeeenau.«

»Argh«, sagte Char.

»Arrrrrgh«, wiederholte Norman wieder.

»Es reicht, ihr beiden«, sagte ich.

Vielleicht erinnert ihr euch, dass Amanda die Bäckerei und das Deli auf der High Street besitzt? Ich hätte euch wohl schon früher sagen sollen, dass sie eine Hexenschwester ist. Aber ich kann nicht alle Geheimnisse von Willow Waters auf einmal preisgeben. Also, Amanda ist ein langjähriges Mitglied unseres Zirkels und hat ein absolut reizendes Haus.

Es ist ein bezauberndes historisches Cottage, wie es hier viele gibt. Es liegt am Ortsrand, nahe der Mündung des Flusses, der den Willow See speist. Rosemary Cottage mit seinem privaten terrassierten Vorgarten schmiegt sich an einen Hang am Ende einer langen Auffahrt. Amanda hatte Jahre mit einer umfangreichen Renovierung verbracht und in mühevoller Kleinarbeit die unzähligen Originaldetails erhalten. Wahrscheinlich war das hier in der Gegend nichts Ungewöhnliches. Ich bog in die Auffahrt. Die Anzahl der bereits geparkten Autos ließ mich vermuten, dass wir die Letzten waren. Rosemary Cottage war irgendwann Mitte des sechzehnten Jahrhunderts erbaut worden und war ein Holzrahmenbau, der auf einem Fundament aus behauenem Naturstein ruhte. Die Steine stammten von der Ruine eines nahegelegenen Klosters und kamen nach der von König Heinrich VIII (sein Vermächtnis ist in diesem Teil der Cotswolds stark) im 16. Jahrhundert befohlenen Auflösung der Klöster hier zum Einsatz. Amandas Cottage sieht aus wie jene, die auf den Postkarten der Cotswolds zu sehen sind.

»Das ist echt cool hier«, sagte Char, während sie das Haus und seine Umgebung betrachtete.

Ich muss gestehen, dass es mich überraschte, ein Kompliment von ihr über irgendetwas zu hören, das nicht London war – mit seinem Smog, dem vielen Beton und den überfüllten Bürgersteigen. Begann sie den Reiz von Willow Waters zu erkennen? Oder sprach hier der Vollmond? Der Himmelskörper erfüllte uns Hexen mit einem Schub Optimismus –, ob wir es wollten oder nicht.

Amanda verschloss nie ihre Haustür, also gingen wir hinein, die Vertrauten hinter uns. Wir schlüpften aus den Schuhen, um den Holzboden zu schützen, der, wie ich wusste, mit Drahtbürsten von Hand gescheuert und nicht sandgestrahlt worden war, um ihn schonender zu restaurieren. Ich führte die anderen in die Küche, wo uns bereits Gelächter und der köstliche Duft einer Rosmarinfocaccia entgegenschlug. Meine Mutter hatte eine riesige Platte Cauliflower Cheese, also überbackenen Blumenkohl mit ihrem geheimen Gewürz (englisches Senfpulver – echt nicht so aufregend, wie sie es darstellte) für uns beide zubereitet, da ich mit den Arbeiten für das Begräbnis zu beschäftigt war, um zu kochen. Char hielt eine Flasche Rioja in der Hand. Ich nahm an, dass wir alle von den Häppchen nach dem Begräbnis schon ziemlich satt waren, also brachte ich einen Strauß Frühlingsblumen. Immerhin feierten wir heute den Blumenmond.

In fast allen Hexenhäusern, ja fast allen Häusern überhaupt, war die Küche das Herzstück. Amandas Küche war der größte Raum im Cottage mit einem riesigen offenen Kamin. Unter den naturbelassenen Holzbalken, den Säulen und gusseisernen Beleuchtungskörpern stand ein schöner Aga-Herd (ein stilvoller Herd, der in der Gegend sehr beliebt ist). Die Wände waren hellbeige gestrichen wie natürliches Hafermehl. Amanda hatte alles Nötige für eine gut funktionierende Küche in bemalten Küchenschränken untergebracht, die auf den Ahornarbeitsplatten standen. Diese waren proppenvoll mit Töpfen voller Kräuter und Chilis. Eine schöne Kupferspüle rundete die Ausstattung ab. Eine Glastür führte in den Garten und gab den Blick frei auf grünende Hochbeete und Sträucher.

Habt ihr erraten, dass ich Amandas Restaurierung bewundere?

Die anderen Mitglieder meines Hexenzirkels saßen um den runden Esstisch aus Ahornholz (ja, es war dasselbe Holz der Küchenschränke). Ich stelle sie euch allmählich vor. Zu Anfang muss ich euch sagen, dass ich unseren Zirkel liebe. Es gibt keine wahrhaftigere Liebe als die schwesterliche Liebe zwischen Hexen. Wir alle kamen aus unterschiedlichen sozialen Schichten, waren verschieden alt und jede hatte einen anderen Beruf. Bree war Herbalistin. Amanda Bäckerin, Lucille war Vorschullehrerin. Uns verband unsere Zunft und dass wir die Magie in unserem Leben wahrnahmen.

Eine Schallplatte aus den Siebzigern spielte auf dem Vintage Plattenspieler. Ich glaube, es war Carly Simon. Daneben brannte ein Räucherstäbchen und sandte Spiralen von Zedernholzrauch in die Höhe.

Blue, Norman und Loki machten sich zugleich zum Feuer im offenen Kamin auf, wo eine Reihe von anderen Katzen, ein kleiner Dackel und ein Kanarienvogel versammelt waren und die Flammen beobachteten.

Chars Kiefer fiel bei diesem Anblick herunter, insbesondere wegen des Gegenstands, der über dem Feuer hing. »Ist das echt ein Hexenkessel?«

Die anderen Frauen brachen in Gelächter aus. Natürlich hatte ich sie angerufen und vorgewarnt, dass ich eine neue – und widerstrebende – Rekrutin mitbrachte.

»Ja, meine Liebe«, sagte Jessie Rae, küsste Amandas Wangen und überreichte den überbackenen Blumenkohl. »Wie sonst, glaubst du, bereiten wir unsere Zaubertränke zu?«

»Zaubertränke?«, wiederholte Char und ihre schon blasse Haut wurde noch eine Nuance blasser.

»Wollen wir Char nicht zuerst mit einem Drink versorgen? Bevor wir sie mit den Bräuchen unseres Zirkels bombardieren?«, schlug ich vor.

»Bb...itte«, stimmte Char zu. »Einen großen.«

Amanda zog einen Stuhl neben sich und bedeutete Char, sich zu setzen. Eine Flasche Rotwein war schon offen und Lucille reichte sie Char. Sie war nicht zaghaft und goss sich ordentlich das Glas voll. Es war ein Monat vergangen, seit wir alle in demselben Raum beisammen gewesen waren und der Tratsch wogte hin und her. Wir waren alle beim Begräbnis gewesen und dann in The Tudor Rose – ausgenommen Bree, die aus einem anderen Ort kam –, aber wir sprachen nicht darüber. Ich lehnte mich erschöpft von der Arbeit des Vormittags, dem Begräbnis und der dramatischen Leichenparty in meinem Stuhl zurück und ließ das Geplauder um mich fließen.

»Lucille«, sagte Amanda, »ich habe die Warze meines Sohns mit deinem Trank geheilt. Konzentriertes Oreganoöl beizumischen war genau das Richtige.«

»Esther Mays Psoriasis ist wieder aufgetreten«, sagte Bree. »Ich habe versucht, ihr Tamanu-Öl zu geben. Aber dieses Mädchen verschließt sich diesen Heilmethoden und lehnt alles ab, was der Arzt ihr nicht direkt verschrieben hat. Als wären die Heilmittel meiner Ururgroßmutter für meine Tochter nicht gut genug. Es ist zum Verzweifeln.«

»Ich sagte Marybeth Astor, dass sie für die Geburt ihres Babys ins Krankenhaus gehen sollte, aber sie wollte ja nicht hören.« Lucille schüttelte den Kopf. »Und wer bekam den Notruf, sie sofort ins Krankenhaus zu bringen, als die Fruchtblase platze und der Kopf noch nicht ganz unten war? Einen riesigen Jungen hat sie bekommen. Es stand auf Messers Schneide, ob er es schaffen würde, aber dann machten sie einen Kaiserschnitt und alles ging gut aus. Es wäre aber noch besser ausgegangen, wenn sie auf mich gehört hätte. Ich brauchte nur eine Hand auf ihren Bauch zu legen und konnte sehen, dass es Schwierigkeiten geben würde.«

Char starrte in die Runde, als Amanda erklärte, wer alle

waren. Ich bemerkte, dass Amanda sich besonders bemühte, obwohl Chars Haltung hartnäckig distanziert blieb.

Bree stieß mich leicht an. »Bist du okay, Peony? Du scheinst meilenweit entfernt zu sein.«

Ich lächelte müde und erklärte, dass es ein langer Tag gewesen war. »Hast du die Sache über Alistair Fairfax gehört?«

Sie nickte ernsthaft und schob ihr langes rotes Haar aus ihren lebhaften grünen Augen. »Ein liebenswürdiger Mann in jedem Sinn.«

»Sein Sohn Terence machte eine schreckliche Szene heute nach dem Begräbnis. Sie spielt sich ständig in meinem Kopf wieder ab.«

»Lass mich raten. Es ging um Geld?«

Jessie Rae lachte. »Du brauchst keine Hellseherin zu sein, um das zu erraten.«

Ich nickte zustimmend. »Terence – so heißt sein entfremdeter Sohn – hat seine Reaktion nicht gerade versteckt, als Gillian Fairfax vor den im Raum versammelten Leuten verkündete, dass ihr Mann alles ihr vermacht hatte.« Ich musste auch an das fehlende Morphin denken, wollte aber in der Nacht des Blumenmonds nicht darüber sprechen.

Ich nahm dankbar die Flasche Rotwein entgegen und goss mir genau wie Char ein gesundes Maß ein. Amanda reichte Teller herum und alle begannen zu erkunden, was die anderen mitgebracht hatten. Ich hatte zu viele von den echt lukullischen Häppchen bei der Leichenfeier gegessen, nahm aber trotzdem von dem Avocado-Kräuter-Salat, einen Löffel von Moms Cauliflower Cheese und einige Scheiben von dem selbstgekochten Schinken. Von Bree mit ihrer Kräutermischung zubereitet. Glaubt mir, ihr wisst nicht, was guter Schinken ist, bevor ihr Brees Schinken gekostet habt.

»Probier meinen Kartoffelsalat«, drängte mich Lucille und häufte eine Portion cremiger Kartoffel mit Dill auf eine Seite von Amandas Wedgwood-Tellern.

Obwohl Char herzhaft zugriff, gab sie nur knappe Antworten auf die Fragen des Zirkels. Sie behauptete immer noch, dass sie keine außergewöhnlichen Fähigkeiten besäße, gestand aber nach hartnäckigem Fragen, dass Dinge gelegentlich nach ihrer Pfeife tanzten. Da musste die Gruppe schmunzeln.

»Keine übernatürlichen Fähigkeiten«, lachte Bree, »allein von der Form deiner Fingerspitzen kann ich sagen, dass du durch und durch eine Hexe bist.«

Char legte sofort die Gabel ab und hob die Hände, um sie genau zu betrachten. Die Gruppe kicherte und ich musste das Lachen unterdrücken. Bree hatte den Nagel auf den Kopf getroffen. Ich weiß nicht, warum ich nicht bemerkt hatte, dass Chars Fingerspitzen wie bei uns anderen Hexen spitz zuliefen.

»Sie sind so geformt, um deine besonderen Fähigkeiten besser durchfließen zu lassen«, sagte Lucille scherzhaft, was anatomisch aber richtig war.

Char blickte finster drein und aß weiter, dabei sah sie immer wieder seitlich auf den eisernen Hexentopf, der über dem offenen Feuer vor sich hin blubberte. Ich wollte mich zu ihr hinüberbeugen und sie beruhigen, dass hier nur die Basis eines Zaubertranks langsam köchelte – so wie man eine Mehlschwitze für eine Sauce oder den Fond für eine Suppe zubereitete, aber das alles konnte warten bis zu einer späteren Stunde.

Der Vollmond ging auf. Der Blumenmond würde seinen vollen Zenit erst kurz nach Mitternacht erreichen und im selben Moment würde es eine komplette Mondfinsternis geben. Das waren ungewöhnliche und schöne Ereignisse. Unsere Zaubertränke und die Fähigkeiten unseres Hexenzirkels waren zu dieser Zeit am stärksten.

Nachdem sich alle sattgegessen hatten, halfen wir gemeinsam Amanda mit dem Abwasch und kehrten dann zurück zu unseren Plätzen um den runden Tisch. Es war an der Zeit, Char in unseren Zirkel einzuführen.

Amanda als Gastgeberin leitete das Procedere des Abends.

»Char, eine Hexe ist eine Person, die den Jahreszeiten der Natur folgt, den Mondzyklen und sich verpflichtet, mit den Elementen der Erde zu arbeiten – Erde, Luft, Feuer, Wasser – und mit sich selbst, um das eigene Leben zu formen. Nachdem du bei einer älteren Hexe in der Lehre warst, ihre Weisheit gelernt hast und alles, was du kannst, gelesen hast, können wir dich voll initiieren.

Aber bei der heutigen Vollmondversammlung kannst du einfach aufmerksam zusehen und beobachten. Wir verlangen nur, dass du unseren Lebensgrundsatz respektierst: *Bei allem, was du tust, schade niemandem.*«

»Und wenn du bereit bist, Mädchen«, unterbrach meine Mom, »Jessie Rae und die Geister werden dir das Kartenlegen beibringen. Astrologie, Tarot, Numerologie, Handlesen, Kräuterkunde, Zubereitung von Zaubertränken – das volle Programm.«

Wir hatten noch keine Woche zusammen gelebt, aber ich konnte bereits Chars Gesichtsausdruck deuten. Im Augenblick dachte sie, dass wir alle bescheuert waren. Durchgeknallt. Vollkommen verrückt.

»Wir müssen dich aber bitten, über all dies zu schweigen«, fuhr Amanda fort. »Wir müssen loyal zueinander sein und die Geheimnisse untereinander wahren.«

Char warf mir einen Blick zu.

Ich neigte den Kopf ein wenig, als wollte ich sagen: *Mach einfach mit*. Dann sagte ich laut: »Was im Hexenzirkel geschieht, bleibt im Hexenzirkel.«

»Ich verstehe«, brummte Char.

»Ich auch«, fügte Norman hinzu und flog herüber von seinem Platz vor dem Feuer, um auf der Lehne von Chars Stuhl zu landen.

»Gut«, sagte Amanda und lächelte beiden zu. »Das Wichtigste ist, gute Absichten zu haben.« Sie stand auf. »Kommt, wir tragen die Stühle rüber.«

Wir halfen Amanda, ihre antiken Stühle im Halbkreis um den offenen Kamin aufzustellen. Dann sagte Amanda: »Wir versammeln uns hier unter dem Licht des Vollmonds, um den Mondwechsel zur Kenntnis zu nehmen und unsere Absichten für den kommenden Monat festzulegen. Heute Nacht findet auch eine Mondfinsternis statt. Unser Mond und unsere Sonne befinden sich auf entgegengesetzten Seiten der Erde.«

»Sie will sagen, Kind«, flüsterte Jessie Rae ziemlich laut, »dass die Erde wie ein riesiger Block fungiert und das Sonnenlicht, das den Mond bescheint, blockiert und ihn für uns verdunkelt.«

Amanda ignorierte die Unterbrechung und verteilte kleine cremefarbene Papierzettelchen, auf die wir unsere

Wünsche schreiben und sie dann im Feuer verbrennen würden.

Seht, ich weiß, dass ihr euch immer noch fragt, ob wir jetzt unsere Kleider ausziehen und Hände haltend herumhüpfen würden, aber ich versichere euch, dass wir für all das viel zu einfach sind. Gewiss, einige unserer Schwestern tun das. Wir urteilen nicht.

»Was passiert jetzt?«, flüsterte Char. Sie sah ein wenig alarmiert drein, was irgendwie mein Herz erwärmte. Char war gewöhnlich eine so überzeugte Maulheldin, dass es nett war, sie ein wenig demütiger zu sehen.

Ich erklärte ihr, dass wir einen heiligen Kreis bildeten, in den wir uns setzen und singen würden, um den Vollmond willkommen zu heißen. Char sollte ihre Absichten für den Monat auf den Papierzettel schreiben. »Es ist weiter nichts, mach dir keine Sorgen«, beruhigte ich sie.

Während wir schrieben, ging Amanda um den Kreis und streute Salz.

»Warum machst du das?«, fragte Char.

»Wir werfen einen Kreis aus Salz, um alles Gute drinnen zu halten und alles Böse draußen«, sagte Amanda und setzte sich wieder. »Wir würdigen alle Elemente: Erde, Luft, Feuer und Wasser. Wir rufen die erdgebundenen Symbole: Gnome für Erde, Feen für Luft, Drachen für Feuer, Nixen für Wasser. Und jetzt, da unser Kreis offen und geschützt ist, wollen wir zum Schluss die Mondgöttin Diana anrufen.«

Ich faltete meinen Zettel, auf dem ich um Sicherheit und Gesundheit für meine Lieben bitte, und dass Alistairs Seele in Frieden ruhen möge. Die letzten Worte, die ich schrieb, waren: *Die Wahrheit möge ans Licht kommen.*

Wir standen auf, um die Energie des Mondes einzusammeln, was dank Amandas beeindruckender Dachfenster ein Leichtes war. Alle Gesichter waren von silbernem, schimmerndem Licht übergossen. Die Arme ausgestreckt, die Handflächen nach oben, stellte ich mir vor, die Mondstrahlen aufzusaugen. Es war der natürlichste Weg, um Energie zu schöpfen und sich der Erde in all ihrem Reichtum näher zu fühlen.

Vielleicht fragt ihr euch, was dieses Trara um den Mond bedeuten soll. Ich will es euch erklären. Eine Hexe folgt auf einer täglichen Basis allen Mondphasen. Der Mond steht ungefähr zweieinhalb Tage in jedem Zeichen des Tierkreises und das beeinflusst jeden von uns auf unterschiedliche Weise – es kann uns helfen, Mut zu schöpfen, oder macht uns einfühlsamer für die Bedürfnisse der anderen. Vollmond ist die beste Zeit, um einen neuen Zauber zu wirken. Das kann der Beginn eines neuen Projekts sein, Blumenzwiebel im Garten zu setzen, oder ein neues Abenteuer einzugehen. Der Vollmond schenkt starke und intensive Energie, die wir Hexen vorsichtig kanalisieren müssen.

»Ich grüße die Mondgöttin Diana und bitte, von ihrer Essenz regeneriert zu werden«, intonierte Amanda.

Meine Augen waren geschlossen, wodurch ich immer besser hörte und ich schwöre, ich konnte Chars Stimme im Chor der anderen hören.

»Möge im kommenden Monat Friede und Wohlwollen dich umhüllen«, sagte Amanda.

»Seid gesegnet.«

»Seid gesegnet«, wiederholten wir alle. Dieses Mal hörte ich deutlich Chars Stimme.

Dann schloss Amanda den Kreis.

Wir kehrten zum Tisch zurück und Amanda stellte eine Käseplatte in die Mitte. Ich hielt mich zurück, während die anderen weiter tranken und aßen. Ich fühlte mich zwar unendlich ruhiger, aber meine Gedanken kehrten immer wieder zu Alistair zurück – zu der seltsamen Atmosphäre in seinem Haus nach seinem Tod und zu der Szene zwischen Terence und Gillian.

Wir beendeten den Abend mit einer Energieübung, indem wir den Elementen für ihre Vitalität dankten. Mit dem Wohlwollen meiner Hexenschwestern und dem Duft von Weihrauch in der Nase stand ich auf, um Amandas Heim zu verlassen, ruhig, aber auch voller Fragen.

Ich wollte, dass die Wahrheit über Alistairs Tod zutage kam, auch wenn es schmerzhaft sein würde. Ich wusste, dass ich alle mir gegebenen Fähigkeiten auf dieses Ziel hin kanalisieren würde.

Brees Heimweg führte am Cottage meiner Mom vorbei, also bot sie Jessie Rae an, sie mitzunehmen. Char und ich machten uns mit Blue und Norman auf den Weg. Die Nacht war kalt geworden, die Wärme des Tages hatte schon lange die Erde verlassen.

Char schwieg, als wir über den knirschenden Kies zu meinem Auto gingen.

»Etwas Besonderes, nicht wahr?«, sagte ich leise.

Char sah so müde aus, wie ich mich fühlte. Aber gleichzeitig ging ein Leuchten von ihr aus. Sie sagte aber noch nichts.

»Dein erstes Coven-Treffen«, fuhr ich fort und öffnete die Wagentüren. »Ich erinnere mich noch ganz genau an meines.

Ich war viel jünger als du. Es war überwältigend, obwohl mein Mom, seit ich mich erinnere, mit Toten redete.«

»Ganz ehrlich«, sagte Char endlich, »hatte ich geglaubt, dass mir eurer Hexenzirkel verhasst sein würde, nachdem man mich zu den Nonnen gesteckt und gezwungen hatte, bei all ihrem Zeugs mitzumachen. Es war aber okay. Niemand hat mir gesagt, was ich tun soll. Ihr habt mich einfach sein lassen.«

»Du bist aber nicht mehr allein. Ich fühle mich nie allein. Auch wenn ich tatsächlich allein bin, fühle ich eine unglaubliche Verbindung zu meinen Schwestern.«

Char nickte nachdenklich und rutschte dann auf den Beifahrersitz. »Echt arschkalt«, brummte sie.

Ich stieß einen kleinen Lacher aus. Chars Wertschätzung hielt nicht lange an. »Willst du das Radio einschalten?«, fragte ich.

»Stört es dich, wenn wir es nicht einschalten?«

»Bestimmt nicht.« Vielleicht verarbeitete Char doch noch alles. Ich legte den Gang ein und fuhr im Rückwärtsgang aus der Auffahrt auf die leere Straße.

Wir würden wahrscheinlich auf dem ganzen Heimweg keinem anderen Auto begegnen. Blue war schon auf Chars Schoß tief eingeschlafen. Auch Norman war still. Es war ein langer Tag für alle.

Ich fuhr, ohne irgendetwas zu denken. Als wir uns der Dorfkirche näherten, fiel mir ein Licht auf. Ich verlangsamte die Fahrt. »Siehst du das?«, sagte ich zu Char. »Das Licht auf dem Friedhof?«

Char rieb sich die Augen und verschmierte den Khol auf ihrer Wange. Sie verengte die Augen.

»Jaah. Gruselig. Wandert da einer zwischen den Gräbern herum?«

»So sieht es aus.« Ich hielt an.

»Hey, Vollmond? Friedhof? Gepolter in der Nacht? Was machst du da?«

»Die bessere Frage wäre, was *sie* machen?« Ich schüttelte den Kopf. »Das sind keine Geister. Ich bin sicher, das sind Menschen, die sich hier umtun.«

»Das macht es auch nicht besser«, rief sie.

»Bleib hier, wenn du willst. Und verschließe die Türen. Ich bin gleich wieder da.« Ich gab ihr meine Autoschlüssel, öffnete meinen Sicherheitsgurt und stieg aus.

»Warte!«, sagte Char und kam mir schnell nach. »Ich bleib nicht allein hier sitzen. Ich hab zu viele Horrorfilme gesehen, um zu wissen, wie das endet.«

»Nicht allein«, zwitscherte Norman und flog uns nach. »Du bist nie allein, wenn du mit mir bist.«

»Norman«, sagte ich entschieden, »bleib beim Wagen. Wir müssen sehr still sein.« Das war nichts, was Norman besonders gut konnte.

Norman bewegte den Kopf auf und nieder, flog zurück und setzte sich auf mein Auto.

Ich wollte nicht bei Vollmond auf einem Friedhof rumhängen, aber was war hier los?

Als Char und ich weiter schlichen, sah ich, dass auch das Licht sich bewegte. Dann wurde es dunkel, als hätte die Person, die vermutlich eine Taschenlampe hielt, sie nicht länger gebraucht. Sie hatte den gesuchten Platz im schwachen Mondlicht über dem Friedhof gefunden.

»Sie sind bei Alistair Fairfax' Grab«, flüsterte ich zu Char.

»Warum lungerte jemand – oder etwas – bei einem Mann

herum, der gerade begraben wurde? Davon krieg ich einen Bammel.« Char zitterte. »Ich will im Augenblick nicht in der Nähe von irgendeinem Grab sein. Machen wir uns aus dem Staub.«

»Fühlst du die Wellen der Trauer?«, fragte ich leise.

»Nein. Nur wie mein Herz flattert. Im Ernst, das schaff ich nicht.«

Ich musste einsehen, dass sie einen emotionsgeladenen Abend hinter sich hatte, auch wenn sie sich taff geben wollte. »Fahr nach Hause zum Bauernhaus. Ich kann von hier zu Fuß gehen. Ich bin bald da.«

Char starrte auf die Autoschlüssel, die sie noch umklammerte und flüsterte dann: »Ich lass dich hier im Dunkeln nicht allein.«

»Ich habe Fähigkeiten, von denen du nichts weißt. Ich bin okay.«

»Gut, ich lass mein Telefon an, falls du mich brauchst«, sagte sie. »Hast du dein Handy dabei?«

Ich nickte und sie schlich zurück zum Wagen. Ich versteckte mich näher beim Friedhof hinter einer Eiche. Als ich hörte, wie Char wegfuhr, wartete ich nicht länger und glitt vorsichtig näher zu dem frisch ausgehobenen Grab mit seinem brandneuen Insassen.

Ich konnte eine im Gras kniende Figur sehen, ohne zu erkennen, wer es war. Einerseits wollte ich sie bei der Ausübung ihrer Trauer, deren Wellen ich fühlen konnte, allein lassen, andrerseits musste ich verstehen, was in der Nacht, in der Alistair starb, geschehen war. Ich musste bleiben.

Die Person kauerte jetzt neben dem Grab. Ich verstand, dass sie ihre Trauer nicht beim Begräbnis der Öffentlichkeit zeigen wollte. Sie war also gezwungen, spät nachts neben Alistairs frischem Grab zu sitzen.

Warum?

Ich rückte näher. Der vom Mond angeleuchtete Friedhof war für mich nicht beängstigend wie für Char. Ich war zu sehr an die Beziehungen meiner Mutter mit den Hingeschiedenen gewöhnt, um mich vor Geistern wirklich zu fürchten. Ich schlüpfte hinter den knorrigen Stamm einer Eibe und schlich dann immer in Deckung zu einem großen Steingrabmal mit oben einem Engel, hinter dem ich mich versteckte. *Zu früh von uns gegangen,* las ich.

Ich sah hinüber zu der Stelle, wo Jeremy begraben lag. Er war auch zu früh von mir gegangen. Ich legte meine kalten Finger an die Lippen und schickte ihm einen Kuss.

Ich rührte mich nicht und wartete, bis die Figur den Kopf hob. Mehr als dunkle Kleider und einen gesenkten Kopf konnte ich nicht sehen. Die Person war schlank und ich vermutete eine Frau. Ich blieb geduldig. Die Person trocknete sich die Augen. Jetzt konnte ich ihr Gesicht sehen.

Ich erkannte Emily, Alistairs Krankenschwester. Sie schob eines meiner erlesenen Blumenarrangements zur Seite, zog eine Handschaufel aus einem Sack und grub ein Loch nahe dem Platz, wo ein Grabstein stehen würde, nachdem sich die Erde gesenkt hatte. Aus ihrem Sack nahm sie dann eine Pflanze, Erde fiel von den Wurzeln. Es sah so aus, als wäre sie von einer größeren Pflanze abgetrennt worden. Es war eine Mohnblume. Das Symbol für Tod und Wiedergeburt.

Und für auf dem Schlachtfeld gefallene Soldaten.

Ich schlich mich davon, wollte nicht länger die private Trauerfeier stören.

Aber damit gab es neue Fragen.

Warum trauerte Emily so tief? Gingen ihre Gefühle für Alistair über die zwischen einer Krankenschwester und ihrem Patienten hinaus? Sie hatte mir schon zuvor gesagt, dass sie mehr als nur eine Krankenschwester war, sie war eine Gefährtin. Sie war aber auch überzeugt gewesen, dass er ihr etwas vererben würde und das war nicht geschehen.

Drückte sie nur ihre Trauer aus?

Oder fühlte sie sich für seinen Tod schuldig?

KAPITEL 17

*M*ord in unserem friedlichen Dorf fühlte sich an, als hätte mir jemand den Teppich unter den Füßen weggezogen. Willow Waters hatte sich immer angefühlt wie ein geschützter Ort. Sogar als Jeremy starb und ich die schlimmste Zeit meines Lebens durchmachte, fühlte ich mich doch von der Vertrautheit und vom Frieden des Dorfes getröstet. Jetzt war vorsätzlich ein Leben ausgelöscht worden. Das Leben eines guten Mannes. Und seine Krankenschwester war von Trauer überwältigt.

Ich bahnte mir vorsichtig einen Weg aus dem Friedhof, ohne mich sehen zu lassen, und trat den Heimweg an. Meine Gedanken schwirrten durcheinander, krachten gegeneinander wie die Wellen gegen die Felsen in meinem heimatlichen Maine. Allein der Mond in seiner vollen Schönheit ließ mich mit den Füßen auf dem Boden bleiben.

Der Heimweg führte mich an Alex' restauriertem Schloss vorbei. Genau, Alex konnte wirklich sagen: My home is my castle. Ein Schloss aus dem späten fünfzehnten Jahrhundert hinter beeindruckenden Toren.

Ich hielt einen Augenblick inne, um seine Grandeur zu bewundern. Fitzlupin Castle war im Besitz der Stanford-Familie seit Generationen und im silbernen Licht des Mondes war es von eindrucksvoller Schönheit. Das Anwesen umfasste ein Haus, einen Turm und weitläufige Außengebäude, einschließlich der Ställe und lag von der Landstraße zurückgesetzt hinter einer Sackgasse. Alles war eingefasst von einem mittelalterlichen, jetzt trockenen Burggraben.

Man sagte, dass das Dachgeschoß und der Turm die beste Aussicht von ganz Willow Waters boten. Gerüchte gingen auch, dass es darin geisterte. Aber es gab wohl kaum alte Gebäude, in denen nicht ein oder zwei Geister hausten. Das sind nur Gerüchte, weil ich wirklich niemanden kenne, der je einen Fuß in das Schloss gesetzt hatte.

Alex Stanford lebte sehr zurückgezogen und wünschte keinerlei Besucher, zog es vor sich einzuigeln. Ich sah Alex im Café Roberto an den meisten Tagen, aber ich wusste nichts über ihn. Seine Familie hatte über Generationen edle Weine importiert. Er führte diesen Handel weiter und verreiste daher manchmal für Wochen. Ich belästigte ihn nicht mit Fragen und respektierte seine Entscheidung, geheimnisvoll zu bleiben. Vor allem weil ich den dringenden Wunsch nach Privatsphäre verstand. Ich hatte auch meine Gründe, mich vom Rampenlicht fernzuhalten.

Nicht alle waren jedoch so verständnisvoll wie ich. Oft wurde er gebeten, sein Zuhause für verschiedene Dorfveranstaltungen zu öffnen. Eine Weihnachtsgala, um Geld für ein neues Kirchendach zu sammeln, eine Gartenparty um St.-Georgs-Tag zu feiern und so weiter. Die Kreativität der Dorfbewohner kannte keine Grenzen, um Alex dazu zu bringen, seine antiken Pforten zu öffnen.

Er lehnte immer höflich ab und spendete gewöhnlich für den jeweiligen karitativen Zweck, um dessen Unterstützung man ihn bat.

Ich habe schon erwähnt, dass er der begehrteste Junggeselle des Dorfes war, aber man redete über sein Schloss ebenso eifrig wie über seine mögliche Heirat. Die meisten von uns nahmen an, dass hinter den weitläufigen und schweren Außenmauern ein Zuhause voll eleganter architektonischer Details lag. Fensterbänke und antike Türen, riesige offene Kamine, Wendeltreppen aus Eichenholz und schöne Holzarbeiten. Ich stellte mir vor, dass auch einige sehr erlesene Kunstwerke in seinem Besitz waren. Ich hatte das Gefühl, dass Alex einen exquisiten Geschmack besaß (wenn seine Kaschmirpullover etwas besagten), konnte mir aber nicht ausmalen, welche Kunstrichtung es sein könnte. Traditionelle mittelalterliche Ölgemälde? Surrealistische Meisterwerke? Abstrakte Kunst?

Ich war in meine Gedanken über Kunst vertieft, als mich das Heulen eines Hundes fast zu Tode erschreckte. «Ahuuh», heulte er. Und dann lauter: »AHUUUUUH.«

Ich blieb stehen und horchte. Da und dort war kurzes, scharfes Bellen zu hören. Es war wahrscheinlich nichts Seltsames, nur hatte ich Alex noch nie mit einem Hund gesehen. Ich konnte mir vorstellen, dass er mit einem durch die Landschaft spazierte, aber hatte es nie gesehen. Ein Hund wäre ein netter Gesellschafter für einen selbsterklärten Einsiedler.

Natürlich hatte er Personal. Es wäre unmöglich, ein Anwesen dieser Größe ohne Hilfe zu managen, er schien aber seine Leute so geheim einzustellen, wie er selbst war. Lebensmittel und andere Güter wurden geliefert. Und wenn seine Angestellten freie Tage hatten, verbrachten sie diese nicht in unserem Dorf.

Einer oder mehrere von ihnen mussten Hunde besitzen, denn sie machten einen Höllenlärm.

Ich ging weiter, aber das Heulen wurde zu einem Schrei. Ich wandte mich zum Schloss um. Der Schrei war so voller Sehnsucht, dass es an mir zerrte. Dann war es plötzlich still.

Ich schüttelte den Kopf über meine eigene Torheit und setzte meinen Heimweg fort. Um diese späte Zeit waren keine Autos unterwegs. Ich hörte das Huschen von Nachttieren, den Flug von Fledermäusen.

Ich war schon fast zu Hause, als ich das Gefühl hatte, dass mich jemand beobachtete. Es war ein seltsames Gefühl. Ich sah mich um, aber nichts war hinter oder vor mir auf der leeren Landstraße.

Hätte ich nicht gewusst, dass ein Mörder frei herumlief, wäre ich ohne Angst weitergegangen. Aber zu wissen, dass Alistair Fairfax ermordet worden war, ließ mich dringend wünschen, zu Hause hinter verriegelten Türen zu sein. Ich bin vielleicht eine Hexe, aber ich bin auch ein Mensch.

Links von mir im Gebüsch brach ein Zweig ab. Vielleicht weil ich der Angst nicht nachgeben wollte, wandte ich mich dem Geräusch zu. »Wer ist da?«, rief ich. Meine Stimme war fest und laut – darüber freute ich mich, obwohl ich im Inneren vor Angst zitterte. Ich hatte aber meine Fähigkeiten, wie ich Char gesagt hatte. Jeder, der versuchte mich anzugreifen, würde einen Schock abkriegen, wenn ich ihn gegen einen Baum schleuderte.

Meine Hände waren ausgestreckt, Hexenkräfte durchwogten mich, als ich eine Bewegung wahrnahm. Ich hielt gerade rechtzeitig inne, als mein Gehirn sich mit meinen

Sinnen gleichschaltete. Es war kein zum Angriff bereiter Mensch. Ein Hund stand im Dickicht und beobachtete mich.

Nein, kein Hund. Mit Schrecken bemerkte ich, dass es ein Wolf mit braunem Fell und erstaunlichen graublauen Augen war. Einen Augenblick lang standen wir beide da und starrten.

Dann drehte sich das Tier um und rannte tiefer in die Dunkelheit.

ALS ICH BEI meinem Bauernhaus ankam, saß Char auf der alten Steinmauer, die das Anwesen umgab. Ihre Augen waren aufgerissen. Norman war nirgends zu sehen.

»Warum bist du nicht im Haus?«, fragte ich sie. »Du siehst halb erfroren aus.«

»Schön wär's.«

Ich kam näher und sah, dass Char vollkommen aufgewühlt war. »Was ist passiert?«

Sie holte tief Luft. »Ich glaube, ich bin wirklich eine Hexe«, sagte sie. Sie klang entsetzt.

Ich musste ein Lächeln unterdrücken. Natürlich war sie eine Hexe. Hatte ich ihr das nicht schon die ganze Woche gesagt? Hatte ich sie nicht zum supergeheimen Coven, dem Hexenzirkel unseres Dorfes, mitgenommen? Hatte ich ihr nicht gezeigt, wie sie dem Mond danken kann? Anstatt dies alles wie eine lästige Schwester aufzuzählen, fragte ich sie: »Was hat dich schließlich dazu gebracht, deine Gabe anzunehmen?«

»Gabe? Nimmst du mich auf den Arm? Gerade ist Feuer aus meinen Fingerspitzen herausgeschossen.«

Wieder versuchte ich, über das absolute Entsetzen in Chars Ton nicht zu lächeln. Ich räusperte mich. »Wie ist das passiert?«

Char führte mich zu dem Außengebäude, wo sie in jedem freien Augenblick am Laster arbeitete.

»Ich habe am Frodo gearbeitet, so nenne ich den Truck. Ich war frustriert. Meine Hände waren ungeschickt und dumm und ich war irre wütend. Plötzlich wurden meine Hände heiß. Und Flammen sind aus meinen Fingerspitzen geschossen!«

Ich hob bewundernd die Augenbrauen, aber Char missverstand es und wurde defensiv. »Ich lüge nicht.«

»Ich weiß. Es ist Vollmond. Man nennt ihn den Blumenvollmond, weil es die Jahreszeit ist, in der die Blumen blühen. Es ist auch an der Zeit, dass du erblühst. Akzeptiere deine Gabe und deine Fähigkeiten. Vielleicht sollst du ein bisschen von dem Unkraut ausreißen, das Raum in deinem Leben einnimmt.«

Sie starrte immer noch ungläubig auf ihre Hände. »Passiert das jedes Mal, wenn ich wütend werde?«

»Nein. Du wirst lernen, es zu kontrollieren. Aber bei unserem nächsten Hexenzirkel musst du unbedingt damit angeben. Deine Schwestern werden stolz sein. Flammende Fingerspitzen sind praktisch, um ein Feuer oder Kerzen anzuzünden«, neckte ich sie. Ich wollte ihre Laune ein wenig aufhellen.

Sie sah nicht beruhigt aus.

»Ich verspreche, das wird leichter. Eines Tages wirst *du* stolz auf deine Fähigkeiten sein.«

Char knurrte. »Willst du wissen, was mich wirklich stolz

macht? Heute? Dass ich den Laster repariert habe. Willst du eine Runde fahren? Ich weiß, dass es spät ist, aber ...«

»Superstar!«, flüsterte ich und dann lauter: »Klar. Meine Nerven sind angeschlagen, nachdem was ich bei Alistairs Grab gesehen habe.« Ich erzählte ihr, wie Emily eine Mohnblume auf das frische Grab gepflanzt hatte, und gestand dann: »Ich glaube nicht, dass ich bald schlafen können würde.«

»Warum hat die Schwester Mohnblumen auf dem Grab des toten Typs gepflanzt?«, fragte sie.

»Ich weiß es nicht«, sagte ich. Genauso wenig wusste ich, warum ein Wolf plötzlich in unserem Dorf aufgetaucht war.

»Nichts fühlt sich so gut an wie eine Spritztour mitten in der Nacht. Wir drehen die Fenster runter und fühlen den Wind in den Haaren.« Chars Augen blitzten vor Begeisterung. Ihre Angst wegen der feurigen Fingerspitzen war verflogen. »Los, komm schon.«

Char kletterte auf den Fahrersitz und ich auf den Beifahrersitz. Wieder kam mir Jeremy in den Sinn. Ich hoffte, dass er sich darüber freuen würde, dass sein alter Laster endlich wieder fuhr, gewiss freute er sich. Ich gab ein Daumen hoch, als Char den Schlüssel in den Zündschalter steckte. Der Laster kam stotternd in Gang.

Sie gab Gas und ließ den Motor aufheulen. »Hörst du? Das ist der Klang der Freiheit, Baby.«

Ich lachte und schnallte mich an – ich hatte eine Ahnung, dass ich das brauchen würde. »Keine Hektik«, sagte ich, als Char aus unserer Auffahrt in die ruhige Landstraße einbog. »Du hast ihn gerade erst fahrtüchtig gemacht. Weißt du, wie lange dieser Truck nicht mehr gefahren ist? Wir wollen das Schicksal nicht herausfordern.«

Char grinste mich an. »Wenn es etwas gibt, das ich kenne, dann sind es Motoren. Du könntest sagen, dass ich ein Zauberhändchen dafür habe.«

Ich lächelte. Wenn Humor Char half, endlich zu begreifen, dass sie eine Hexe war, dann war ich ganz dafür. Außerdem war ich angenehm überrascht, dass Char eine ausgezeichnete Fahrerin war. Nicht, dass ich Zweifel gehabt hätte, aber ich hatte doch gedacht, dass sie mit Tempo auf den Landstraßen unterwegs sein und die Kurven schneiden würde. Ihr wisst schon, leichtsinnig, wie eben junge Leute sind. Char fuhr zwar schnell, aber vorschriftsmäßig. Ich beobachtete, wie sie den Rückspiegel, dann den Seitenspiegel im Auge behielt. Sie war wachsam. Reagierte auf die Straßensituation.

Ich öffnete den Mund, um sie zu loben, ließ es aber bleiben. Inzwischen wusste ich, dass Komplimente bei Char nicht gut ankamen. Sie machten sie eher steif und befangen, als sie zu freuen. Manchmal ist Schweigen die beste Lösung.

Ich drehte mein Fenster herunter und ließ die Nachtluft in den Truck hereinwirbeln.

Als Reaktion beschleunigte Char ein wenig und stieß ein Freudengeheul aus. »Waahuuu«, schrie sie.

»Waahuu«, wiederholte ich.

Sie warf mir einen konspirativen Seitenblick zu. Ihre blasse Haut schien silbern im Licht des Vollmonds, ihre Augen glänzten.

Ich sah den Ort vorbeifliegen. Die Fenster aller Cottages waren dunkle Augen, die Straßenlampen warfen nur einen blassen Lichtkreis. Über uns funkelten jetzt die Sterne in ihrer größten Pracht, ihre Helligkeit verstärkt vom großzügigen Mond. Wir näherten uns Willow Lake am Ende der

High Street. Es war anders bei Nacht. Die Weiden waren vornübergebeugt und berührten die Wasseroberfläche, wie alte Frauen, die sich zu ihren Enkeln neigen.

Die Dunkelheit hatte etwas, das an die Vergangenheit denken ließ, als könnten die Erinnerungen eines Ortes erst zurückkehren, wenn die Gegenwart von der Nacht verhüllt war. Zum Teil rührte meine Liebe zu Willow Waters von seiner reichen Geschichte her. Ambulante Händler hatten einmal genau diese Straße überquert, mit Getreidesäcken auf dem Rücken ihrer Pferde, die die mit Gras bewachsenen Wege mit ihren Hufen zu Schlamm machten. Vielleicht aber fuhren wir über die Schritte von Soldaten auf ihrem Weg von der Schlacht nach Hause. Ich dachte an die Mohnblume, die Emily für Alistair gepflanzt hatte. War er ein Soldat in einer Schlacht oder so etwas Ähnliches? Seine eigene Familie schien ein Schlachtfeld. Oder vielleicht gedachte Emily Alistairs Kampf ums Leben.

»Wo willst du hin?«, fragte Char.

Und plötzlich wusste ich genau, wo ich sein wollte. »Lass uns zur alten Wassermühle fahren. Sie wird dir gefallen. Alistair Fairfax hatte einen Teil der jüngsten Restaurierung veranlasst. Vielleicht kannst du die Arbeit beenden! Du hast jedenfalls Talent fürs Restaurieren.« Ich sagte, sie solle weiter die Straße entlang fahren und bei der Gabelung rechts bleiben.

»Kapiert«, sagte sie.

Ich hatte Char noch nie so aufgekratzt gesehen. Und ehrlich gesagt bildete ich mir auch ein bisschen etwas ein. Ich wusste, dass sich ihre Stimmung aufhellen würde, wenn sie an etwas arbeitete, wo sie ihr Talent einsetzen konnte. Da sie jetzt ihren eigenen fahrbaren Untersatz hatte, konnte sie auf ihre Weise Willow Waters und seine ganze Schönheit erkunden, Haarnadelkurven nehmen und die bezaubernden kurvigen Landstraßen befahren.

Ich entspannte mich und genoss die Fahrt, bis ein lautes Motorengeräusch zu hören war. Ich drehte mich in meinem Sitz um.

»Was zum Kuckuck?«

Das Geräusch donnerte durch die – bis jetzt – stille Straße.

Char runzelte die Stirn und umklammerte das Lenkrad. »Das ist ein Sportwagen hinter uns.«

»Wie kannst du ...?«

Scheinbar aus dem Nirgendwo raste ein Auto mit unglaublichem Tempo hinter uns her. Fernlichter blendeten verrückt hell.

Char beschattete mit einem Arm die Augen. »Wer ist der Trottel?« Sie drückte das Gaspedal durch, um etwas Abstand zwischen uns und das andere Auto zu bringen. »Ich kann nichts sehen.«

Das Auto hinter uns hupte, ohne das Tempo zu verlangsamen.

»Er versucht, uns zu rammen«, sagte Char, ihre Stimme wurde einen Ton lauter. Sie umklammerte das Lenkrad noch fester, als das Auto hinter uns plötzlich mit einem Kreischen seitlich auftauchte. »Nein«, schrie Char. »Der Idiot versucht, uns zu überholen. Die Straße ist zu schmal.« Sie steuerte den Truck zur Seite, Zweige kratzen gegen die Türen.

Das Auto drängte uns von der schmalen Straße in einen von Büschen umgebenen Graben. Ein schreckliches Geräusch ertönte, als wir mit zwei Rädern auf dem Boden des Grabens landeten. Der Sportwagen raste unbeschädigt mit heulenden Motoren davon, aber der Laster hatte nicht so viel Glück. Wir machten einen Ruck nach vor, dann standen wir.

Jetzt bemerkte ich, dass ich den Atem angehalten hatte, mit einem tiefen Seufzer stieß ich die Luft aus.

Char war nicht so zartbesaitet. Sie begann mit bewundernswerter Kraft über den Fahrer zu fluchen. »Der Trottel!«, stieß sie am Ende ihrer Tirade hervor. »Peony, ich schwöre, dass das dasselbe Auto war, das ich letzthin gesehen habe. Der rote Aston Martin, aus dem die Krankenschwester ausgestiegen ist.«

»Wie kannst du so sicher sein? Ich denke auch, dass der Wagen rot war, aber ehrlich gesagt, ist er so schnell vorbeigerast, dass ich nicht sicher bin.«

»Glaub mir, Peony, *ich kenne* meine Autos. Unmöglich, dass ich einen 1987er Aston Martin V8 nicht erkenne.«

Ich glaubte an Chars Kenntnisse, aber es war viel zu dunkel, um mehr als ein Aufblitzen vom Auto zu sehen. »Mit Sicherheit weiß ich aber, dass es dem Lenker des Wagens, wer immer es war, egal war, dass er uns von der Straße gedrängt hat.« Ich holte Atem und bemerkte, dass ich zitterte. »Er hätte uns töten können.«

Wieder hatte ich das seltsame Gefühl, dass ich beobachtet wurde, aber ignorierte es. Char und ich waren derart wütend, dass ein Angreifer verrückt sein musste, sich mit uns anzulegen.

»Ich weiß nicht, wen ich um diese Uhrzeit rufen könnte«, sagte ich und betrachtete, wie der Truck im Graben lag. Keine von uns beiden war verletzt, aber wir saßen definitiv fest.

»Ich auch nicht«, sagte Char und dann bewies sie viel

mehr Findigkeit, als ich besaß. »Aber wir brauchen niemanden zu rufen. Wir kriegen den Laster schon wieder auf die Straße – wir allein«, fügte sie dann hinzu.

Und sie versuchte es. Sie versuchte es mit aller Kraft. Und weil sie es versuchte, tat ich es ihr gleich. Ich schob, wenn sie es sagte, bis ich befürchtete, einen Muskel zu zerren. Dann half ich ihr, Zweige und ein Brett unter die Räder zu legen und schob wieder, aber der Laster ließ sich nicht bewegen.

Ich wollte schon aufgeben und vorschlagen, dass wir zu Fuß nach Hause gingen und am Morgen eine Werkstatt anriefen, als ich das Geräusch eines sich nähernden Fahrzeugs hörte. Erstaunlicherweise und zum Glück raste es nicht vorbei. Wir begannen beide vom Straßenrand zu winken, als ich einen alten Jaguar erkannte.

Der dunkelgrüne Wagen blieb seitlich hinter uns stehen und Alex stieg aus. Er betrachtete den Laster, dann uns und seine Augen blitzten.

»Sieht aus, als bräuchten Sie Hilfe.«

KAPITEL 18

»*G*eht es dir gut, Peony?«, fragte Imogen. »Du gähnst schon ungefähr zum fünften Mal in nur fünf Minuten. Kannst du wieder nicht schlafen?«

Ich sah von meinem Computer auf. Die Zahlen, über denen ich saß, waren über den Bildschirm geschwommen. Ich hatte nicht einmal bemerkt, dass ich gähnte. Nach Jeremys Tod hatte ich eine lange Periode von Schlaflosigkeit durchgemacht. Mein Geist kam nie zur Ruhe, obwohl mein Körper praktisch nach Schlaf schrie. Ich war gerührt, dass sich Imogen um mich sorgte. In meinen dunkelsten Tagen war sie mir eine sehr positive Stütze. Unsentimental bis auf die Knochen war Imogen das beste Beispiel des typisch britischen *Bleib ruhig und mach weiter,* für das ich seither Respekt empfand.

Gestern war Alistairs Begräbnis. Und in den Morgenstunden nachher, hatte ein Idiot versucht, Char und mich zu töten.

Ich erzählte Imogen von unserem Zusammenstoß mit

dem Tod letzte Nacht. »Wir hätten einen weiten Nachhauseweg gehabt, wenn Alex nicht vorbeigefahren wäre.«

»Alex Stanford? Was machte er denn mitten in der Nacht unterwegs?«

Eine gute Frage, die ich auch dem rätselhaften Junggesellen gestellt hatte.

Er hatte darauf nur die Achseln gezuckt und gesagt: »Ich konnte nicht schlafen. Dachte, eine kleine Runde würde mir guttun.«

Da Char und ich aus demselben Grund unterwegs waren, konnte ich das schwerlich kritisieren. Davon abgesehen hätte ich mit diesem heulenden Hund im Haus auch nicht schlafen können. Wir fragten Alex, ob er einen roten Aston Martin gesehen hatte, aber er verneinte.

Als Alex und ich zu zweit den Truck anschoben, gut, vorwiegend Alex, gelang es uns, ihn wieder auf die Straße zu schieben. Erstaunlicherweise brachte der Laster uns problemlos nach Hause, Char sagte aber, sie würde ihn sich heute nochmals ansehen.

»Und wenn ich je den Fahrer dieses Autos finde, dann wird es ihm leidtun, sich mit einer Hexe angelegt zu haben«, sagte sie auch noch. Sie hob ihre Fäuste, als wollte sie kämpfen, streckte dann die Finger weit auseinander und Flammen waren aus ihren Fingerspitzen hervorgeschossen.

»Du solltest vielleicht an Aggressionsmanagement arbeiten«, schlug ich vor.

Zum Glück fand die Szene, in der Char zugab, eine Hexe zu sein und Feuer warf, in meinem Bauernhaus ohne Alex als Zeuge statt.

Imogen machte bei meiner Erzählung große Augen. »Also wirklich, Willow Waters war immer so friedlich. Hier ist nie etwas passiert. Und jetzt haben wir lauter Probleme.« Sie zog eine Spinnenblume aus einem Geburtstagsstrauß, den sie gerade band, und hielt sie gegen das Licht, bevor sie eine Calla an ihrer Stelle wählte. Sorgfalt war eine Tugend, die Imogen in besonderem Ausmaß besaß. »Auf meinem Weg zur Arbeit bin ich heute an Lemmington House vorbeigefahren«, fuhr sie fort, »ein Polizeiauto und ein Zivilfahrzeug wendeten gerade in der Auffahrt.«

Ich schauderte. Nach Jeremys Tod hatte auch die Polizei mit mir gesprochen. Es hatte Zeugen des Unfalls gegeben, also gab es keinen wirklichen Verdacht, dass jemand meinen Mann hätte beseitigen wollen, es war trotzdem schrecklich. Ich hegte keine freundschaftlichen Gefühle für Gillian, fand es dennoch schlimm, was sie durchmachte.

»Ich kann es nicht glauben, dass der Tod von Alistair Fairfax verdächtig ist und deshalb ermittelt wird«, sagte sie. »Und die arme Gillian hat ihn erst gestern begraben.« Sie sah auf. »Ich schätze, sie werden auch mit dir reden wollen, weil du ihm am Tag, an dem er gestorben ist, Blumen gebracht hast.«

Ich hatte gemischte Gefühle. Einerseits war es gut, dass Alistairs Tod gründlich untersucht wurde. Wer auch immer ihm die tödliche Dosis Morphin verabreicht hatte, musste zur Rechenschaft gezogen werden. Und zwar schnell. Hexen sind aber naturgemäß misstrauisch gegenüber der Polizei. Wir wollen nur in Ruhe gelassen werden, um unsere Zauberkunst auszuüben. Leute hatten oft eine verkehrte Meinung hinsichtlich der Hexerei, deshalb vermieden wir unnötige Aufmerksamkeit.

»Ich laufe schnell rüber zu Roberto«, sagte ich. »Ich

werde viel mehr Kaffee als sonst brauchen, um durch diesen Tag zu kommen. Für dich das Übliche?«

»Danke.«

Obwohl sich Char sofort, nachdem wir von der Straße gedrängt worden waren, zusammengenommen und uns nach Hause gefahren hatte – Alex war uns gefolgt, um sicher zu sein, dass wir gut ankamen – machte ich mir dennoch Sorgen um sie. Ich wollte sicher sein, dass sie okay war. Schon gar nicht durfte sie sich über einen Kunden ärgern und sein Frühstückscroissant mit ihren Fingerspitzen flambieren.

Als ich das Café betrat, war es ziemlich voll. Roberto bediente die Gäste an den Tischen und Char stand an der Kaffeemaschine und schäumte die Milch auf. Sie sah ganz gut aus, wenn auch ein bisschen müde. Das war zu erwarten. Ich gab unsere Bestellung auf und fragte Char, wie es ihr ging.

»Du weißt schon, dass ich dich vor ungefähr zwei Stunden gesehen habe, als du mich hierher gefahren hast?«

Ich lachte. Wurde ich zu einer Gluckhenne? Hoffentlich nicht. »Ich wollte nur nachsehen, ob du deine Gefühle unter Kontrolle hast.«

Char verdrehte die Augen. »Hab ich. Ich hab schon einen Schock abgekriegt und bin nicht ausgerastet. Die Polizei war da und hat herumgeschnüffelt. Davon krieg ich eine Gänsehaut. Und einer von ihnen hat einen Cappuccino mit Schokolade *und* Zimt bestellt. Was für eine Sorte Spinner tut sowas?«

»Klingt lecker.« Ich versuchte, Char zu sagen, dass sie sich nicht zu sorgen brauchte –, sie waren nicht an ihrer Vergangenheit interessiert. Aber sie ließ mich abblitzen. Eindeutig zu fürsorglich.

»Bitteschön«, sagte sie schnell und reichte mir die zwei Kaffees. »Ich habe einen Extraschuss Espresso in deinen gegeben. Du siehst aus, als würdest du ihn brauchen.«

»Ach. Danke. Du weißt Bescheid.«

Char warf mir ihr schiefes Lächeln zu. Sie hatte aber recht: Ich brauchte den Extraschuss. Ich hatte mich den ganzen Morgen benebelt und total erledigt gefühlt – gerade zu einer Zeit, in der ich meinen Verstand zusammenhalten musste. Das verdankte ich dem Amokfahrer. Mir fiel wieder ein, was Char mir beim Begräbnis gesagt hatte, nämlich dass Emily vorige Woche aus dem Sportwagen gestiegen war. Konnte ihr Freund wirklich der Mann sein, der uns mit seiner rücksichtslosen Fahrweise beinahe getötet hätte? Das Ganze war so schnell gegangen, dass ich mir in nichts sicher sein konnte. Vielleicht war da ein Aufblitzen von Rot. Ein aufheulender Motor. Das war alles. Nicht viel, um voranzukommen. Ein Besuch bei Emily war jedoch in meiner nahen Zukunft vorgesehen.

Auf meinem Rückweg hätte ich beinahe die beiden Kaffees fallengelassen, als ich einen Mann und eine Frau in dunkler Kleidung bei Blumenzauber eintreten sah. Wenn man sich auf das Fernsehen verlassen konnte, waren sie wie Kriminalbeamte gekleidet. Ich holte tief Luft und sagte mir, dass ich mir nichts zuschulden habe kommen lassen. Es würde sich nicht lohnen, in die Defensive zu gehen. Niemand war hinter mir her. Sie suchten einen Mörder und ich musste dabei behilflich sein.

Imogen und die Polizisten waren schon in ein Gespräch vertieft, als ich das Geschäft betrat. Ich stellte den Kaffee ab und stellte mich als die Besitzerin vor.

»Polizeikommissarin Michelle Rawlins«, sagte die Frau in

selbstsicherem Ton. »Und das ist Wachtmeister Dwight Evans.«

Ich schüttelte beiden die Hand und trat zurück. Beide machten in ihren Anzügen eine beeindruckende Figur. Michelle Rawlins war von Kopf bis Fuß in Marineblau. Sie hatte scharfe Augen und trug das graue Haar kurz. Dwight Evans sah lockerer aus mit seinem weißen, am Hals offenen Hemd. Er war ungefähr zehn Jahre jünger als seine Vorgesetzte, vielleicht sogar mehr und in seinen dunklen Augen lag etwas Schelmisches.

»Wir ermitteln betreffend den Tod von Alistair Fairfax«, sagte Wachtmeister Evans. »Ich habe gehört, dass Sie Mr. Fairfax an seinem Todestag besucht haben.«

»Das stimmt«, sagte ich.

»Erzählen Sie uns von Ihrem Besuch«, sagte Kommissarin Rawlins.

»Kommen Sie doch in mein Büro nach hinten«, sagte ich. »Imogen kann hier die Stellung halten.« Ich reichte Imogen ihren Kaffee und die Polizisten folgten mir in mein winziges Büro. Es war jetzt überfüllt, ich wollte aber nicht, dass meine Kunden kopfscheu wurden, wenn sie in eine Mordermittlung hineinplatzten. So wie hier die Klatschmühle arbeitete, würde sowieso jeder genau wissen, was los war.

Ich setzte mich an meinen Schreibtisch, aber die Polizisten blieben stehen.

Evan holte einen Notizblock hervor. Ich schluckte.

»Können Sie uns sagen, welchen Eindruck Mr. Fairfax auf Sie gemacht hat, als Sie ihn das letzte Mal sahen? Erzählen Sie uns von dem Vormittag Ihres Besuchs.« Er fuhr mit der Hand durch seine kurzgeschnittenen Locken, die die Farbe von Ahornblättern hatten.

Ich nickte. »Natürlich.« Es war schwieriger, als ich erwartet hatte. Nicht, weil ich mich nicht recht an die Details erinnerte – wenn ihr es noch nicht bemerkt habt, ich habe ein ausgezeichnetes Gedächtnis –, sondern weil mich eine große Traurigkeit überkam, als ich an Alistair im Bett dachte, eingehüllt in seinen einfarbigen roten Morgenmantel. Wie lebhaft seine Augen glänzten, auch wenn er etwas blass war. Wie er zu mir gesagt hatte, dass er sich nach meinem Besuch schon besser fühlte. Mit der Extrazugabe von ein wenig Magie in meinem Strauß hatte ich zu Recht gehofft, dass er sich bis zum nächsten Tag erholen würde. Natürlich unterließ ich es, den Polizisten von der Magie zu berichten. Nur, dass sich Alistair entschieden auf dem Weg der Besserung befand.

Kommissarin Rawlin beobachtete mich aufmerksam, als ich über Alistair sprach. Ja, ich hatte gesehen, dass er einen Morphintropf hatte. Nein, ich hatte nicht gesehen, dass er den Knopf für eine Dosis gedrückt hatte, während ich bei ihm war.

Rawlins Handy klingelte und sie entschuldigte sich. »Ich muss da dran, tut mir leid. Wachtmeister Evans kann das mit Ihnen zu Ende führen.« Und sie ging.

Ich erwähnte, dass ich Emily, Alistairs Krankenschwester getroffen hatte, und wartete auf weitere Fragen.

Während Evans mir bei meinem Bericht zuhörte, musterte ich sein Gesicht. Ein Anflug rötlicher Bartstoppeln. Tiefe Falten um den Mund. Eine große, stolze Nase. Eng beisammen liegende Augen. Er war wachsam, ich konnte aber auch etwas Weiches an ihm fühlen, eine Neigung zur Sentimentalität, Offenherzigkeit.

Perfekt für einen Zauber.

Der Gedanke schoss mir durch den Kopf und bevor ich ihn noch zur Kenntnis genommen hatte, begann sich der Zauber zu formen. Ich konnte Evans dazu bringen, mir zu erzählen, was sie bereits über Alistairs Tod herausgefunden hatten.

Okay, ich höre schon, wie ihr stöhnt. Warum mich hineinziehen lassen? Warum dazwischenfunken, wenn es nicht nötig ist? Aber ihr müsst verstehen, dass die Willower nicht wirklich offen gegenüber Außenseiter sind. Erinnert ihr euch, wie viel Kummer mir diese Verschlossenheit bereitete, als ich versuchte, mich zu integrieren, nachdem ich mit Jeremy hierher gezogen war? Ich glaubte keine Sekunde, dass alle im Ort offen mit den Polizisten reden würden. Wenn ich also sozusagen Exklusivinfos von einem Insider bekommen konnte, hätte dies vielleicht hilfreich für die Ermittlungen sein können. Wie ein Ohr an der Wand. Und bevor ihr fragt – nein, ich nutze nicht den Zauber für einen bösen Zweck oder persönlichen Nutzen. Es ging darum, Gerechtigkeit für Alistair zu schaffen. Ganz davon zu schweigen, die Straßen von Willow Waters frei von herumwandernden Mördern zu halten.

Im Stillen sagte ich die Zeilen des Sprechens der Wahrheit auf und sah ihm dabei in die Augen.

>>Ich wünsche der Wahrheit zu lauschen.
Du darfst mit mir teilen das Wissen dein.
Dank dieses Zaubers bist du frei zu plauschen
Wie ich, so soll es sein.

Evans blinzelte dreimal. Er schüttelte seine Locken und setzte sich aufrechter.

In einem ruhigen, einschläfernden Ton fragte ich, was er bis jetzt entdeckt hatte. Es ist leichter, jemanden zu hypnotisieren, als sich die meisten Menschen bewusst sind. Es geht vorwiegend um Absicht und Übung. Ehrlich, man braucht nicht einmal eine Hexe zu sein. Aber es hilft.

Evans lehnte sich nach vor. »Der Sohn, Terence Fairfax und Emily, die Krankenschwester des Opfers, haben beide schlecht über Gillian Fairfax gesprochen. In getrennten Verhören haben sie uns beide gesagt, dass Gillian Fairfax eine nichtsnutzige Verführerin ist und nur aufs Geld aus. Ihre Worte, nicht meine. Sie glauben, sie habe Mr. Fairfax so manipuliert, dass er sein Testament geändert hat. Beide hatten erwartet, etwas zu erben. Der Sohn mehr als die Krankenschwester. Das Testament setzt Gillian als Universalerbin ein, wurde aber erst vor sechs Monaten verfasst. Der Sohn plant natürlich, es anzufechten. Die Summe ist kein Klacks. Ich meine, Lemmington House allein ist Millionen wert. Und das ist nur einer von vielen Vermögenswerten.« Evans pfiff leise und schwieg. Er runzelte die Stirn. »Habe ich ...« Sorry, ich bin nicht ganz sicher, warum ich ...« Er verstummte allmählich.

»Seien Sie unbesorgt«, sagte ich. Nichts von dem, was Evan ausgeplaudert hatte, war mir neu. Ich musste tiefer schürfen.

Evans blinzelte wieder. Er war noch unter meinem Zauber, aber die Zeit drängte.

»Haben sie noch etwas erwähnt?«

»Die Krankenschwester und der Sohn missbilligten die Tatsache, dass sie so viel jünger als Alistair war. Sie haben das tatsächlich ziemlich hart verurteilt. Beide bestanden darauf, dass sie eine Affäre mit ihrem Tennislehrer hatte.«

»Ich habe ihn an jenem Morgen im Haus gesehen, als ich dort war, um bei der Organisation der Begräbnisblumen zu helfen.«

Evans schüttelte den Kopf. Er sah verwirrt aus. »Wen?«

»Den Tennislehrer. Mit Gillian Fairfax. Sie hatte ihre Tennisstunde den Tag, nachdem ihr Mann gestorben war, nicht abgesagt. Ich habe das auch sonderbar gefunden, aber der Trauer zugeschrieben. Trauer hat manchmal eine sonderbare Wirkung. Nicht alle reagieren so, wie wir es erwarten.«

Evans sah alarmiert drein. »Ach, habe ich Ihnen vom Tennislehrer erzählt? Wie indiskret von mir.«

»Was noch?«, sagte ich honigsüß. Der Zauber konnte jeden Augenblick seine Macht verlieren. Ich musste schnell handeln.

»Ja«, sagte er und kratzte sich den Kopf. »Die Ex-Frau von Alistair Fairfax, Bernice Anderson, erzählte uns, dass sie und Alistair nach der Scheidung gute Freunde geblieben waren. Das heißt, bis Gillian ihn zur Strecke brachte, wie Bernice es ausdrückte. Sie beschrieb ihr Liebeswerben mit Begriffen wie Jägerin und Beutefang. Bernice hatte versucht, Herrn Fairfax die Ehe mit Gillian auszureden, er war aber total vernarrt. Sie sagte wortwörtlich: *Es war, als wüsste sie genau, was er gern machte, und verwandelte sich in seine Traumpartnerin.* Bernice ist zutiefst überzeugt, dass sie nur hinter seinem Vermögen her war. Noch ein verurteilender Bericht über Gillian. Ich würde sagen, sie hatte ein Tatmotiv und die Mittel.«

»Glauben Sie, es könnte Eifersucht sein?«

»Eifersucht?« Wieder war sein Blick ausdruckslos.

»Bernice Anderson. Seine erste Frau. Scheidungen verlaufen gewöhnlich nicht freundschaftlich. Hatte sie vielleicht Absichten? Erwartete sie sich etwas vom Testament? Ich stand neben ihr bei Alistairs Leichenparty, als herauskam, dass Gillian die einzige Erbin war. Bernice war jedenfalls bestürzt.«

Evans wurde blass. »Ich hätte das alles nicht erzählen dürfen. Ich weiß nicht, was über mich gekommen ist.«

Es war keine Zeit mehr. »Wie reagiert Gillian auf all das? Ich denke, Sie haben sie schon ausgiebig vernommen?«

»Sie sagt, dass der Sohn seinen Vater hasste und immer Geld brauchte. Sie erwähnte auch, dass er nur wenige Stunden nach Alistair Fairfax' Tod eingetroffen war und schwört, dass sie ihn nicht vom Tod seines Vaters informiert hatte. Wir ermitteln auch, wo er sich zur Zeit des Todes aufhielt.«

Ich dachte, es war typisch für Gillian, die Schuld Terence zuzuschieben. Andrerseits machte es der Sohn umgekehrt auch mit ihr.

»Und natürlich Owen Jones, der Gärtner könnte etwas damit zu tun gehabt haben.«

»Warum?«, fragte ich. Hatte Emily der Polizei gesagt, dass sie Owen in Alistairs Räumen gesehen hatte? Nicht dass ich ihr unbedingt Glauben schenkte.

»Über Jones gibt es eine Gerichtsakte, die Gillian nicht kannte.« Er hielt inne, beugte sich dann näher zu mir. »Aber die Krankenschwester sagte, sie hätte gesehen, wie der Gärtner und Gillian sich umarmten. Ich frage mich, für wie viele Affären hat eine Frau denn Zeit?« Er schmunzelte. Dann schlug er eine Hand über den Mund. »Lieber Himmel, verzeihen Sie. Ehrlich, ich habe keine Ahnung, was in mich gefahren ist, dass ich das gesagt habe.«

Nur ein kleiner Zauber, wollte ich antworten, stattdessen

sagte ich, dass es nichts zu bedeuten hatte. »Haben Sie alles erfahren, was Sie von mir wissen wollten?«

Er nickte, ein wenig benommen.

Wir gingen von meinem Büro zurück ins Geschäft. Imogen war mit einer Kundin beschäftigt, also begleitete ich Evans zur Eingangstür. Der arme Mann wirkte noch ein bisschen verwirrt. Aber das sollte bald vergehen. Bald würde er sich nicht mehr an seine Indiskretionen erinnern. Das ganze Gespräch würde sich auflösen wie ein Traum. Nur die Notizen über meinen Besuch bei Alistair an seinem letzten Tag würden Evans bleiben. Er würde nicht mehr wissen, wie viel er aus dem Nähkästchen geplaudert hatte.

Oh, die Macht der Magie!

KAPITEL 19

Ich stand an der Tür und beobachtete wie
Wachtmeister Evans um die Ecke verschwand.
Obwohl Evans den Hauptinhalt der Vernehmungen preisge-
geben hatte, schien jetzt nichts klarer. Über den Gärtner gab
es eine Gerichtsakte. Das war interessant. Und er war
gesehen worden, wie er Gillian umarmte. Umarmen konnte
vielerlei bedeuten, von einer freundschaftlichen Umarmung
bis zu etwas Intimerem. Und wie hatte Terence entdeckt, dass
sein Vater tot war, wenn Gillian es ihm nicht gesagt hatte?

»Peony, Sie scheinen mit Ihren Gedanken weit weg zu
sein.«

Ich drehte mich um und da stand Alex. Er lächelte, aber
dahinter waren müde Augen.

Ich trat auf ihn zu. »Danke für die Hilfe gestern Nacht. Es
scheint, Sie haben auch nicht mehr geschlafen als ich.«

Er nickte. »Es war eine sonderbare Nacht.«

»Und wer auch immer der Besitzer dieses Hundes in
Ihrem Haus ist, sollte ihm beibringen, spät in der Nacht nicht
zu bellen. Er war ganz verrückt, als ich vorbeiging.«

Er sah mich mit einem seltsamen Ausdruck an. »Es tut mir leid, dass er Sie erschreckt hat.«

»Nein, er hat mir leidgetan. Ich konnte hören, dass er draußen sein wollte unter dem Vollmond.« Ich dachte einen Augenblick nach. »Oder vielleicht hat er den Wolf gerochen.«

»Den was?« Alex starrte mich an, als wäre ich verrückt.

»Einen Wolf. Ich habe ihn gestern Nacht gesehen, als ich nach Hause ging.«

Er schüttelte den Kopf über mich und schien belustigt. »Es gibt in England seit dem achtzehnten Jahrhundert keine Wölfe. Es gab einmal viele, aber zum Teil wegen der Jagd und zum Teil wegen der Zerstörung ihres Habitats sind sie vollkommen ausgestorben. Sie müssen einen Hund gesehen haben.«

Ich wusste, was ich gesehen hatte, es war aber schwer, mit jemandem zu streiten, der die Fakten zur Hand hatte. »Er sah jedenfalls aus wie ein Wolf.«

»Es gibt immer Leute, die davon reden, wieder Wölfe im Vereinigten Königreich anzusiedeln, aber bis jetzt ist es nur Gerede. Ich bin oft überrascht, wie sehr manche Hunde ihren Vorfahren ähneln.«

Ich wollte nicht mit dem Mann streiten, der uns gestern Nacht geholfen hatte, unser Fahrzeug wieder auf die Fahrbahn zu schieben, also wechselte ich das Thema zu etwas ebenso Dramatischem. »Die Polizei hat mich wegen des Mordes an Alistair vernommen.«

Er nickte. »Ich sah den jungen Wachtmeister weggehen. Er sah verwirrter aus, als bei seiner Ankunft. Ist er Ihrem Zauber erlegen?«

Ich machte große Augen und mein Herz klopfte schneller. Hatte Alex irgendwie erraten, dass ich eine Hexe war?

Dann begriff ich. Er deutete an, dass sich der Wachtmeister von mir angezogen gefühlt hatte. Ich beherrschte mich und schmunzelte. »Das glaube ich nicht.« Es war aber nett, dass Alex dachte, ich hätte Eindruck auf einen Mann gemacht.

»Ich gehe einen Kaffee trinken. Mal sehen, ob er mir meine Energie zurückgibt.«

Ich dachte traurig an meinen jetzt kalten Kaffee drinnen. »Ist es ein Welpe? Ich meine der Hund.« Das Heulen hatte nicht nach einem Welpen geklungen.

Alex seufzte. »Oh ja. Der Hund. Er ist neu. Aus dem Hundeheim. Hat sich noch nicht an sein neues Zuhause gewöhnt, aber das schaffen wir schon.«

Ich lächelte. Es gefiel mir, dass Alex einen Hund aus dem Heim rettete und sich nicht einen überzüchteten Jagdhund zulegte wie viele andere Willower. Es gab hier ein paar Leute, deren Namen ich nicht nennen werde, die nur Designerwaren kauften – und traurigerweise schloss das auch ihre Hundefreunde ein.

»Ich habe Char heute Morgen mit dem alten Truck durch den Ort fahren sehen. Ich nehme an, dass er also nicht beschädigt wurde.«

»Die Karosserie hat ein paar Kratzer mehr abgekriegt, sie sagte aber, dass er absolut fahrtüchtig ist. Sie hat eine Gabe, wenn es um Motoren geht. Der alte Truck stand jahrelang in der Garage und rostete vor sich hin. Aber Char hat ihn in ein paar Tagen repariert.«

»Beeindruckend. Sie könnte eine Autowerkstatt eröffnen, da wir hier keine haben.«

»Sie scheint nach London ziehen zu wollen.«

»Das wäre schade.«

Ich nickte. Hoffentlich gelang es Norman und mir, ihr das auszureden. Was nicht ist, konnte ja noch werden.

»Sie bringt ein wenig dringend notwendige Jugend und Energie nach Willow Waters«, fügte Alex hinzu.

»Sie war so glücklich, dass sie den Truck wieder zum Fahren gebracht hatte, und hatte richtig Spaß gestern Nacht, mit ihm eine Spritztour zu machen.« Ich fühlte, wie Wut in mir aufwallte. Zum Glück war ich schon lange genug eine Hexe, dass keine Flammen mehr aus meinen Extremitäten schossen. »Ich würde gerne den Fahrer erwischen, der uns von der Straße gedrängt hatte. Kennen Sie jemanden, der einen Aston Martin aus den späten achtziger Jahren besitzt?«

»Sie konnten die Marke und das Baujahr eines Autos feststellen, das Sie von der Straße drängte?« Er klang beeindruckt.

»Ich nicht. Das ist Char. Sie ist so super mit Autos.«

Alex sah weg und machte nicht den Eindruck, dass er die Kletterrose neben dem Schaufenster der Bäckerei bewunderte, die gerade zu blühen begann. »Es gibt nicht viele solcher Autos auf den Straßen. Ich habe gestern Nacht nichts gesagt, weil Char schon so wütend aussah, dass sie vielleicht eine Dummheit hätte begehen können, aber der Wagen könnte Terence Fairfax gehören.«

Widerstreitende Gefühle stiegen in mir mit solcher Heftigkeit auf, dass ich nur ein explosives »Was?!«, hervorbrachte.

»Also, tun Sie nichts Unüberlegtes. Ich weiß, dass er einen Oldtimer Aston Martin hat. Dieser war einer der Gründe, weshalb er sich mit seinem Vater überworfen hatte. Immer bat er ihn um Geld, dann kaufte er sich einen Wagen um eine Viertelmillion Pfund.«

Ich wusste nicht, was mich mehr schockierte. Die Unsumme, die Terence Fairfax für ein Auto bezahlt hatte, war gewiss schockierend. Eine Viertelmillion Pfund – damit konnte man ein recht hübsches Cottage kaufen. Ein Zuhause. Und das hatte er für ein Auto ausgegeben?

Aber es war die Angst auf Chars Gesicht, als sie sich bemühte, den Truck nicht ins Gebüsch zu kippen, die in meinen Gedanken vorherrschte. »Er hätte uns *töten* können. Und nachdem er uns von der Straße gedrängt hatte, machte er sich nicht einmal die Mühe, stehenzubleiben und sich zu vergewissern, dass wir okay waren. Er raste einfach davon.«

»Terence Fairfax ist ein rücksichtsloser Mann. Das Gegenteil von seinem Vater.«

Je mehr ich darüber nachdachte, desto wütender wurde ich. »Nun, jemand muss ihm das Handwerk legen. Auch als reicher Playboy hat er nicht das Recht, sich so zu verhalten. Ich werde ihn konfrontieren. Sofort. Er muss wissen, dass er keinen Blankoscheck hat, andere zu gefährden, nur weil er reich ist und einen noblen Wagen fährt.«

Bevor ich einen Schritt machen konnte, ergriff Alex meinen Arm. »Überlegen Sie einen Augenblick, Peony. Bevor Sie ihn konfrontieren, bedenken Sie, dass jemand Alistair Fairfax getötet hat.«

Ich blinzelte hinauf zu diesen unglaublichen Augen. »Glauben Sie, Terence hat seinen Vater getötet?«

»Ich weiß es nicht. Aber ich würde ihn in diesem Augenblick nicht eines Verbrechens beschuldigen. Erstens haben Sie keine Beweise. Zweitens ist er wütend und wild. Er glaubte, er würde eine beträchtliche Summe von seinem Vater erben. Ich habe keine Ahnung, wie seine Finanzen aussehen, aber aufgrund einiger Hinweise von Alistair, würde ich sagen, dass er in arger Bedrängnis ist.«

»Nun, dann wird er vielleicht dieses mörderische Auto verkaufen müssen«, erwiderte ich. Ich verstand jedoch, was Alex sagen wollte. Wenn Terence ein Mörder war, wäre es klüger, ihm keine Anschuldigungen ins Gesicht zu schleudern. Wenigstens nicht allein. Und nicht, bevor ich viel mehr wusste, was mit Alistair geschehen war.

»Okay. Ich mache es ganz unaufgeregt. Aber ich fahre zu dem Haus. Ich finde schon einen Vorwand.« Ich hatte den ganzen Morgen mit meiner Buchhaltung verbracht. Ich hatte also einen ausgezeichneten Vorwand, Lemmington House einen Besuch abzustatten. »Ich bringe persönlich die Rechnung für die Begräbnisblumen hin.«

Ich drehte mich zum Geschäft um und musste zur Seite treten, um Imogens Kundin vorbeizulassen. Sie hielt einen prächtigen roten Strauß in Händen und freute sich offensichtlich darüber. Einen Augenblick war ich nicht mehr wütend. »Du hast tolle Arbeit mit diesen Ranunkeln geleistet«, sagte ich zu Imogen beim Eintreten.

»Danke.«

»Ich muss ein bisschen an die Luft. Ich denke, ich werde Gillian Fairfax die Rechnung für den Blumenschmuck für das Begräbnis bringen. In einer Stunde bin ich zurück.«

Sie wusste so gut wie ich, dass wir gewöhnlich unsere Rechnungen per Post sandten. Vielleicht dachte Imogen, dass ich die beträchtliche Summe eher früher als später brauchte. Zufällig hatte sie recht. Ich steckte die ausgedruckte Rechnung in einen unserer hübschen Umschläge, griff nach meiner Tasche und der Jeansjacke und ging hinaus.

»Ich komme mit Ihnen«, sagte Alex entschieden. Er stand

noch am selben Fleck, wo ich ihn verlassen hatte. »Wenn Terence Sie von der Straße gedrängt hat und nicht stehengeblieben ist, dann wäre mir lieber, Sie hätten Begleitung, wenn Sie mit ihm reden.«

Ich brauchte keinen Beschützer, es war aber lieb von ihm, sich anzubieten. Was hätte ich schon sagen können? Ich bin eine Hexe und kann mich selbst schützen?

»Okay«, sagte ich dann schnell und erinnerte mich, höflich zu sein. »Danke, das ist sehr liebenswürdig. Was ist aber mit Ihrem Kaffee?«

Er grinste auf mich herunter. Er hatte ein sehr attraktives Lächeln, das er nur selten zeigte. Die Worte *Ich könnte dich fressen mit Haut und Haaren,* kamen mir plötzlich seltsamerweise in den Sinn. »Ich glaube, Roberto könnte uns zwei Coffees to Go machen.«

»Eine ausgezeichnete Idee.«

»Kommen Sie«, sagte er, »wir holen uns den Kaffee. Ich fahre Sie. Mein Auto steht gleich um die Ecke.«

Keiner von uns beiden erwähnte Char gegenüber, wohin wir unterwegs waren, für ein Gespräch war sie zu beschäftigt. Sobald sie uns zwei Cappuccinos in Pappbechern reichte, zogen wir los. Er drückte auf den elektronischen Autoschlüssel und als Autolichter aufflammten, sah ich, dass er mit seinem Range Rover in das Dorf gekommen war. Viel neuer als meiner, aber dasselbe praktische Modell für Fahrten über Land. Ich schlüpfte auf den Beifahrersitz und versuchte, nicht daran zu denken, wie sonderbar es war, mit Alexander Stanford in seinem Auto zu fahren. Also konzentrierte ich mich darauf, was ich zu Terence Fairfax sagen wollte, wenn ich seiner habhaft werden würde.

Wir tranken unsere Kaffees und das Koffein belebte mich,

wie frisches Wasser einen verwelkenden Strauß wieder aufleben lässt.

Als wir bei Lemmington House ankamen, fühlte sich etwas nicht richtig an. Alles sah aus wie immer, aber die Atmosphäre war verstörend. Sogar der Formschnitt der Hecken wirkte ein bisschen flach, ihre grüne Pracht gedämpft. Das Gras war ein bisschen brauner als zuvor. Es war gruselig, als würde sogar die Natur diesen Ort ablehnen.

Wir parkten und Alex begleitete mich. Ich war nicht sicher, ob ich das wollte oder nicht. Er klingelte, während ich mich bemühte, mich zu fassen. Ich musste einen kühlen Kopf bewahren und meine Wut auf Terence kontrollieren. Auf keinen Fall wollte ich vor Wut überkochen. Es konnte ja sein, dass es überhaupt nicht Terence war, der uns von der Fahrbahn gedrängt hatte.

Die Tür wurde nicht vom Dienstmädchen, sondern von Emily geöffnet. Wie schon beim Begräbnis trug sie keine Krankenschwesteruniform mehr. Wahrscheinlich hatte es wenig Sinn, wenn sie keinen Patienten pflegte.

Sie sah ebenso überrascht aus, uns zu sehen, wie ich es war, sie zu sehen. »Haben Sie eine Verabredung mit Mrs. Fairfax?«, fragte sie.

Wie konnte sie es ertragen, hierzubleiben, wo Gillian sie offensichtlich nicht wollte? Nur für ein Bett und Verpflegung?

Emilys dunkles Haar war nicht zum üblichen Knoten gebunden, sondern fiel frei über ihren Rücken. Sie trug ein hübsches rückenfreies Kleid mit Nackenband in erdbeerfarbenem Pink, ein cremefarbenes Cardigan und Sandalen. Sie schien sich offen gesagt sehr wohl zu fühlen. Als gehörte dieses Anwesen ihr.

An ihrer Stelle würde ich es nicht erwarten können, von

dieser toxischen Beziehung zwischen Gillian und Terrence wegzukommen. Die Art, wie die beiden miteinander redeten, genügte, um jedem den letzten Nerv zu ziehen.

»Nein«, antwortete Alex, »wir hofften, mit Terence sprechen zu können.«

»Ich glaube nicht, dass er hier ist. Gillian ist im Salon. Vielleicht weiß sie, wo er ist.«

Eigentlich wollte ich Gillian nicht sehen, aber die Rechnung war letztendlich mein Vorwand für diesen Besuch.

Sie begleitete uns hinein. Der Salon war prunkvoll wie der Rest des Hauses. Die Wände in sanftem Farngrün gestrichen, bildeten einen perfekten Kontrast zu den roten Samtvorhängen und den antiken Möbeln. Das Einzige, was mich verunsicherte, war der cremefarbene Teppich. Ich sah hinunter auf meine Pumps und hoffte, dass ich nicht versehentlich Schmutz hereingebracht hatte. Die Arbeit mit Blumen war oft mit Schmutz verbunden. Ständig musste ich Blätterreste oder Stielschnipsel von meinen Schuhsohlen entfernen. Eines der großen Blumenarrangements aus der Kirche stand auf einem Beistelltischchen. Ich freute mich zu sehen, dass es seine Frische bewahrt hatte.

Gillian war am Telefon, ihr Ton leise, aber eindeutig liebevoll. Ich konnte nicht herausfinden, mit wem sie sprach.

Emily räusperte sich und Alistairs Witwe drehte sich um. Sie hatte nicht den Anschein, bei meinem Anblick hocherfreut zu sein, schien aber aufzumuntern, als ihr Blick auf Alex landete. Plötzlich war ich sehr froh, dass er mich begleitete.

Gillian beendete das Gespräch mit einem schwachen: »Wiederhören, Liebling.«

Emily hob eine Braue. »Wieder eine Tennisstunde gebucht?«, fragte sie verächtlich.

Wow! Man fasste sich nicht mehr mit Handschuhen an!

»Ich möchte meine Backhand nicht schwächer werden lassen«, antwortete Gillian im selben Ton. Sie trug cremefarbene Leinenhosen und einen hellblauen Cashmere-Pullover. Klobiger Goldschmuck glänzte an ihren Ohren, Hals und Handgelenk.

»Wie kommen Sie zurecht, Gillian?«, fragte Alex, als hätte er den Wortwechsel nicht gehört.

Sie wedelte mit den Händen und der riesige Diamant ihres Verlobungsrings funkelte. »Ach, wissen Sie. Es ist eine schrecklich schwierige Zeit.«

»Das Begräbnis war sehr schön«, sagte ich.

»Nicht wahr. Alex, Ihr Vortrag war großartig. Kann ich Ihnen eine Tasse Tee anbieten?«

Alex sah mich an, aber ich wollte kein Teekränzchen. »Danke, aber wir hatten gerade Kaffee«, sagte ich. »Ich war in der Gegend und dachte, ich könnte das hier vorbeibringen.« Ich legte den Umschlag auf das antike Kaffeetischchen.

»Wie schrecklich effizient von Ihnen«, sagte sie.

Autsch.

Alex griff den Gesprächsfaden auf. »Ist Terence in der Nähe?«

Gillian rümpfte die Nase. Ihre gepuderte Haut war makellos und jetzt sah ich, wie sorgfältig ihre Augen geschminkt waren. »Wie soll ich das wissen? Terence behandelt dieses Haus wie ein Hotel und offen gestanden ist es an der Zeit, dass er auscheckt.«

»Ist er gestern Nacht ausgegangen?«, fragte Alex.

Sie zuckte mit ihren eleganten Schultern. »Ich kontrolliere den Mann nicht.« Sie hob ihre perfekt geformten Augenbrauen. »Übrigens, Sie klingen wie die Polizei. Apropos Polizei, Sie werden Owen Jones nicht mehr viel länger hier sehen.«

»Ihren Gärtner?«, fragte ich. »Warum?«

Gillian verschränkte die Arme wie zum Schutz vor der Brust. Mir wurde bewusst, dass sie uns nicht gebeten hatte, Platz zu nehmen.

»Ich fand einen Brief in einer von Alistairs Schubladen, als ich seinen Schreibtisch ausräumte. Zu meinem Entsetzen stammte er von seinem Gefängnisaufseher, der ihn *empfahl*. Owen ist ein ehemaliger Häftling. Können Sie das glauben? Alistair schien es nicht für wichtig zu halten und hat mich jedenfalls nie gewarnt, dass er einen Verbrecher in unser Heim aufgenommen hatte. Er war ja immer von der sanftmütigen Sorte. Ich brauche es wohl nicht zu erwähnen, dass ich den Brief sofort zur Polizei getragen habe.«

»Owen Jones trieb sich in der Nacht, als Alistair starb, in seinem Zimmer herum«, fügte Emily hinzu.

Ich wandte mich um, überrascht, dass sie immer noch da war.

Gillian schien ebenso verärgert. Sie ignorierte Emily. »Sogar nach Alistairs Tod fand ich Owen wieder in seinen Zimmern. Offen gestanden glaube ich, dass er Alistair getötet hat, um zu verhindern, dass sein Geheimnis bekannt wird. Ich würde ihm zutrauen, einen Toten auszurauben.«

Ich holte scharf Luft. Das war eine starke Aussage. Und ungerechtfertigt. Selbst wenn Owen in der Vergangenheit ein Verbrechen begangen hatte, dann hieß das noch lange nicht, dass er ein Mörder war. Wer wusste denn, wofür Owen eingesessen hatte? Und hatte Einsitzen nicht genau den Zweck, für was immer man verbrochen hatte zu büßen und dann mit einem Neuanfang in die Welt zurückzukehren?

Gillian sagte, sie würde Terence bitten, Alex anzurufen und verabschiedete uns. Emily begleitete uns hinaus. An der Tür sagte sie: »Diesen diebischen Gärtner der Polizei zu übergeben, war das erste Vernünftige, was sie getan hat.« Es klang selbstgefällig und nervte mich. Was hatten die beiden Frauen gegen Owen Jones? Es schien, dass ihre gemeinsame Abneigung gegen Owen und Terence, das Einzige war, was sie verband.

Die Tür schloss sich hinter uns und Alex wandte sich mir zu und sah mich an. Ich war sicher, dass mein Gesichtsausdruck ebenso ernst war wie seiner. »Denken Sie, was ich denke?«, fragte ich.

»Ich glaube nicht, dass Owen ein Mörder ist«, antwortete Alex. »Nicht eine Sekunde.«

»Genau. So sehe ich das auch. Also müssen wir herausfinden, wer es ist.«

KAPITEL 20

An diesem Abend war ich an der Reihe zu kochen. Ich rührte zerstreut einen Kichererbsen-Eintopf um, während meine Gedanken rasten. Warum bemühte sich Gillian so sehr, Owen die Schuld an Alistairs Tod zuzuschreiben? Sie hatte uns diese Information absolut ungefragt gegeben. An ihrer Stelle würde ich natürlich Antworten auf meine Fragen haben wollen, aber würde gleichzeitig traumatisiert sein. Nicht nur war ihr Ehemann tot – er war ermordet worden. Meine Gedanken wären wie ein Sack Flöhe. Ich würde auch Schlüsse ziehen. Aber ich glaube nicht, dass ich mich auf eine Person fixieren würde. Ich würde jeden verdächtigen.

Hilary saß am Tisch, die Nase in einem Buch. Sie las über die Ödipus-Tragödie.

»Abendessen ist in fünf Minuten fertig«, sagte ich zu ihr.

»Mmm«, antwortete Hilary und blätterte um. »Kannst du dir vorstellen, dass ein Sohn unwissentlich seinen Vater tötet und seine Mutter heiratet?«

»Na, er ist ja nicht mit ihnen aufgewachsen, also ist es nicht, als hätte er es geplant.«

»Trotzdem, es wäre ein schrecklicher Schock.«

Ich griff nach den Keramikschüsseln im Küchenschrank, aber wäre beinahe mit dem Kopf gegen das Holz der Schranktür gestoßen, als ich ein sonderbares, schroffes Kreischen hörte. »Was zum Kuckuck ...?« Ich wich zurück.

Blue erwachte von ihrem Schlummer auf Hilarys Schoß und sprang zu Boden.

»Was war das?«, fragte Hilary mit großen Augen. Sie legte ihr Buch mit der Schriftseite nach unten auf den Tisch und stand auf.

Wieder das Kreischen und dann Chars deutliche Stimme. »Komm her, du!«

»Char ist in Schwierigkeiten«, sagte ich und lief zum Hintereingang. Ich hörte, wie Hilary hinter mir her trabte.

Im Garten angelangt glaubte ich, meinen Augen nicht zu trauen. Char hielt Owen am Kragen und schleppte ihn über den Rasen. Man konnte Owen aber nicht gerade ein schmächtiges Männchen nennen. Er hatte breite Schultern, kräftige Muskeln und war mehr als einen Meter achtzig groß. Und doch geriet Char kaum ins Schwitzen. Sie zog ihn mit sich, als wäre er ein ausgestopftes Kinderspielzeug. Magie. So musste es sein. Char war sich nicht einmal bewusst, dass sie ihre übernatürlichen Fähigkeiten nutzte.

Aber zur Sache. Was machte Char mit Owen? Was machte Owen *hier*?

»Lass gut sein. Lass gut sein. Das ist nicht notwendig«, brummte Owen in seinem singenden Yorkshire-Akzent. »Lass mich erklären ...«

»Ich weiß, was ich gesehen habe«, sagte Char grob. Sie

blieb vor mir und Hilary stehen, ließ Owen los und stemmte die Hände in die Hüften.

Owen rieb sich den Nacken und sah auf sie hinunter. »Mädchen, du bist viel stärker, als du aussiehst. Du hast mir fast das Genick gebrochen!«

»Leg dich nicht mit mir an«, schnappte Char zurück.

Norman kam krächzend angeflogen und landete auf Chars Schulter. »Dieb! Dieb!«

Hilary trat zwischen Char und Owen. Sie war eine ausgezeichnete Mediatorin, ruhig und gesammelt. Ich versuchte immer noch zu begreifen, was hier los war.

»Jetzt«, sagte Hilary mit ihrer warmen, gepflegten Stimme, »wollen wir der Sache auf den Grund gehen.«

Owen, Norman und Char redeten alle zugleich drauf los.

Hilary hob eine Hand. »Einer nach dem anderen«, sagte sie und wandte sich an Char. »Du scheinst die Anklägerin zu sein. Was hat Owen Jones getan?«

»Owen Jones, Owen Jones«, wiederholte Norman. Irgendwie machte sein voller Name die Situation amtlicher.

Char schnaubte. »Ich hab ihn in deinem Schuppen erwischt, Peony. *Beim Stehlen.*«

»Wie ich dir schon gesagt habe, hab ich nichts gestohlen.«

Ich sagte zu allen, sie sollten hereinkommen und sich setzen. Ich war nicht darüber erfreut, dass Owen in meinem Schuppen war. Ich sperrte ihn aus gutem Grund ab.

Wir setzten uns um den Küchentisch. Blue sprang wieder auf ihren Platz auf Hilarys Schoß und Norman flog herunter und setzte sich auf Chars Stuhllehne. Sie schlug nach ihm, aber er hielt sich fest.

Char erklärte, dass sie Owen in meinem Gartenschuppen

beim Herumstöbern erwischt habe, als sie in der Garage war, um das Innere des Trucks zu säubern.

Kein Wunder, dass Char so heftig reagiert hatte. Sie wusste, dass ich mein Hexenwerkzeug dort aufbewahrte. Nachdem sie Alex dorthin geschickt hatte, musste ich ihr sagen, dass außer Hexen niemand etwas im Schuppen zu suchen hatte. Ich zeigte ihr, wo ich den Reserveschlüssel aufbewahrte, obwohl sie wohl keinen Schlüssel brauchte, so wie sich ihre übernatürlichen Fähigkeiten entwickelten. Owen war jedenfalls keine Hexe und hatte nicht die Erlaubnis hineinzugehen. Und da ich meinen Schuppen immer verschloss, hatte er entweder das Schloss geknackt oder aufgebrochen, um hineinzukommen. Ich fühlte, wie meine Haut feuchtkalt wurde. Was hatte er im Schuppen gefunden? Ich wandte mich an ihn. »Was haben Sie da drin gemacht?«

Er schien sich überaus unwohl zu fühlen, aber auch seltsam verletzt. «Ich wollte eine gute Tat vollbringen. Was Sie mir gesagt haben, wegen Ihrer Probleme mit den Pfingstrosen – das konnte ich nicht vergessen.« Er legte den Kopf in die Hände. »Sie haben es auf mich abgesehen. Gillian Fairfax. Terence. Auch Emily. Die weichherzige Krankenschwester, zuckersüß und fröhlich zu mir und dann peng! Hat sie mich verraten. Das nennt man Heuchlerin.«

Ich lehnte mich über den Tisch und legte eine Hand auf Owens Arm. Denkt jetzt nicht an etwas Unpassendes – es war reines Mitgefühl. Sie hatten es auf ihn abgesehen. Und ihre Gründe überzeugten mich nicht.

Char warf mir einen Blick wie Dolche zu.

»Er soll sich erklären«, sagte Hilary ruhig.

»Sie versuchen, mir Mr. Fairfax' Tod anzuhängen. MIR!

Ich verehrte diesen Mann. Er war ein wirklicher Gentleman. Der Letzte seiner Art. Ich schulde Mr. Fairfax sehr viel – warum sollte ich ihm je etwas antun?«

»Warum warst du in Peonys Schuppen, das ist die Frage hier«, sagte Char.

»Ich ziehe weg«, sagte Owen. »Sie wollen mich reinlegen und ich werde nicht hier herumhocken und abwarten, was draus wird. Peony sagte mir, dass sie Probleme beim Züchten von Pfingstrosen hat. Ich habe ihr mein Gärtnerwerkzeug gebracht und den Pfingstrosendünger, den ich selber zusammenstelle. Ich wollte nicht, dass jemand weiß, dass ich hier war, also brachte ich alles in den Gartenschuppen, bevor ich wegging. Ich wollte eine Nachricht hinterlassen.«

»Ich sperre den Schuppen immer ab«, erinnerte ich ihn.

Er grinste verschmitzt. »Vielleicht brauchen Sie ein besseres Schloss.«

Ich fügte es in Gedanken zu meiner Liste hinzu und hoffte, dass er rechtzeitig weggeschleppt worden war, bevor er sich wirklich hatte umsehen können. »Sie wollten mir Ihr Werkzeug überlassen?« Gegen meinen Willen fühlte ich ein flaues Gefühl im Bauch. »Das ist sehr lieb.«

Char schnaubte. »Peony. Hast du gehört, was er gerade gesagt hat? Er wird wegen Mord verdächtigt!«

»Aber nicht wegen irgendwelcher Beweise. Nur weil ich im Gefängnis war«, sagte er mit schwerer Stimme.

Keine zuckte mit der Wimper.

Er blickte in die Runde. »Habt ihr gehört, was ich gesagt habe? Ich war im Gefängnis.«

Char wirkte unbeeindruckt. »Wegen Mord?«

»Nein! Sie haben alles ganz falsch verstanden. Ja, ich bin verurteilt worden, aber deshalb bin ich kein Mörder. Ich war in schlechter Gesellschaft, eine Jugendbande. Wir machten Einbrüche. Ich war ein junger Kerl.«

Norman tat den Schnabel auf. »Owen Jones. Einbrüche.« Ihm schien der Name des Mannes zu gefallen.

»Okay, ja. Ich war ein Dieb in meiner Jugend. Ich war wild und dumm und hatte Jahre, um es zu bereuen. Aber nichts Gewalttätiges. Nie. Schließlich erwischten sie mich – wir waren immer spät dran – und steckten mich ins Gefängnis. Dort habe ich das Gärtnern gelernt. War ganz weg, wie sehr es mir gefiel. Als ich frei kam, hat mir der Aufseher ein gutes Zeugnis ausgestellt. Er hat Mr. Fairfax kontaktiert und ihn gebeten, mir eine Chance zu geben. Der Mann hat einen einfachen Brief geschrieben und mein Leben verändert. An dem Nachmittag, bevor Mr. Fairfax starb, bin ich ins Haus gegangen, um zu sehen, wie es dem alten Mann ging. Es ging ihm viel besser. Sein Gesicht hatte wieder Farbe, er war voller Pläne. Und jetzt beschuldigen sie mich, mit dem Morphin herumgemacht zu haben. Das hätte ich nie getan. Nie.«

»Aber Sie sind dann nochmals hinaufgegangen, nicht wahr?« Ich glaubte jetzt Emily, dass sie ihn gesehen hatte, wie er in Alistairs Schreibtisch herumwühlte und wusste wohl, warum.

Er nickte und ließ den Kopf hängen. »Ich habe diesen Brief gesucht. Ich wusste, dass mich Mrs. Fairfax hochkant rauswerfen würde, wenn sie ihn fand. Sie suchte nach einem Vorwand, um mich zu feuern, und damit hätte sie einen gehabt. Ich war loyal zu Mr. Fairfax und das wusste sie.«

»Aber Sie haben den Brief nicht gefunden, oder?«

Er schüttelte den Kopf. »Sie hatte ihn schon unter seinen Sachen entdeckt. Sie werden den Brief dazu benutzen, mich zum Mörder abzustempeln.« Er sah zu uns auf. Panik war in seinem Gesicht. »Wenn sie mich wegen Mord verurteilen, komm ich nie mehr raus.«

»Es ist okay«, sagte ich. »Ich glaube Ihnen. Wir glauben Ihnen.«

»Sprich für dich selbst«, piepste Norman.

»Halt den Schnabel, Dummkopf«, schnauzte Char zurück. Dann ruhiger: »Es tut mir leid, dass ich voreilig geurteilt habe. Die Leute machen das ständig mit mir und es ist abscheulich. Außerdem stimmt deine Geschichte. Ich habe das Gefängnistattoo auf deinem Handgelenk gesehen.«

Ich erinnerte mich daran, dass Char mir erzählt hatte, ihr Exfreund sei ein Häftling gewesen und wie sehr ihre Eltern gegen diese Beziehung waren. Vielleicht war da ein Funke Gemeinsamkeit zwischen Char und Owen. Nur dass bei Char die Funken aus den Fingerspitzen schossen.

Owen hob die Augenbrauen, war aber so anständig, keine Fragen zu stellen.

Hilary folgte dem Ganzen mit ihren großen, ausdrucksvollen Augen.

»Bleib«, sagte ich zu Owen mit der festesten Stimme, die ich zuwege brachte und unwillkürlich duzte ich ihn ebenfalls. Ich wollte ihm nicht sagen, dass ich seine Geschichte bereits kannte, aber wollte ihn doch wissen lassen, dass hier kein Urteil über ihn gefällt wurde. Niemals. »Wenn du dich aus dem Staub machst, sieht das aus, als wärst du schuldig und die Polizei wird dich sicher aufgreifen. Wenn du bei uns bleibst, tun wir, was wir können, um sicherzustellen, dass man dich fair behandelt.«

»Leute wie ich werden nicht fair behandelt«, sagte er bitter. »Ausgenommen von Personen wie Mr. Fairfax und noch ein paar seltenen Typen, das kann ich euch sagen.

Gillian war nur zu froh, einen Grund zu haben, mich rauszuschmeißen.« Es klang sehr schmerzlich.

Mir kam plötzlich eine Idee. »Emily sagte, sie hätte gesehen, wie du und Gillian euch umarmt habt«, sagte ich.

Er hob den Blick und begegnete meinem. Ich konnte den Abscheu in seinen Augen lesen. »Nein, was sie gesehen hat, war, wie die Frau meines Arbeitgebers mir anbot, Lady Chatterley zu spielen.«

Ich war beeindruckt. Owen Jones las.

»Was?«, fragte Char. Offensichtlich las sie keine Klassiker.

»In *Lady Chatterley* hat die verheiratete Lady Chatterley eine Affäre mit dem Gärtner«, erklärte Hilary.

»Ich habe ihr Angebot abgelehnt«, sagte er. »Und seither ist Gillian Fairfax stinkwütend auf mich. Sicher werdet ihr es mir nicht glauben.«

»Unsinn«, sagte Hilary in einem erfrischenden Ton. »Wir werden dich fair behandeln, solange du die Wahrheit sagst.«

Owen sah einen Augenblick erleichtert aus und fuhr sich mit der Hand durch seinen Schopf Locken. Dann sah er aber wieder entmutigt drein. »Wer wird je wieder mit mir reden, wenn sie die Wahrheit erfahren? Willow Waters ist ein kleiner Ort. Die Leute reden gern. Blähen die Wahrheit auf. Wie kann ich sie davon abhalten zu tratschen?«

»Das machen wir«, sagte Char. »Wir stellen jedes böse Gerede ab.«

Hilary nickte.

»Das stimmt«, sagte ich. »Du hast Freunde hier. Wir sind echte Freunde. Bleib. Du kannst heute Nacht eines der Gästezimmer nehmen. Es gibt genug.«

»Je mehr, desto besser«, schaltete sich Norman ein.

»Außerdem habe ich diesen köstlichen Veggie-Eintopf am

Herd, mehr als wir je essen können. Du tust uns einen Gefallen«, sagte ich.

Owen errötete und bedankte sich bei uns allen. Er bat, sich vor dem Essen waschen zu dürfen, und Char begleitete ihn zum Bad.

So kam es, dass ich in nur einer Woche zwei neue Mitbewohner bekam. Char und Owen. Das Abendessen war recht gemütlich, aber es war klar, dass Owen trotz der angebotenen Freundschaft bedrückt war. Die Anschuldigungen von Gillian und Emily trafen ihn schwer. Dazu kam, dass Gillian ihn gefeuert hatte, und ihm natürlich kein wunderbares Zeugnis ausstellen würde.

Mein Glück, dass Owen seine Nerven mit Gartenarbeit beruhigte. Am nächsten Morgen fand ich ihn mit meinen Pfingstrosen beschäftigt. Ich machte ihm ein Sandwich und ließ ihm eine Tasse Tee zurück. Er würde frühstücken, wenn er Zeit fand.

KAPITEL 21

*A*n diesem Abend versuchten wir, Owen zu überreden, mit uns für ein bisschen Abwechslung nach einer schwierigen Woche in das lokale Pub zu gehen, aber er zog es vor, zu Hause zu bleiben, unwillig, sich ins Rampenlicht zu stellen. Das konnte ich verstehen, trotzdem war es schade. Quiz-Abend in The Mermaid war der wöchentliche Höhepunkt in Willow Waters – und der Wettkampf war heftig.

Gewöhnlich taten Hilary und ich uns mit Amanda und Lucille zusammen. Hilary war ein Rechts- und Geschichte-Nerd, damit waren diese Fächer abgedeckt. Amanda kannte sich gut in der Pop-Kultur aus, ich in Geographie (und natürlich Botanik) und Lucille in Naturwissenschaften – insbesondere Chemie (sie brillierte in der Zubereitung von Zaubertränken). Aber heute Abend hatten Amanda und Lucille bereits andere Pläne, also suchten wir uns eine neue Gruppe. Jessie Rae und Char waren beide dabei. Ich war mir zwar nicht sicher, wie ernst sie den Quiz nahmen, freute mich aber, ausgehen zu können.

Natürlich war ich nicht nur darauf erpicht, ein Glas Bier zu genießen und beliebige belanglose Fragen zu beantworten. Ich hatte noch einen ganz anderen Grund. Nirgends konnte man sich so gut über den Dorfklatsch informieren wie im lokalen Pub.

The Mermaid lag zehn Minuten Autofahrt von meinem Bauernhaus entfernt. Aber im Gegensatz zu den zwei Dorfgasthäusern stand das Pub in keinem Reiseführer und lag also etwas abseits von den Routen der Touristen. Seine Besucher waren vorwiegend Dorfeinwohner, die nur auf ein Pint echtes Ale oder ein Shandy kamen und das Pub wegen des Fehlens von Touristen zu ihrem Lieblingslokal gemacht hatten. Es gab dort nicht einmal etwas zu essen. Nur gesalzene Crisps, Kartoffelchips und Erdnüsse. Ein richtiges Pub. Ich liebte das Lokal.

Ich fuhr, da ich heute Abend nicht trinken wollte. Ich fand, ich brauchte bei meinem Versuch herauszufinden, was in Lemmington House vorging, einen klaren Kopf. Wie immer an Quiz-Abenden war The Mermaid gerammelt voll. Wir ergatterten unseren angestammten Tisch in der Ecke und Jessie Rae ging zur Bar, um eine Flasche Wein zu kaufen.

Der Barmann Simon war ungewöhnlich charismatisch, auch wenn er sich seines guten Aussehens ein wenig bewusst war. Er war etwas über zwanzig, der Sohn einer reichen Familie aus der Gegend und arbeitete, um seinen Eltern zu beweisen, dass er auf eigenen Füßen stehen konnte. Er sparte für eine Weltreise.

Ich erklärte gerade einer zutiefst desinteressierten Char, wie das Quiz funktionierte, als ich Terence Fairfax an der Bar sitzen sah. Es überraschte mich, ihn hier zu finden. Ich war der Meinung, dass er eher zur nächsten Cocktail Bar auf einen Dirty Martini fahren und nicht mit den Einheimischen im Pub abhängen würde. Er laberte dem Barkeeper die Ohren voll, was bei so vielen Gästen nicht gerade rücksichtsvoll war. Vor ihm standen ein Guinness und ein großes Glas Whisky. Ich war versucht, ihn wegen seines Aston Martin und seiner Fahrweise zur Rede zu stellen, aber zweierlei hielt mich zurück. Erstens wollte ich nicht, dass Char Wind davon bekam, wer uns von der Straße gedrängt hatte, nachdem ich Zeugin geworden war, wie sie Owen herumschleppte, als hätte er kein Gewicht gehabt. Zweitens hatte ich keine Beweise. Ich hatte vor, ihn aber im Auge zu behalten und wenn er trank und dann mit dem Auto zu fahren versuchte, würde ich die Polizei rufen.

Jessie Rae kam mit einem Eiskübel und drei Gläsern zurück sowie Sprudel für mich. »Okay Mädchen, jetzt wollen wir sehen, ob uns die Geister heute Abend helfen. Jessie Rae ist bereit zu gewinnen.«

»Keine Geister«, ermahnte sie Hilary. »Wissen. Das Streben nach Wissen sollte belohnt werden. Wir werden unser Gehirn nutzen und nicht«, sie fuchtelte ein wenig mit den Händen, »magische Fähigkeiten.«

Ihr seht, Hilary war viel zu skeptisch, um an Moms Gabe zu glauben. Obwohl sich Hilary schon oft geirrt und der Instinkt meiner Mutter recht behalten hatte, hielt sie die Augen und das Herz verschlossen für die mysteriösere Seite des Universums. Ich hatte gehofft, dass Hilary nach all der Zeit als meine Mitbewohnerin ihre Meinung ändern würde, aber nein, sie war einfach starrsinnig.

»Wie soll unser Team heißen?«, fragte Jessie Rae und schlug dann schnell vor: »Die kryptischen Tanten.« Sie brach in Lachen aus.

»Sprich für dich selbst!«, sagte Char. »Ich bin keine alte Tante.« Dann zog sie etwas aus ihrer Tasche. »Wie wär's mit Regenbogen-Mondsteine?«

Hilary seufzte übertrieben, aber ich war begeistert. Auch meine Mom. Char begann endlich, ihre Hexennatur ernst zu nehmen. Hilary verlor die Abstimmung und musste unseren Namen hinnehmen. Mir gefiel er.

Meine Mom holte uns ein Antwortblatt und Stift von Viola, die als Quizmasterin fungierte und auch Eigentümerin von The Mermaid war. Viola genoss es, abstruse und bizarre Fragen für das Quiz auszusuchen. Ich hörte, dass sie die ganze Zeit die Encyclopedia Britannica las, um die besten Fakten zu finden.

Als alle Platz genommen hatten und die Teams angekündigt worden waren, klopfte Viola auf das Mikrophon und wartete, bis es still wurde. Sie trug ein glitzerndes Paillettentop in Silber zu schwarzen Hosen. Die Lippen hatte sie mit blutrotem Lippenstift betont. Achtziger Jahre Glamour. Zum Verlieben.

»Willkommen beim wöchentlichen Mermaid Quiz«, kündigte sie mit ihrer rauen Stimme an.

Eine Runde Beifall.

»Ich habe diese Woche ein paar knifflige Fragen für euch. Seid ihr bereit?«

Es wurde »Ja!«, und »Her damit«, gerufen. Der Preis war nur eine Flasche Sekt, es war aber der Wettstreit, der alle befeuerte.

»Also, wenn ihr bereit seid, dann fange ich an.« Viola räusperte sich. »Frage Nummer eins.«

Hilarys Stift schwebte über dem Blatt.

»Wer war der erste Mensch, der eine Meile in weniger als vier Minuten lief?«

»Das war Roger Bannister«, flüsterte Hilary und kritzelte die Antwort nieder.

Char öffnete den Mund und machte ihn wieder zu. Ich hätte sie wahrscheinlich vorwarnen sollen, dass Hilary bei Allgemeinwissen eine Wucht war.

»Frage Nummer zwei. ›Eternal Flame‹ war 1989 ein Hit von welcher Band?

»The Bangles.«

Wieder Hilary.

»Frage Nummer drei. Wie heißt die Hauptstadt von Montenegro?«

»Podgorica.« Keine Belohnungen für jene, die das wussten.

»Frage Nummer vier. Cape Cod liegt in welchem US-Bundesstaat?«

»Einfach«, flüsterte ich, bevor Hilary es sagte. »Massachusetts.«

Hilary nickte. »Genau das wollte ich auch sagen.«

»Frage Nummer fünf. Welche Farbe hat die Lancastrian Rose?«

»Rot«, schrie ich beinahe, so aufgeregt war ich, dass ich zwei Fragen schneller als Hilary beantworten konnte.

»Pst, Peony«, rügte mich Hilary. »So verrätst du die Antwort den anderen Teams.«

Ich entschuldigte mich. Man wurde leicht übereifrig, wenn die Spannung so groß war.

»Frage Nummer sechs. Wie viele Wasserstoffatome befinden sich in einem Ethenmolekül?«

»Vier«, sagte Hilary und kritzelte schon wieder.

»Gib uns auch eine Chance«, beklagte sich Jessie Rae. »Du antwortest viel zu schnell, Mädchen.«

»Ich schätze, die Geister waren heute nicht sehr hilfreich, was?«, scherzte Hilary.

Zum Glück war meine Mom alles andere als humorlos. »Sie sind nicht immer gesprächig.« Sie schnippte ihr Haar zurück.

Ich füllte ihr Weinglas auf. Sie schien besänftigt und nahm einen großen Schluck.

»Frage Nummer sieben. Welches Sternzeichen hat jemand, der am ersten Dezember geboren wird?«

»Schütze, natürlich«, sagte Jessie Rae. Sie warf Hilary einen unmissverständlichen Blick zu. »Das war einmal ganz meine Frage.«

Hilary nickte ergeben. Ich glaube, sie war stolz darauf, keine Sternzeichen zu kennen.

»Frage Nummer acht. Wer brachte 1997 den Song ›MMMBop‹ heraus?«

An unserem Tisch herrschte vollkommenes Schweigen. Dann sagte Char: »Hanson!«

Ich lachte los.

Char errötete. »Es war die einzige Popmusik, die ich als Kind hören durfte.«

»Hey, die waren süß«, sagte ich.

»Frage Nummer neun. Welche Figur kann beim Schach en passant geschlagen werden?«

»Bauer«, sagte Hilary.

»Frage Nummer zehn. Bei welcher Rad-Grand-Tour wird ein rotes Trikot vergeben?«

Wieder schwiegen alle. Ich sah vom Blatt auf. »Hilary?«

Sie runzelte die Stirn. »Ich hasse Sport.«

Char starrte in die Ferne. Jessie Rae flocht ihre Haare neu zu einem Zopf.

»Es tut mir leid, Hilary«, sagte ich. »Ich habe keine Ahnung.«

»Mist.« Hilary rümpfte die Nase. Sie konnte es nicht ertragen, eine Antwort nicht zu wissen.

Das Quiz ging weiter mit Fragen zum Sport, worin wir nicht schrecklich gut waren, gefolgt von einer Bilderrunde mit Berühmtheiten und zum Schluss Geographie, wo Hilary am meisten wusste.

»Und das war's. Leute, bringt eure Antworten zur Bar.«

»Wir haben unser Bestes getan«, sagte Hilary und trug unsere Antworten zu Viola.

Ich sah hinüber zu Terence. Während des Quiz hatte ich ihn vollkommen vergessen. Er hatte offensichtlich die Zeit genutzt, um noch einige Gläser zu heben. Er hatte bestimmt nicht geraten, welches mythische Tier Romulus und Remus großgezogen hatte. Es war der Wolf, wie Hilary ihm hätte sagen können. Komisch, jetzt fiel mir wieder das Tier ein, das ich gesehen hatte. Für mich hatte es entschieden mehr einem Wolf geähnelt als einem Hund. Ich hatte weiter nach dem Tier Ausschau gehalten, es war aber nicht mehr aufgetaucht.

Terences Wangen waren gerötet. Vor ihm standen jetzt drei leere Pint-Gläser, die Simon noch nicht abgeräumt hatte.

Er redete leise auf Simon ein, aber vom Tonfall konnte ich schließen, dass er sich beklagte. Es schien, dass das seine Hauptbeschäftigung war. Ich dachte, Simon hätte ihm bei einer Sache widersprochen, denn plötzlich donnerte Terences Stimme durch das Pub. »Nun, das würde sie sagen, oder?« Er schnaubte und hätte auf dem Hocker beinahe das Gleichgewicht verloren.

»Das reicht«, sagte Simon. Er richtete sich zu voller Länge auf, was nicht sehr viel war, und verschränkte die Arme. »Soll ich dir ein Taxi rufen?«

Terence machte ein spöttisches Gesicht und hob dann die Stimme. »Ich gehe, wann es mir passt, junger Mann. Ich bin der Herr über mein Schicksal.« Er stand auf, schwankte und hielt sich dann an der Bar fest. Plötzlich herrschte Stille im Pub, die fröhliche Stimmung des Quiz war ausgelöscht. »Ich nehme die Sache in die Hand. Hab mir einen Rechtsanwalt gesucht, jawoll. Gillian glaubt, sie würde reich werden.« Er lachte laut. »Sie hat meinem Vater eine Gehirnwäsche verpasst. Ihn dazu gebracht, sein Testament zu ändern, diese manipulative Kuh. Und dann ... hat sie ihn umgebracht.«

Alle schnappten nach Luft.

»Genug«, sagte Simon und kam hinter der Bar hervor.

»Achtung, Kumpel. Verdirb es dir mit mir nicht. Ich werde in Lemmington House leben. Du wirst schon sehen. Inzwischen kann sie andeuten, so viel sie will, dass ich gehen soll, aber ich rühr mich nicht vom Fleck.«

Simon reichte hinter Terences Rücken und zog die Schlüssel aus seiner Jackentasche.

»Ein Taxi«, sagte er.

Terence lachte ihm ins Gesicht. »Komm schon. Ich bin okay.«

»Ich werde dich nicht dein nobles Auto zu Schrott fahren und dann mir die Schuld geben lassen.«

Inzwischen war ich Terence so nahe gerückt, dass ich den Alkohol riechen konnte, der aus seinen Poren drang. Er machte einen Schritt auf Simon zu, provozierte eine Reaktion. Es sah aus, als würde es gleich zu einer Schlägerei kommen, also beschloss ich einzuschreiten.

»Ich fahr ihn nach Hause«, sagte ich. »Ich gehe jetzt sowieso.«

Terence wirbelte herum und versuchte, seinen Blick auf mich zu konzentrieren. Als seine Augen endlich auf mir ruhten, grinste er anzüglich. Als hätte ich an so einem betrunkenen Hammel wie er interessiert sein können.

»Bist du sicher, Peony?«, fragte Simon. »Er ist arg betrunken.«

Ich nickte mit einem grimmigen Blick. »Ich hab Platz in meinem Auto.«

Simon warf mir Terences Schlüssel zu.

»Na gut«, lallte Terence, »wer bin ich, um das freundliche Angebot einer Dame auszuschlagen? Madam, wir wollen gehen.«

Ich gab meinem Tisch ein Zeichen und Char, Jessie Rae und Hilary folgten uns zum Parkplatz.

Hilary murrte jedoch. »Wollt ihr nicht so lange bleiben, bis wir wissen, wer gewonnen hat?«

»Das können wir später erfahren.«

»Ich wette, wir haben gewonnen.« Hilary liebte es zu gewinnen, es war ihr wichtiger als der Sekt.

Zu Terence sagte ich: »Hier lang«, und versuchte nicht durchklingen zu lassen, dass er der nervigste Mensch war, der mir je begegnet war. Ich deutete auf meinen Range Rover.

Nachdem ich die Vordertür geöffnet hatte, rutschte Terence hinein. Ich schlüpfte hinter das Lenkrad und schnallte mich an. Als ich sah, dass Terence sich nicht die Mühe machte, lehnte ich mich hinüber und zog den Gurt über ihn.

»Kannst es nicht erwarten, nicht wahr, du kleines Luder?«

»Ach bitte!«, sagte ich, »Halt den Mund, Terence.«

Char und die anderen öffneten die Hintertür und stiegen ein.

Terence wirbelte herum. »Was zum ...?«

»Meine Freundinnen kommen natürlich mit.«

»Ist das nicht deine *Mutter*?«, flüsterte Terence und machte große Augen.

»Ja. Ich werde sie nach dir nach Hause bringen.«

»Oh«, sagte Terence. »Ich verstehe.«

Terence war so betrunken, dass es wohl nicht der richtige Augenblick war, ihn wegen jener Nacht zu konfrontieren. Ich konnte nur hoffen, mehr von ihm zu erfahren. Vielleicht würde ihm etwas Belastendes über Gillian rausrutschen. In den letzten Tagen hatte sie verschiedene Male meinen Verdacht geweckt.

»Jessie Rae sieht viele böse Geister hier«, murmelte meine Mom auf dem Rücksitz. »Wütend, wütend.«

Falls Terence begriff, dass meine Mutter Unheil voraussagte, war es ihm sichtlich egal. Ich sah, dass er sich darauf konzentrierte, aufrecht sitzen zu bleiben. Außerdem war er viel zu sehr an seinem eigenen Trauerspiel interessiert, um sich um die Welt der Geister zu kümmern. Ohne eine Aufforderung begann Terence, von selbst zu murmeln, was bald zu einer heftigen Schimpftirade anwuchs. »Emily will nicht weggehen, weißt du. Sie wird bis Monatsende bezahlt, ein Zimmer und Verpflegung waren Teil ihres Gehalts. Sie rührt sich nicht vom Fleck. Behauptet, dass mein Alter ihr etwas in seinem Testament versprochen hat. Sie muss so schwach im Kopf sein, wie er es war.«

Ich wollte ihm die Leviten lesen, weil er so unverschämt über Alistair sprach, hielt aber meine Zunge im Zaum.

Indem ich auf sie biss. Es tat weh, erinnerte mich aber daran, still zu sein.

»Noch so ein starrsinniges Weib. Gillian hat ihr mehr Geld angeboten, damit sie geht, aber sie will nicht gehen. Jeden Morgen ist sie da, an meinem Küchentisch und isst meine Cornflakes.« Er verstellte die Stimme zu einem schrillen Jammern und ahmte dann höchst beeindruckend Emily nach. »Ich habe ein Anrecht auf die Zuwendung, die Alistair mir versprochen hat, und ich werde nicht gehen, bis dieses Versprechen eingelöst wird.«

Chars kehliges Lachen ertönte von hinten. »Dieser Kerl ist schräg«, sagte sie.

Na, wenigstens eine amüsierte sich. Meine Gedanken wirbelten durcheinander. Warum war Emily so darauf erpicht zu bleiben? Wenn Alistair ihr wirklich Geld hinterlassen hatte, dann würde das von den Rechtsanwälten geregelt werden. Es machte nicht den geringsten Unterschied, ob sie im Haus blieb oder nicht.

»*Gillian*«, fuhr Terence fort und zog den Namen seiner Stiefmutter sarkastisch in die Länge, »behauptet, dass nie von einer Zuwendung die Rede war und mein Vater alles ihr hinterlassen hätte. Papperlapapp! Ich werde ihren Plan durchkreuzen. Ihr werdet schon sehen. Sie ist eine zweitrangige, hinterlistige Nutte. Ich werde das Testament anfechten und *sie* wird mit nichts dastehen.« Er knurrte. »Als würde er seinen eigenen Sohn wegen dieser miesen Schlampe, die nur hinter seinem Geld her war, enterben.«

Ich sagte nichts. Terence würde sich morgen an nichts mehr erinnern können, das stand fest. Hinter mir hörte ich, wie Hilary und Jessie Rae flüsterten.

Ich fuhr in die Auffahrt von Lemmington House.

»Hier ist es, mein angestammtes Zuhause«, seufzte Terence. »Eine Pracht!«

Char knurrte wieder.

Ich hielt an und Terence öffnete den Sicherheitsgurt. Ohne ein Dankeswort stieß er die Beifahrertür auf und stolperte hinaus auf den Asphalt.

»Dann leb wohl«, rief ich, während er zur Haustür schwankte.

»Mensch, was für ein totaler Trottel«, sagte Char. »Wenn reich sein heißt, sich so zu benehmen, dann bin ich lieber pleite, danke!«

»Es stimmt etwas nicht«, sagte Jessie Rae. »Böse Aura. Viel waberndes Braun da. Selbstsucht. Unsicherheit. Ach, dieser junge Mann benötigt eine Reinigung. Es geht ihm nur um Nehmen, Nehmen, Nehmen.«

Sie hatte vollkommen recht und brauchte keine Geister aus dem Jenseits, um das zu sehen.

Ich beobachtete ihn, um sicher zu sein, dass er ins Haus kam. Mit viel Herumfummeln, gelang es Terence schließlich, den Schlüssel ins Schloss zu stecken. Ich wartete, bis ein Licht aufleuchtete, wo wahrscheinlich sein Schlafzimmer im Seitenflügel des Hauses lag.

Terence war zwar ein Idiot, aber wenigstens habe ich unserem Ort erspart, dass er betrunken herumfuhr und vielleicht noch mehr Schaden anrichtete. Ich ließ den Motor an und schlug den Heimweg ein. Es war nicht der entspannende Abend gewesen, den ich mir erhofft hatte.

Auf dem Rückweg fuhr ich am Parkplatz von The Mermaid vorbei. Hilary war hoch erfreut und sprang aus dem Wagen, um zu erfahren, wie das Pub-Quiz ausgegangen war.

Ich fuhr durch den Parkplatz. Er war nicht groß. Da ich wusste, dass Char es nicht lassen konnte, sich alle Autos anzusehen, sagte ich nichts. Ich erblickte den roten Sportwagen und gleichzeitig hörte ich, wie Char auf dem Rücksitz nach Luft schnappte. »Das ist es!«, rief sie. »Das ist das Auto, das uns von der Straße gedrängt hat.«

»Bist du sicher?«, fragte ich sie.

»Na hör, ich kenne Autos so gut wie du Blumen. Jetzt müssen wir herausfinden, wem es gehört.«

Ich nahm Terences Schlüssel aus meiner Tasche. Er war zu betrunken gewesen, um auch nur zu bemerken, dass ich sie hatte. Ich drückte auf den Entsperrknopf auf dem Zündschlüssel und die Scheinwerfer des roten Wagens leuchteten auf.

Char wandte sich mir zu, während sie sich einen Reim aus dem Ganzen machte. »Dieser besoffene reiche Junge war derjenige, der uns beinahe getötet hätte?«

»Jawoll.«

»Aber ... aber ... du hast es gewusst? Versprich, dass du ihn nicht davonkommen lassen wirst.«

»Oh, bestimmt nicht.«

Nach einer Minute war Hilary zurück. Sie trug stolz eine Flasche Sekt.

Es war doch insgesamt ein guter Abend gewesen.

KAPITEL 22

Unser Quiz-Abend im Pub war viel dramatischer, als ich es mir vorgestellt hatte, aber ich war nicht vorbereitet, für das, was am nächsten Vormittag geschah.

Ich war im Blumenzauber mitten in der Mittagsstoßzeit, als ich erfuhr, was Terence passiert war.

Char hatte gerade Pause in der Arbeit und kam mit zwei Kaffees in der Hand vorbei. »Macchiato«, sagte sie und reichte mir die kleinere Tasse. »Und ein Americano für Imogen.«

»Was ist los?«, sagte ich und grinste. »Stellst du jetzt auch zu? Oder bekomme ich als deine Vermieterin und dein Rundumschutzengel einen königlichen Service?« Ich war heute früh schon vor Char losgefahren, um das Geschäft aufzusperren, und Char war mit dem Truck zur Arbeit gekommen. Als ich sie jetzt sah, wurde mir bewusst, dass sie mir als Mitfahrerin gefehlt hatte. In so kurzer Zeit war es ein netter Teil meines Tages geworden.

»Von wegen!«, antwortete Char. »Ich dachte gerade, dass

du vielleicht das Gebräu nötig hast. Du bist heute Vormittag nicht vorbeigekommen.«

»Es war wie im Irrenhaus hier«, erklärte Imogen und strich sich ein paar lose Haare zurück, die aus ihrem Pferdeschwanz gerutscht waren.

Char blieb bei den Pfingstrosen stehen und glitt mit den Fingern über die Blütenblätter.

Es berührte mich, dass sie sogar bemerkt hatte, dass ich nicht wie sonst auf einen Kaffee gekommen war, ganz zu schweigen, dass sie ihre Pause nutzte, um mir Kaffee zu bringen.

»Die Tourismussaison beginnt«, fuhr Imogen fort. »Wir bekommen jede Menge Aufträge für Feriendomizile. Schade, dass sie so unsagbar langweilig sind. Rosen über Rosen.« Sie verdrehte die Augen.

Imogen war nur ein paar Jahre älter als Char, aber es trennten sie Welten. Imogen hatte das ganze Jahr diesen blühenden Teint, der von Schiurlauben, Ferien an der Amalfiküste und teuren Feuchtigkeitscremes stammte. Sie trug elegante Goldreifen an den Ohren und eine einfache Goldkette um den Hals und sprach langsam und mit Überlegung.

Char war blass und absichtlich schmuddelig. In der letzten Woche hatte ich festgestellt, dass ihre Augen fast immer mit Eyeliner umrandet waren, selbst wenn sie aus der Dusche stieg. Sie trug Dinge, mit denen sie etwas bekunden wollte: leuchtende Schmucksteine, vertrackte, baumelnde Ohrringe, zerrissene Jeans und T-Shirts von einer Musikband. Char war sarkastisch, redete schnell und ließ sich von ihrem Herz leiten. Unterm Strich waren Imogen und Char so verschieden wie Tag und Nacht und hatten praktisch nichts Gemeinsames.

Schade, dachte ich, weil ich noch hoffte, dass Char Freundinnen und Freunde in ihrem Alter finden würde. Der Hexenzirkel konnte ihre neue Familie werden, wenn sie uns wollte, aber keine würde mit ihr nach London fahren, um im Moshpit ihrer Lieblingsband abzurocken. Allerdings war nicht auszuschließen, dass Jessie Rae es vielleicht versuchen würde.

»Also«, sagte Char, ohne auch nur vorzugeben, sich für die Rosen zu interessieren, »ich muss mit dir reden, Peony.«

»Okay«, sagte ich. »Soll ich dich zum Café zurückbegleiten? Ich muss ein bisschen an die Luft.«

Wir gingen hinaus und Char griff nach meinem Arm. »Was hast du getan?«, fragte sie mich und klang angespannt und ein bisschen erschrocken.

»Was habe ich mit was getan?«, fragte ich vollkommen verblüfft.

»Nachdem du gesagt hast, du würdest dich um den reichen Schwachkopf kümmern, der uns von der Fahrbahn gedrängt hat.«

Mir gefiel mein Plan ziemlich gut. »Ich dachte unter uns, dass wir mit Magie und deinem Geschick mit Motoren ihm anhaltende Probleme mit seinem Wagen bereiten könnten. Vielleicht es so einrichten, dass sein schnelles Auto nur mehr schön langsam fahren kann.« Es hatte mir Spaß gemacht, mir die verschiedenen Möglichkeiten zu überlegen, Terence Fairfax eine Lektion zu erteilen. Es überraschte mich, dass er seine Schlüssel nicht holen gekommen war. Vielleicht schämte er sich zu sehr für sein Benehmen gestern Abend. Entweder das oder er schlief sich noch aus.

Sie stieß einen Seufzer aus. »Ist das alles, was du geplant hattest?«

Etwas Kaltes kroch in mir hoch. »Was ist los?«

Sie starrte mich an, blasser als gewöhnlich. »Terence Fairfax ist tot.«

»Was?« Ich schnappte nach Luft. »Bist du sicher?« Es war eine blöde Frage. Wer könnte sich bei dieser Art Detail schon irren?

Sie nickte. »Alle im Café reden darüber. Owen ist wieder zurückgekehrt zu seiner Arbeit. Gillian hat ihn gerufen. Sie hat ihm versichert, dass er sich keine Sorgen zu machen braucht. Sie sagte, sie würde ihm vertrauen und dass sie überreagiert hatte. Owen war sich wegen ihr nicht ganz sicher, aber er braucht irgendwie das Geld. Also ist er losgezogen. Aber er hat mehr gekriegt, als er sich ausgehandelt hatte.« Char bekam große Augen. »Du wirst es nie erraten. Er hat Terence Fairfax mit dem Gesicht nach unten im Pool gefunden. Noch voll bekleidet.«

»Das ergibt überhaupt keinen Sinn«, sagte ich und rief mir die Augenblicke in Erinnerung, als wir ihn aussteigen ließen. »Wir haben ihn beobachtet, wie er hineingegangen ist. Das Licht in seinem Schlafzimmer ging an. Wie ist er wieder nach draußen gekommen?«

»Er war sturzbetrunken«, sagte Char schulterzuckend. »Ich will sagen, er baggerte *dich* an, um Himmels willen.«

Danke, Char.

»Owen glaubt, er ist vielleicht in den Garten hinausgegangen und ist gestürzt. Hat sich den Kopf am Poolrand angeschlagen. Alle bei Roberto reden über nichts anderes. Die Hälfte war gestern Abend im Pub und hat gesehen, wie betrunken er war.«

»Wie konnte sich die Nachricht so schnell verbreiten?«, fragte ich. Owen würde sicherlich nicht im Mittelpunkt der

Aufmerksamkeit haben stehen wollen. Char hatte ein großes Mundwerk, ich hielt sie aber nicht für jemanden, der gerne tratscht.

»Die Polizisten machten eine Riesenshow und rasten mit heulenden Sirenen über die Landstraßen zu Lemmington House. Ich meine, wozu rasen? Der Mann war ja schon tot. Und das Dienstmädchen war so traumatisiert, dass sie es gleich der ersten Person erzählte, die kam, um nachzusehen, ob alles in Ordnung war.«

Inzwischen waren wir beim Café Roberto angekommen und Char musste wieder an die Arbeit. Ich stand eine Minute lang vor der Tür und betrachtete ein Büschel Glockenblumen an der Basis einer Clematis, deren grüne Arme über die Steinmauern des Cafés hinauf rankten. Ich war bestürzt. Natürlich war Terence nicht mein bester Freund. Er war widerlich und privilegiert – und so fies, dass er Leute von der Straße drängte und nicht einmal stehenblieb. Es war trotzdem schwer, sich vorzustellen, dass er tot war. Meine Mom hatte recht behalten. Dunkelheit hatte Terence gestern Abend umgeben.

Während ich langsam zu meinem Geschäft zurückging, schwirrten meine Gedanken um die Frage, war Terence durch einen Unfall umgekommen?

Oder hatte der Mörder wieder zugeschlagen?

Den restlichen Nachmittag waren wir derart mit Aufträgen eingedeckt, dass Imogen und ich mit gesenkten Köpfen konzentriert arbeiten mussten. Alex stand da. Ich ging hinaus. Meine Intuition sagte mir, ich sollte zu ihm gehen, aber als ich die Straße überquerte, fühlte ich mich irgendwie dumm.

»Peony«, sagte er, »ich kann sehen, dass Sie die Neuigkeit schon erfahren haben.«

»Ich kann es kaum glauben. Ich habe Terence noch gestern Abend gesehen.«

»Ich weiß, ich habe Gillian besucht. Verständlicherweise ist sie bestürzt. Zuerst der Ehemann und jetzt der Stiefsohn.« Er zögerte einen Augenblick und sagte dann: »Dr. Harlan war auch bei ihr.«

»Was glauben Sie hat Terence draußen im Garten gemacht?«

»Ich weiß nicht«, sagte Alex finster. »Die Polizei ermittelt natürlich. Gillian ist außer sich. Ich denke, es tut ihr leid, dass sie nicht netter zu Terence war. Jetzt ist es zu spät.«

Trotzdem blieben die Fragen. Terence hatte gedroht, das Testament und ihr üppiges Erbe anzufechten. Könnte sie beschlossen haben, die Konkurrenz aus dem Weg zu räumen?

Mir gefiel es nicht, hier einen Mord und nicht einen Unfall zu sehen, aber mein Bauchgefühl sagte, dass Terence nicht beschlossen hatte, voll angezogen ein Mitternachtsbad zu nehmen.

DIE POLIZEI VERNAHM mich erneut und ich übergab ihnen die Schlüssel des Aston Martin. Jemand musste den Wagen zu Lemmington House zurückgebracht haben, denn er stand nicht mehr auf dem Parkplatz von The Mermaid, als ich am Pub vorüberfuhr.

Meine Einschätzung wurde von der Autopsie bestätigt. Owen berichtete uns, dass Terence nicht ertrunken war. Seit

wir das Eis gebrochen hatten, schien er gerne bei uns abzu-
hängen. Wir waren eine sicherere und nettere Gruppe als die
in Lemmington House, sagte er.

»Er wurde aber im Pool gefunden«, sagte Char.

»Er war voller Schlaftabletten. Gillian hat die totale Panik
gepackt. Denn Terence war voll *ihrer* Schlaftabletten. Dieselben, die ihr Dr. Harlan verschrieben hatte.«

»Wow. Es sieht gerade nicht gut für Gillian aus«, sagte
Char.

Owen schüttelte den Kopf. »Ein ermordeter Ehemann
und ein toter Stiefsohn. Sie steht echt unter Verdacht.«

»Ich kann mir Gillian Fairfax nicht recht im Gefängnis
vorstellen, und ihr? Sie würde die Aufseher fragen, wo der
Raum für die wöchentlichen Massagen ist.«

Owen stieß ein leises Lachen aus. »Die würde sie dort
nicht kriegen. Das kann ich euch versprechen.«

Ich nickte. »Bist du besorgt?«

»Weshalb? Dass sie mich umbringen könnte?« Er schüttelte den Kopf. »Warum sollte sie? Ich hab kein Geld.
Trotzdem hänge ich dort nicht rum, wenn ich nicht arbeite.
Ich bin mir immer noch nicht sicher, dass sie mich nicht
rauswirft, sobald das alles vorüber ist.«

Am nächsten Tag waren Char und ich gleichzeitig mit
unserer Arbeit fertig. Sie fragte mich, ob ich Owen anstellen
oder mit Alex reden könnte, ob er ihn als Gärtner einstellen
würde. Nicht einmal Norman, der zufrieden auf ihrer
Schulter saß, nachdem er den ganzen Tag in Willow Waters
herumgeflogen war, schaltete sich mit seinem üblichen
Sarkasmus ein.

»Ich kann ihn mir nicht leisten und ich bin sicher, dass
sich Alex ebenso wie wir der Situation bewusst ist.«

»Das ist meinem Ex-Freund ständig passiert«, sagte Char. »Immer ganz vorne in der Feuerlinie. Als hätte man ihm für den Rest seines Lebens das Gefängnismal ins Gesicht gemalt. Gut, mein Ex war kein Engel, aber man merkt es Owen an, dass er die Gartenarbeit liebt, dass er seinen Job liebt. Warum auch nicht? Es ist ziemlich locker, wenn du mich fragst. Den ganzen Tag bist du allein mit deinen Gedanken und lässt Dinge wachsen.«

»Char, das klingt, als ob du lieber allein arbeiten würdest, anstatt den ganzen Tag Leute zu bedienen.« Ich fragte mich, ob Alex recht hatte und wir vielleicht Char zu einer eigenen Autowerkstatt verhelfen sollten. Wenn sie beschloss zu bleiben.

»Hm«, antwortete sie. »Schau, ich will nur sagen, dass ich es so sehe wie du. Ich denke, Owen sagt die Wahrheit.«

Ich stimmte ihr zu und freute mich, dass sie dasselbe Bauchgefühl hatte wie ich. »Ich hatte vor, zu Lemmington House hinaufzufahren. Ich mache einen Beileidsbesuch bei Gillian, während du nach Owen siehst. Und schau, ob es dir gelingt, in die Nähe des Pools zu kommen. Vielleicht fällt dir irgendetwas auf.«

»Wie es Jessie Rae macht? Ich will nicht mit Terence reden, jetzt, wo er tot ist«, sagte Char.

»Nein. Vielleicht nimmst du etwas wahr. Oder siehst etwas, das der Polizei entgangen ist. Es lohnt einen Versuch.«

»Okay. Aber hauptsächlich werde ich mit Owen abhängen«, beharrte sie.

»Ich auch, ich auch«, zirpte Norman.

»Ja, du auch«, antwortete Char. »Ich hab's begriffen: Du klebst an mir fest. Ich klebe an dir fest. Wir müssen lernen, miteinander auszukommen.«

Ich versuchte, meine Überraschung zu verbergen, wie schnell Char mit ihrem neuen Zustand zurechtkam. Das Ausmaß ihrer magischen Fähigkeiten entdeckt zu haben, hatte vielleicht ihre Aufmerksamkeit geweckt. Es kommt ja nicht täglich vor, dass Feuer aus den Fingerspitzen schießt oder man einen baumlangen Gärtner am Genick herumschleppt. An Chars Stelle würde ich auch diese Fähigkeiten in den Griff bekommen wollen – schon allein, um sicher zu sein, dass ich mir nicht die Augenbrauen abfackelte.

Char war eine so begeisterte Fahrerin, dass wir uns einigten, mit dem Truck zu fahren, und anschließend würde sie mich zu meinem Auto bringen.

Inzwischen war mir der Weg nach Lemmington House so vertraut, dass ich die Bäume entlang der Straße hätte benennen können. Aber jedes Mal, wenn ich diese Fahrt machte, war etwas verquer an diesem Haus. Als läge ein Fluch auf ihm.

Char fuhr nicht in die Auffahrt, sondern parkte auf der Straße. Ich hinterfragte ihre Entscheidung nicht. Sie war offensichtlich ebenso auf der Hut wie ich.

Char bat Norman, sich nicht vom Fleck zu rühren.

Er antwortete nicht. Kein gutes Zeichen.

Char seufzte und wir kletterten aus dem Fahrzeug. Norman folgte uns. Das war das Problem, wenn man einen Papagei als Vertrauten hatte: Er konnte dir immer davonfliegen.

Als wir uns dem Haus näherten, flog Norman tatsächlich davon … und direkt in ein offenes Fenster.

»Ich kann es nicht glauben«, murrte Char. »Ich habe geglaubt, wir hätten uns geeinigt und dann zieht er los und spielt sich so auf.«

»Vielleicht spielt er sich nicht auf«, sagte ich leise und fragte mich, ob auch Norman seinem Instinkt folgte. Dem Instinkt eines Hexenvertrauten.

Sie drehte sich um und sah mich an. »Glaubst du, dass da oben wirklich etwas los ist?« Sie klopfte auf ihren Schädel.

»Vertraute können ihre Hexen vor einer Gefahr warnen. Sie in Sicherheit bringen. Sie wissen lassen, wann sie auf der Hut sein müssen. Sie stärken unsere Magie.«

»Ich glaube, wir sollten hineingehen. Stell dir vor, Gillian erwischt Norman. Sie würde den armen Kerl erwürgen und ihn als Hut tragen.«

Wie auf Kommando kreischte der Papagei auf.

Char begann zu rennen und ich hinterher. Wir nahmen den Weg um das Haus und blieben vor dem Hintereingang stehen. Die Türen vom Patio zur Küche standen offen.

Es wäre vollkommen harmlos, dass die Türen an einem sonnigen Maitag offenstanden, aber ich fühlte, dass ich eine Gänsehaut bekam. »Hallo?«, rief ich. »Ist jemand da?«

Char rannte einfach an mir vorbei ins Haus. Ihr Vertrauter kreischte immer noch verzweifelt.

Als wir durch die gespenstisch stille Küche liefen, begannen meine Sinne zu kribbeln. Niemand schien im Haus zu sein. Keine Gillian, keine Emily, kein Dienstmädchen, kein Owen. »Etwas stimmt hier nicht«, flüsterte ich.

»Das spüre ich auch.«

»Char«, rief Norman.

Seine Stimme kam vom oberen Stockwerk. Ohne zu zögern, rasten wir die Treppen hoch.

Norman krächzte wieder. »Char, Char!«

»Seine Stimme kommt von dort drüben«, sagte ich und

deutete auf eine Tür am entgegengesetzten Ende des Flurs zu Alistairs Suite. »Ich glaube, das sind Gillians Zimmer.«

Ohne an ihre Sicherheit zu denken, rannte Char weiter und riss die Tür auf. Sie schnappte nach Luft.

Ich trat hinter ihr ein und da lag Gillian auf einer cremefarbenen Tagesdecke. Die Augen geschlossen. Das blonde Haar wie ein Fächer über den Kissen ausgebreitet. Norman war neben ihr auf der Matratze und sprang auf und ab. »Wach auf!«, kreischte er.

Ich ging zu Gillian und legte zwei Finger an ihren Hals.

»Ist sie ...?«, fragte Char.

»Nicht tot. Sie hat noch Pulsschlag, aber sehr schwach. Wir brauchen Hilfe. Ruf die Rettung.«

Char zog ihr Handy heraus und zog ein Gesicht. »Kein Handyempfang hier.« Ihre Schritte polterten aus dem Zimmer und die Treppen hinunter.

Ich blieb bei der Frau auf dem Bett. Sie atmete kaum. »Gillian. Können Sie mich hören?« Ich sprach laut. »Können Sie die Augen öffnen?«

Keine Antwort. Ich versuchte es nochmals. Nichts.

»Eine Nachricht, eine Nachricht«, kreischte Norman – von seinem neuen Platz auf einem Toilettentisch.

Nur ein elegantes cremefarbenes Blatt Papier lag auf dem Tisch. Ich rührte es nicht an, das war auch nicht nötig. Bloß eine Zeile stand darauf, in Gillians Handschrift. *Bitte vergebt mir.* Neben der Nachricht stand eine Flasche mit Tabletten. Ich lehnte mich vor, um sie aus der Nähe zu betrachten. Sie war leer. Ich kniff die Augen zusammen. Clonazepam. Ich war nicht sicher, was das war, vermutete aber, dass es keine gute Idee war, eine ganze Flasche davon einzunehmen.

»Oh, Gillian«, murmelte ich. Hatte sie wirklich versucht,

sich das Leben zu nehmen? Bat sie um Verzeihung, weil sie zwei Leben ausgelöscht hatte und nicht länger mit dieser Schuld leben konnte?

Ich hörte Schritte. Diesmal von vier Füßen und dann kamen Char und Owen in das Zimmer gerannt.

»Ein Rettungswagen ist unterwegs«, sagte Char. »Aber der nächststationierte ist eine halbe Stunde entfernt. Also hat Owen Dr. Harlan angerufen. Zum Glück machte er gerade einen Hausbesuch in der Nähe. Er sollte jeden Augenblick hier sein.«

Owen sah entsetzt drein. »Was zum ...? Ich kann nicht ... Ist sie ...?«

»Sie atmet noch«, sagte ich. Aber ihr Puls ist schwach. Ich weiß nicht, wie lange wir warten können.« Ich zeigte auf die Pillen. »Wir müssen irgendwie ihren Magen entleeren.«

Ich schloss die Augen und versuchte, meine Gedanken zu ordnen. »Owen, du hast Inkalilien im Garten von Lemmington House, nicht wahr?«

Er nickte.

»Wenn wir die Blütenblätter zu einer Paste zermahlen, dann wird es Gillian übel ohne irgendwelche Nebenwirkungen. Auf diese Weise können wir die Tabletten aus ihr herausbringen.«

»Peony, ich vertraue dir, bist du dir aber sicher? Wir könnten sie noch mehr vergiften.«

Ich versicherte, dass ich mir gewiss war, dass es keine ernsthaften Nebenwirkungen geben würde. »Ich glaube, das ist unsere einzige Hoffnung. Wir können nicht auf den Arzt warten.«

Owen ging die Blumen holen. Char brachte einen Mörser und Stößel aus der Küche. Ich rief nach Emily, denn jetzt brauchten wir dringend eine Krankenschwester, aber niemand antwortete.

»Norman, kannst du Emily suchen? Vielleicht ist sie draußen.«

»Schon unterwegs«, sagte Norman.

Bevor ich hier Doktor spielen musste, tauchte zum Glück der echte auf. Dr. Harlan wirkte ehrlich erschüttert, aber ich war froh, ihm Gillian übergeben zu können. Ich zeigte ihm die leere Flasche und die Nachricht. Er riss sich zusammen und bat uns, unten zu warten und die Sanitäter hinaufzuschicken, sobald sie eintrafen. Ich nahm an, dass er uns den Anblick ersparen wollte, wie Gillian sich übergab. Sicher wäre ihr das verhasst gewesen.

Wir gingen wieder nach unten.

Mein Atem wurde ruhiger, aber dann kam von draußen ein furchtbar krachendes Geräusch und mein Herz pochte wieder heftiger.

»Was war das?«, fragte ich und versuchte den aufkommenden Schrecken zu besänftigen.

»Klingt wie eine Fehlzündung«, sagte Char.

»Emily.«, sagte Owen finster. »Ich sah sie heute Morgen, wie sie Sachen in Terences Wagen packte.«

»Sie ist da? Aber ich habe sie doch um Hilfe gerufen. Ich habe sogar Norman losgeschickt, sie zu suchen.«

Ohne ein weiteres Wort rannten wir drei hinaus zur Garage.

Und da war Emily, hinter dem Lenkrad des schicken roten Wagens und versuchte, den Motor zu starten.

»Wieder der Aston Martin!«, rief Char. »Natürlich, ich hab sie doch an jenem ersten Tag gesehen, wie sie aus Terences Auto ausgestiegen ist. Ist sie Terences Freundin?«

Emily sah, wie wir näher kamen, und versuchte wieder, den Wagen zu starten.

»Das funktioniert nicht, meine Liebe«, sagte Owen süffisant. »Ich sah, wie du Mr. Fairfax' geliebten Familiensitz ausgeraubt und mit den gestohlenen Sachen Terences Wagen beladen hast. Also hab ich am Motor herumgetüftelt. Ich wusste, dass man mich beschuldigen würde, wenn etwas fehlte. Ich werde nicht für dich und deine Diebereien den Kopf hinhalten.«

Emily schien in Panik. Sie riss die Augen auf und ihre Wangen färbten sich rot. Nochmals versuchte sie, den Motor zu starten. Und nochmals. Aber der Motor reagierte nicht. Schließlich sprang sie aus dem Wagen.

»Du Idiot«, schrie sie Owen an. »Du hast alles ruiniert.«

Und da sah ich das Küchenmesser in ihrer Hand.

»Emily«, sagte ich so ruhig, wie ich konnte. »Überlegen Sie gut, was Sie tun.«

Aber meine Worte prallten an ihr ab. Sie stürzte sich mit dem Messer auf Owen.

Ich hob die Hände, um einen aufhaltenden Zauber zu wirken, aber Char war schon dran. Mit einem ausgestreckten Arm schnipste sie mit dem Handgelenk und Emily stolperte und fiel auf die Knie. Das Messer fiel aus ihrer Hand und schlitterte über den Garagenboden. Owen rannte und holte das Messer.

Emily blieb auf den Knien. Sie stieß ein leises Klagen aus. »Nein«, sagte sie. »Nein, das kann nicht sein. Ich hatte alles genau durchdacht.«

»Nein, *ich* habe alles genau durchdacht«, sagte ich ruhig. »Ich weiß alles. Es hat also keinen Sinn zu versuchen, davonzulaufen.«

Sie starrte mich böse an, mit so viel Gehässigkeit, dass ich schauderte. Aber würde ich, Peony Bellefleur, mich einschüchtern lassen? Keineswegs.

»Sie hatten geglaubt, dass Terence Sie liebte. Und dass Sie beide glücklich bis ans Ende vom Reichtum seines Vaters leben würden. Sie haben ihm geglaubt. Sie hätten alles für ihn getan. Hat er es arrangiert, dass Sie Alistairs Krankenschwester wurden? Oder hat er begonnen, Sie zu umwerben, als Sie schon hier arbeiteten?«

»Ich werde Ihnen gar nichts sagen.«

Owen hatte etwas zu sagen. »Ach, Peony, ich glaube, du hast recht. Kurz nachdem Alistair sich geweigert hat, Terence wieder Geld zu leihen, ist Emily hier angekommen. Terence war wütend. Ich hatte mir noch nie Gedanken über das Timing gemacht. Aber nur wenige Tage danach erschien Emily von einer privaten Pflegekraftagentur.«

»Ich habe ausgezeichnete Qualifikationen«, sagte Emily. »Sie hatten Glück, mich zu bekommen.«

»Es war aber Terence, der Ihnen von diesem Job erzählte, nicht wahr?«, fragte ich.

Sie schien den Kampf aufzugeben. Sie nickte.

»Aber Terence war nicht der monogame Typ, stimmt's? Er ging auf Nummer sicher. Er und Gillian waren auch zusammen. Das muss Ihnen wehgetan haben.«

»Was? Warte!«, sagte Char. »Ich verstehe nicht. Gillian und Terence konnten sich nicht ausstehen.«

Ich schüttelte den Kopf. »Das sollten wir alle glauben. In Wirklichkeit war es total klar.«

»Aber wie hast du erraten können, dass sie ein Paar waren?«, fragte Owen, ebenso verwirrt wie Char. »Ich hab hier gearbeitet und habe nie etwas anderes gesehen als Feindseligkeit.«

»Ich erinnere mich, dass ich beim Begräbnis gedacht hatte, wie sehr Terence sich immer auf Frauen gestützt hat. Seine Mutter behielt ihn die ganze Zeit im Auge. Und obschon Gillian ihm gesagt hatte, dass er in Lemmington House nicht willkommen war, hatte sie ihn nicht davon abgehalten, bis zum Begräbnis zu bleiben und noch danach. Und außerdem hatte Char gesehen, wie Emily aus dem roten Aston Martin ausgestiegen war und den Fahrer geküsst hatte. Das Ganze begann ein Muster zu bilden, die Art, wie er Frauen benutzte.«

Emily stieß einen Wutschluchzer aus. Sie stand auf und ich sah, dass sie sich die Knie aufgeschürft hatte. Sie bluteten, Emily schien es aber nicht zu bemerken. »Dieser hinterhältige Typ«, fauchte sie. »Der mieseste von den Miesen. Nach allem, was ich für ihn getan habe.«

»Terence und Gillian hatten einen Plan zusammen ausgeheckt«, sagte ich ruhig. »Ich erinnere mich, dass mir seine Mutter erzählte, dass Terence seinen Vater mit Gillian bekanntgemacht hatte. Und Wachtmeister Evans sagte auch etwas Sonderbares. Dass es schien, Gillian hätte alle von Alistairs Vorlieben und Abneigungen studiert, so dass sie wie seine Traumpartnerin erscheinen konnte. Es hat auch funktioniert.«

»Tückische Kuh«, sagte Emily.

»Tückische Kuh!«, plapperte Norman nach, aber so, wie er Emily ansah, war klar, dass er im Augenblick sie meinte und nicht Gillian.

»Der Plan war einfach. Alistair hatte Terence gesagt, dass

er sein Playboy-Leben nicht länger finanzieren würde. Terence hatte Schulden und befürchtete, dass ihn sein Vater enterben könnte, also heckte er einen schrecklichen Plan aus. Gillian. Sie würde Alistair heiraten und wenn er starb, würden sie und Terence sich sein Vermögen teilen. Es war eine Versicherungspolice. Aber es lief nicht nach Plan. Nachdem Alistair tot war und Gillian sein Geld geerbt hatte, beschloss sie, dass sie Terence nicht mehr wollte. Sie brachte ihn um das Vermögen, wie er es von seinem Vater befürchtet hatte.«

»Terence war dumm«, stimmte Emily mir zu. »Er hätte diesem Weib nie vertrauen sollen.«

»Er hat aber Gillian nicht hundertprozentig vertraut. Er hat noch eine zweite Versicherung abgeschlossen. Sie.«

Emilys traten die Tränen in die Augen. »Es war allein Terences Schuld. Er hat mich überredet, Alistair zu töten, damit wir für immer zusammen sein konnten. Es war recht einfach, eine zusätzliche Spritze Morphin in den Tropf zu geben. Alistair war sowieso alt und krank. Wer würde mich verdächtigen?«

»Und Terence hat Ihnen versprochen, Sie würden zusammenbleiben. Hat er Ihnen gesagt, dass er es sich anders überlegt hat? Dass er nicht Sie, sondern Gillian heiraten würde?«

»Er hätte mir die Welt zeigen sollen. Monte Carlo. Tokio. Paris. Aber dann überraschte ich ihn im Bett mit diesem Weib. Gillian.« Sie schauderte. »Ich begriff, dass er ein doppeltes Spiel mit mir getrieben hatte. Die beiden würden sich alles nehmen. Das konnte ich nicht zulassen. Ich war zu weit gegangen.«

»Also haben Sie die Sache selbst in die Hand genommen«, sagte ich.

»Ich habe getan, was ich tun musste. Ich konnte es nicht

ertragen, Gillian mit ihrem Weh-mir-Witwengetue zuzusehen. Alistair war ihr so gleichgültig wie ein alter Schuh. Ebenso der Sohn. Als er gestern Nacht nach Hause kam, war er stockbesoffen. Konnte kaum gehen, der Esel. Ich gab ihm Gillians Schlaftabletten, so dass es aussah, als stünde sie hinter der Sache.«

»Sie wollten ihr die Schuld in die Schuhe schieben.«

Emily holte Luft. »Sie musste auch zahlen. Es war aber Terence, der den höchsten Preis zahlen musste. Er hat mich die ganze Zeit hintergangen. Oh ja, er sagte, er würde dafür sorgen, dass ich etwas Geld bekäme. Als ich mit ihm stritt, sagte er, wenn ich nicht ohne Aufhebens ginge, würde er sich darum kümmern, dass die Polizei herausfand, wer seinen Vater ermordet hatte.« Sie schluchzte. »Ich musste ihn töten.«

»Er war ja viel größer als du«, sagte Owen. »Wie hast du das geschafft?«

»Wir trafen uns gewöhnlich im Pool-Haus. Ich sagte ihm, ich würde mich mit ihm für einen Drink dort treffen und gab die Schlaftabletten in seinen Drink. Er war schon so betrunken, dass er alles getan hätte, was ich vorschlug. Er trank das Glas ex – immer ein Aufschneider – und ich hab ihn ins Wasser gestoßen. Als er versuchte herauszukommen, hab ich ihm mit einem Gartenzwerg eins über den Schädel gezogen und ...«

Das Heulen von Sirenen unterbrach Emily. Reifen quietschten auf der Auffahrt und Owen rannte zum Rettungswagen, um die Sanitäter zu Gillian zu führen.

Ich hatte nicht bemerkt, dass auch die Polizei gekommen war, bis Kommissarin Rawlins und Wachtmeister Evans mit einigen uniformierten Polizisten auftauchten.

Ich sah mich um und stellte fest, dass auch Alex dazugekommen war. Es war, als hätte er gespürt, dass etwas passierte. Oder vielleicht war er nur den Sirenen gefolgt.

Er kam direkt auf mich zu. »Sind Sie okay?«, fragte er leise.

Ich nickte und sagte, ich würde ihn später auf dem Laufenden halten. Eine Frage noch wollte ich von Emily beantwortet bekommen. »Warum haben Sie versucht, Gillian zu töten? Das würde Ihnen doch nichts bringen.«

»Weil alles ihre Schuld war. Absolut alles. Sie köderte beide mit ihrer List. Vater und Sohn. Ich beneidete sie nicht um Alistair, obwohl ich wusste, dass er mich vorzog, nachdem er mich kennengelernt hatte. Aber Terence gehörte mir.« Ihr Mund verzog sich. »Es war ein brillanter Plan und hätte funktioniert, wenn nicht Sie gewesen wären.« Sie starrte mich hasserfüllt an.

»Was war dieser brillante Plan?«, fragte Kommissarin Rawlins im Plauderton.

Emily war noch im Beichtmodus und schien beinahe erleichtert, ein größeres Publikum zu haben. »Ich habe Gillian dieselben Schlaftabletten gegeben wie Terence. Jene, die ihr Dr. Harlan in Mengen verschrieb. Sie hatte mehrere Flaschen davon. Ich habe sie zermahlt und in den Gin-Tonic gemischt, den sie immer vor dem Abendessen trank. Sie behandelte mich wie ein Dienstmädchen, also verhielt ich mich auch wie eines und brachte ihr den Cocktail, genauso, wie sie ihn mochte.«

»Nur mit der Zugabe einer tödlichen Dosis Narkotika.«

Sie zuckte mit den Achseln. »Gillian Fairfax verdiente es zu sterben.«

»Aber die Nachricht. Wie schafften Sie es, dass sie die Nachricht schrieb?« Ich zitierte aus dem Gedächtnis: ›Bitte vergebt mir‹, stand da. Ich habe ihre Handschrift wiedererkannt.«

Alex schüttelte den Kopf. »Das kann ich Ihnen erklären, Peony. Gillian hat dieselbe Nachricht an verschiedene Personen geschrieben. Ich sah zu, wie sie einige schrieb. ›Bitte verzeiht mir, dass ich nicht früher geschrieben habe. Es schmerzt mich, Euch berichten zu müssen, dass Alistair von uns gegangen ist.‹ So begannen diese Nachrichten. Sie sandte diese Version an die meisten seiner Freunde und Kollegen, die nicht nahe genug lebten oder nicht wichtig genug waren, um zum Begräbnis zu kommen. Wenn der Füller einen Klecks machte oder ein Wort nicht schön geschrieben war, fing sie nochmals an und gab das Blatt beiseite. Emily musste eines gefunden haben und hatte es benutzt, um den Schein zu erwecken, Gillian habe sich das Leben genommen.«

»Und ihr Plan wäre beinahe aufgegangen«, sagte ich.

Die Polizisten traten näher und lasen Emily ihre Rechte vor. Sie wurde weggeführt.

Wir gingen ins Haus zurück, rechtzeitig um zwei Sanitäter zu sehen, die Gillian auf einer Krankentrage die Treppen heruntertrugen. Dr. Harlan bildete die Nachhut.

»Wird sie sich erholen?«, fragte Alex.

»Oh ja. Zum Glück kam ich rechtzeitig, um sie zu retten«, sagte Dr. Harlan und klang ziemlich eingebildet.

So würde er es also darstellen.

Char und ich blickten einander an und sie verdrehte schnell die Augen.

Zumindest würde Gillian Fairfax es überleben. Sie war vielleicht nicht meine beste Freundin, aber sie war keine Mörderin. Ich war jedenfalls erleichtert zu hören, dass sie Emilys mörderische Pläne überlebt hatte.

KAPITEL 23

*I*hr seht also, dass es in Willow Waters nicht nur Scones mit Erdbeermarmelade und Sahne und Dorfklatsch gibt. Aber wie das so ist bei verschlafenen Städtchen, kehrten die Dinge bald zur Normalität zurück. Zur Normalität der Willower wenigstens.

Emily wurde verhaftet und sah ihrem Prozess entgegen. Sie wurde aus offensichtlichen Gründen nicht auf Kaution freigelassen. Gillian genas vollständig, allerdings nicht ihr Ruf. Obwohl sie niemand mehr verdächtigte, ihren Mann – oder seinen Sohn – ermordet zu haben, wussten jetzt doch alle, dass sie Alistair nur wegen seines Geldes geheiratet hatte. Ehrlich gesagt bin ich nicht sicher, ob wir das nicht bereits gewusst hatten – ausgenommen den Teil, wo sie mit seinem Sohn unter einer Decke (und im Bett) steckte. Wie sie das bewerkstelligt hatte und ein reines Gewissen bewahren konnte, werde ich nie erfahren. Aber zu einer Mörderin wurde sie deshalb nicht.

Zur Überraschung aller beschloss Gillian außerdem, in Lemmington House zu bleiben und Owen als Gärtner zu behalten. Er züchtete schließlich mit Preisen ausgezeichnete Rosen. Außerdem sagte sie, dass es ganz gut war, einen Mann vor Ort zu haben, jetzt, wo das Haus leer war. Sie erbte alles, so wie Alistair es gewollt hatte. Er hatte sie geliebt. Und vielleicht war sie ihm auf ihre Art eine gute Ehefrau gewesen. Wir werden es nie wirklich wissen. Aber das nährte den Dorfklatsch mindestens für ein paar weitere Monate.

Am darauffolgenden Montag ging ich die wenigen Meter zum Café Roberto für meine dringend notwendige Koffeindosis. Seit Char dort war, genoss ich meine Vormittagsroutine noch viel mehr. Char war bei weitem die beste Barista, die Roberto je eingestellt hatte. Sogar besser als Roberto. Alle waren sich da einig. Deshalb hatte er ihr die Schlüssel zu seinem Café gegeben und erlaubte ihr jetzt, selbst aufzuschließen und zuzusperren. Sie hatte auch eine kleine Lohnerhöhung bekommen, aber ich arbeitete daran, dass er sie zur Assistentin des Managers beförderte.

Hilary hatte die Frechheit, mich zurechtzuweisen, ich sei eine pushy Mom. Eine sie beschützende große Schwester, hatte ich gekontert. Daran war nichts falsch.

Ich lächelte, als ich draußen den Truck Frodo, wie Char ihn nannte, stehen sah, und dachte, wie sehr sich Jeremy gefreut hätte, wenn er hätte sehen können, dass er wieder fahrtüchtig und unterwegs war.

Das Café war gut besucht. Ich stellte mich in die Schlange. Char war in ihrem Element, nahm Bestellungen entgegen, Zahlungen, maß und presste den Kaffee, bediente die Maschine, schäumte Milch auf und streute Zimt darüber.

Imogen hatte einen freien Tag, also bestellte ich meinen üblichen Kaffee und trat einen Schritt zurück, um zu warten.

In einer Ecke entdeckte ich Alex, der gerade seinen Kaffee

genoss. Er kniff die Augen zusammen und schloss sie, als er sich vorbeugte, um das Aroma zu schnuppern.

Ich nahm meinen Macchiato und ging zu ihm.

»Ich hoffe, Sie hatten ein ruhiges Wochenende, nach den Mätzchen der vergangenen Woche«, sagte ich, da ich wusste, wie sehr Alex es schätzte, allein zu sein.

Er lächelte. »Das hatte ich, obwohl ich gestehen muss, dass es schwer war, meine Gedanken nicht Überstunden arbeiten zu lassen.« Er hielt inne und schnupperte. »Ich mag Ihren Duft.«

Ich fühlte, wie ich errötete. »Ich benutze kein Parfum.«

Alex sah mich eigenartig an, lächelte dann aber.

Ich erwiderte seinen Blick. Seine graublauen Augen waren lebhaft, voller Wärme. Sie waren so hypnotisierend, dass ich schließlich wegsehen musste.

»Ich habe gehört, dass Owen trotz allem noch für Gillian arbeitet«, sagte er.

Ich nickte. »Ich vertraue ihr nicht ganz. Ich muss zugeben, dass ich für einige Zeit geglaubt hatte, sie hätte Alistair ermordet.«

Was Alex hätte antworten wollen, wurde von Jessie Rae unterbrochen. Sie kam in einem ziemlich auffälligen orangefarbenen Kaftan hereingeflattert. Eine Reihe von goldenen Armreifen klimperte an ihren Armen und das hennarote Haar war zu einem sehr schlampigen Dutt aufgehäuft.

»Peony, mein kleines Mädchen.« Sie küsste dreimal meine Wangen. Eine europäische Affektiertheit, die sie sich bei irgendeinem Séance-Treffen in Prag angeeignet hatte und gelegentlich hervorholte – gewöhnlich, wenn sie ein Publikum hatte. Das ganze Café sah ihr zu.

Sie drehte sich um und fixierte Alex, dann schloss sie die Augen.

»Oh nein«, murmelte ich, denn ich wusste, dass Jessie Rae gleich eine Vision haben würde.

»Wir sehen Hunde«, sagte sie. »So viele Hunde. Warum sind Sie von Hunden umgeben?« Sie öffnete die Augen und schaute in die Luft. »Und sie bellen.«

Ich hatte seit jeher mit den Verrücktheiten meiner Mutter gelebt, aber wenn sie zu Fremden über Geister redete, war es immer noch genauso peinlich. Alex verstand es zum Großteil. Alle im Städtchen hatten sich an die verrückte Jessie Rae und ihre obskuren Visionen gewöhnt.

Aber sie wussten nicht, dass die Visionen meiner Mutter nicht ganz so obskur waren. In ihren Worten war immer Wahrheit. Warum also sah sie Hunde um Alex?

»Ach, sie redet wohl von dem Welpen aus dem Hundeheim«, sagte ich.

»Wir sehen einen großen Hund. Keinen Welpen. Oh, aber er ist wild. Wie ein Wolf.« Sie lächelte. »Jedoch sanft.«

Alex griff nach seinem Kaffee, leerte die Tasse und nickte uns zu. »Ich muss wohl weiter«, sagte er, hob seine Zeitung auf und ging.

Während meine Mom über einen neuen Kristalllieferanten los quasselte, beobachtete ich Alex durch das Fenster.

Was spürte meine Mom bei Alex? Verbarg er etwas?

Wild, hatte sie gesagt. Wie ein Wolf.

Ich hatte in der Vollmondnacht einen Wolf mit seltsamen blaugrauen Augen selbst gesehen.

Nein. Das konnte nicht sein.

∽

Danke, dass Sie das Buch gelesen haben. Ich hoffe, Sie hatten Spaß mit Peonys neuestem Abenteuer. Werfen Sie hier gleich noch einen Blick in den nächsten Krimi, *Das Karma der Kamelie.*

Eine Anmerkung von Nancy

Liebe Leserin,
Lieber Leser,

vielen Dank, dass Sie *Die Magie der Pfingstrose* gelesen haben. Ich würde mich freuen, wenn Sie eine Rezension auf Amazon hinterlassen könnten, und bitte erzählen Sie Ihren Freunden, die Blumen und paranormale Cosy-Krimis lieben, von diesem Buch.

Wenn Sie gerne stricken und paranormale Cosy-Krimis mögen, könnte Ihnen auch *Der Strickclub der Vampire* gefallen. »Ein entzückender paranormaler Cosy-Krimi, der in einem Strickladen in Oxford, England, spielt. Mit der spät erblühten Amateurdetektivin Lucy Swift und einer Reihe von wahrlich unvergesslichen Charakteren erfüllt dieser Krimi alle Erwartungen«, schreibt NYT-Bestsellerautorin Jenn McKinlay.

Melden Sie sich für meinen Newsletter an, wo Sie das kostenlose Prequel *Verwirrung und Verrat* erwartet. Es ist die spannende Geschichte von der Verwandlung des umwerfenden Rafe Crosyer aus der Serie *Der Strickclub der Vampire* in einen Vampir.

Ich hoffe, Sie in meiner privaten Facebookgruppe zu treffen. Es macht viel Spaß. www.facebook.com/groups/NancyWarrenKnitwits

Bis zum nächsten Mal.
Gute Unterhaltung!

Nancy

BÜCHER VON NANCY WARREN

Erfahren Sie mehr über neue Ausgaben und Sonderangebote in Nancy's Newsletter (auf Englisch) bei NancyWarrenAuthor.com oder folgen Sie ihr auf Facebook auf facebook.com/nancywarrenDeutsche

Der Blumenladen von Willow Waters

Die Magie der Pfingstrose - Band 1

Das Karma der Kamelie - Band 2

Die Schnellstraße zur Schneerose - Band 3

Der Strickclub der Vampire

Verwirrung und Verrat - Ein kostenloses Prequel für die Abonnenten von Nancys Newsletter

Der Strickclub der Vampire - Band 1

Maschen und Magie - Band 2

Häkelei und Hexenkessel - Band 3

Zwirn und Zauber - Band 4

Lieblingspullis und Liebestränke - Band 5

Weissagung und Wollpullover - Band 6

Schwindelei und Spitze - Band 7

Bommelmützen und Besenstiele - Band 8

Der Strickclub der Vampire: Cornwall

Der Buchclub der Vampire

Ein messerscharfer Klassiker - Band 5

Das Verwunschene Brautkleid

Eine Serie aus fünf romantischen Komödien über Frauen, die auf der Suche nach dem richtigen Kleid, den dazu passenden Schuhen und dem perfekten Mann sind.

Die Flucht der Braut - Buch 1

Die Braut aus Zweiter Hand - Buch 2

Brautjungfer zu mieten - Buch 3

Ein Brautkleid zum Verlieben - Buch 4

Wenn das Kleid passt - Buch 5

Die Oma

Das Jahr, in dem die Weihnachtsoma das Weite suchte

Um eine vollständige Liste ihrer Bücher zu sehen, gehen Sie auf Nancys Website NancyWarrenAuthor.com

ÜBER DIE AUTORIN

Nancy Warren ist eine USA Today Bestseller-Autorin und hat mehr als 100 Romane verfasst. Sie stammt ursprünglich aus Vancouver, Kanada, zieht jedoch gerne um und hat längere Zeit in England, Italien und Kalifornien gewohnt. Die Inspiration zur Strickrunde der Vampire kam ihr während ihrer Zeit in Oxford. Gegenwärtig lebt sie teils in Großbritannien, in Bath, wo sie oft so tut, als sei sie Jane Austen, oder zumindest eine von deren Romanfiguren, und teils in Victoria, Britisch-Kolumbien, wo sie es genießt, am Meer zu leben. Zu ihren Lieblingsmomenten zählen die Tage, als sie die Antwort in einem Kreuzworträtsel der kanadischen Zeitung National Post war, als sie es mit ihrem Roman Speed Dating, dem Auftakt zur Buchreihe Harlequin's NASCAR, auf das Titelblatt der New York Times schaffte, und die drei Male, als sie für den RITA-Award, den bedeutenden Preis für englischsprachige Liebesromane, nominiert wurde. Sie hat einen MA in kreativem Schreiben von der Bath Spa University. Sie ist eine begeisterte Wanderin, liebt Schokolade und vor allem liebt sie es, von ihren Lesern zu hören!

Die beste Weise, mit ihr in Kontakt zu bleiben, ist, sich über NancyWarrenAuthor.com für Nancy's Newsletter anzumelden (in Englisch).

Mehr über Nancy und ihre Bücher erfahren Sie hier:
NancyWarrenAuthor.com

f facebook.com/nancywarrenDeutsche

ⓞ instagram.com/nancywarrenauthor

ⓐ amazon.com/Nancy-Warren/e/B001H6NM5Q

ⓖ goodreads.com/nancywarren

BB bookbub.com/authors/nancy-warren

www.ingramcontent.com/pod-product-compliance
Lightning Source LLC
Chambersburg PA
CBHW060530260626
47161CB00003B/835